POUR LA CONFIANCE DE TAYLOR

SILVERSTONE, TOME 2

SUSAN STOKER

Traduit de l'anglais (U.S.) par Samantha Ducos et Valentin Translation

Titre original : *Trusting Taylor (Silverstone, book 2)*

La version anglaise de ce titre était initialement publiée par Amazon Publishing.

DU MÊME AUTEUR

<u>Autres livres de Susan Stoker</u>

<u>Silverstone</u>

Pour la confiance de Skylar

Pour la confiance de Taylor

Pour la confiance de Molly (1 Décembre)

Pour la confiance de Cassidy (1 Mars 2024)

<u>Sauvetage à Eagle Point</u>

Un sauveteur pour Lilly

Un sauveteur pour Elsie

Un sauveteur pour Bristol

Un sauveteur pour Caryn

Un sauveteur pour Finley

Un sauveteur pour Heather

Un sauveteur pour Khloe

<u>*Le Refuge*</u>

Un soutien pour Alaska

Un soutien pour Henley

Un soutien pour Reese

Un soutien pour Cora

Un soutien pour Lara

Un soutien pour Maisy

Un soutien pour Ryleigh

Delta Force Deux

Un refuge pour Gillian

Un refuge pour Kinley

Un refuge pour Aspen

Un refuge pour Jayme

Un refuge pour Riley

Un refuge pour Devyn

Un refuge pour Ember

Un refuge pour Sierra

Forces Très Spéciales : L'Héritage

Un Sanctuaire pour Caite

Un Sanctuaire pour Brenae

Un Sanctuaire pour Sidney

Un Sanctuaire pour Piper

Un Sanctuaire pour Zoey

Un Sanctuaire pour Avery

Un Sanctuaire pour Kalee

Un Sanctuaire pour Jane

Hawaï : Soldats d'élite

Un paradis pour Élodie

Un paradis pour Lexie

Un paradis pour Kenna

Un paradis pour Monica

Un paradis pour Carly

Un paradis pour Ashlyn

Un paradis pour Jodelle

Mercenaires Rebelles

Un Défenseur pour Allye

Un Défenseur pour Chloé

Un Défenseur pour Morgan

Un Défenseur pour Harlow

Un Défenseur pour Everly

Un Défenseur pour Zara

Un Défenseur pour Raven

Ace Sécurité

Au Secours de Grace

Au Secours d'Alexis

Au Secours de Bailey

Au Secours de Felicity

Au Secours de Sarah

Forces Très Spéciales Series

Un Protecteur Pour Caroline

Un Protecteur Pour Alabama

Un Protecteur Pour Fiona

Un Mari Pour Caroline

Un Protecteur Pour Summer

Un Protecteur Pour Cheyenne

Un Protecteur Pour Jessyka

Un Protecteur Pour Julie

Un Protecteur Pour Melody

Un Protecteur pour l'avenir

Un Protecteur Pour Les Enfants de Alabama

Un Protecteur Pour Kiera

Un Protecteur Pour Dakota

Delta Force Heroes Series

Un héros pour Rayne

Un héros pour Emily

Un héros pour Harley

Un mari pour Emily

Un héros pour Kassie

Un héros pour Bryn

Un héros pour Casey

Un héros pour Wendy

Un héros pour Mary

Un héros pour Macie

Un héros pour Sadie

Un héros pour Annie

Autre

Un moment suspendu : Recueil de nouvelles

AUDIO

Un paradis pour Élodie

CHAPITRE 1

Eagle soupira, frustrée. Il détestait vraiment faire les courses. C'était une tâche assignée à Shawn Archer, le nouveau cuisinier de Silverstone Towing, mais il avait pris une semaine de congés payés pour la passer avec sa fille. Ils en avaient tous les deux besoin après ce qu'ils avaient traversé. Il se passerait un long moment avant que l'homme accepte de laisser Sandra hors de son champ de vision.

Eagle ne pouvait pas lui en vouloir. Si *son* enfant avait été kidnappé, il aurait eu du mal à le laisser faire *quoi que ce soit* sans lui. Il s'en était fallu de peu avec Ricketts. Ce type avait presque pris ce qui était le plus important dans la vie de Shawn.

Mais l'absence de leur récente recrue signifiait qu'Eagle était de nouveau chargé des courses de la semaine. Il pouvait demander à l'un de ses amis de s'en occuper, et il accepterait volontiers, mais comme auparavant il avait toujours été responsable de cette tâche pour Silverstone Towing, il se sentait obligé de continuer.

Il tourna dans la rue où se trouvait l'épicerie et se gara.

Dès qu'il mit la boîte câe vitesses en position P, le parking se remplit soudainement de voitures de police.

Il était clair que quelque chose était arrivé, et Eagle soupira encore une fois. *Bien sûr*, il ne pouvait pas aller au magasin sans qu'il y ait un incident ou autre.

Il sortit de son Jeep Wrangler, heureux d'avoir stationné sur l'une des places les plus éloignées du magasin et de ne pas être au cœur de l'action, et attendit quelques minutes avant de se diriger lentement vers le chaos, laissant les officiers faire leur travail. Eagle et ses coéquipiers connaissaient beaucoup d'agents de la police d'Indianapolis. Ils n'œuvraient pas à leurs côtés, mais Silverstone avait offert ses services une fois ou deux.

Alors qu'Eagle se dirigeait vers les deux représentants de la loi les plus proches, il remarqua une femme qui se tenait seule à proximité, les bras autour de son ventre. Elle se mordait la lèvre... et l'expression de son visage lui fit l'effet d'un coup de poing dans le ventre. Non pas qu'il n'avait jamais vu de femmes nerveuses ou effrayées auparavant. Il en avait croisé, aussi bien dans ses missions à Silverstone Towing que lorsqu'il était dans l'armée. Mais celle-ci semblait se retenir. Elle était mal à l'aise, mais il pouvait aussi discerner de la résignation dans son langage corporel. Comme si elle s'attendait à ce que tout le monde dans les environs se retourne contre elle à tout moment.

Cela dérangeait Eagle au plus profond de lui. Il n'aimait pas quand quelqu'un avait l'air si... seul.

Il ne l'avait jamais vue avant. Eagle le saurait si c'était le cas. Il se souvenait de chaque personne qu'il avait rencontrée. Son cerveau était câblé différemment de celui de la plupart des gens, et il avait une mémoire photographique quand il s'agissait de noms et de visages. C'était l'une des raisons pour lesquelles il était si précieux pour son équipe à

Silverstone. Il avait passé des heures à étudier les listes de personnes les plus recherchées, et si jamais ils tombaient sur l'une d'entre elles, Eagle la reconnaîtrait.

La femme était de taille moyenne, probablement autour d'un mètre soixante-dix ou un mètre soixante-quinze. Elle portait un jean bien usé, des baskets Converse éraflées et un tee-shirt à manches longues. Ses cheveux bruns étaient bouclés et retenus par un bandeau, mais même celui-ci ne semblait pas pouvoir contenir ses boucles.

Eagle avait une envie folle de les toucher, pour voir si ses doigts ne s'emmêleraient pas dans les mèches sauvages.

Elle leva la tête une fraction de seconde et croisa son regard, et Eagle put à peine retenir un souffle. La résignation était encore plus forte dans ses yeux. Comme si elle s'attendait à ce qu'il la juge. Ils étaient marron foncé, presque noirs à cette distance. Alors même qu'il la fixait, il la vit se mordre de nouveau la lèvre, incertaine.

Et bizarrement, il haïssait ça aussi. Il détestait qu'elle soit nerveuse, surtout après *l'*avoir vu. Elle ne le connaissait pas, bien sûr, mais il était aussi dangereux pour elle qu'un caillou. Il ne faisait pas de mal aux femmes... Enfin, pas à celles qui n'étaient pas des criminelles. Et l'instinct d'Eagle lui disait que cette inconnue avait eu une vie difficile et qu'elle ne constituait pas une menace pour lui ou pour quiconque.

— Hé, Eagle ! appela un des policiers.

Eagle l'identifia comme étant Emmanuel Brown, un officier avec qui il avait travaillé dans le passé. Son accueil le fit sortir de son inspection de la femme. Il n'avait aucune idée de qui elle était ou de la raison pour laquelle elle se tenait là... mais il allait le découvrir.

Il se tourna vers lui et le salua d'un petit coup de tête.

— Hé. Qu'est-ce qui se passe ?

— Altercation dans le parking. Apparemment, deux personnes voulaient la même place de stationnement, et, quand l'un d'eux s'y est garé, l'autre s'est offusqué. Il a prétendu qu'il l'avait attendue. Ils ont commencé à se battre. Un des gars a sorti un couteau, et ils ont tous les deux fini en sang. À leur sortie de l'hôpital, ils ont été inculpés.

Eagle siffla.

— Ça avait l'air mauvais.

Il voulait vraiment poser des questions sur la femme, mais il se mordit la langue.

— C'était le cas. Le plus dingue, c'est qu'il y avait une place libre seulement deux voitures plus bas. Je ne comprendrai jamais les gens, souffla l'officier Brown en secouant la tête.

— Heureusement, il y avait beaucoup de témoins, ajouta un autre agent.

Son badge indiquait Nelson. Eagle n'avait jamais travaillé avec lui auparavant.

— Ah ouais ? murmura Eagle, encourageant l'homme à continuer à parler.

— Oui. J'ai les déclarations de cinq passants, et il semble clair que c'est l'homme qui était énervé de ne pas avoir eu la place qui a tout déclenché.

Il ne pouvait plus le supporter. Eagle adressa un signe à la femme qui avait attiré son attention.

— C'est un témoin ?

Les deux policiers la regardèrent, puis se retournèrent vers lui.

L'officier Nelson opina du chef.

— Oui.

— Qu'est-ce qu'elle attend ? demanda Eagle. Je ne vois pas d'autres témoins dans les environs.

— La plupart sont déjà partis. Nous avons leurs coordonnées en cas de besoin. Mais nous attendons l'approbation du capitaine pour laisser partir celle-ci. Elle était là à la seconde où tout a commencé, donc elle est notre meilleur atout, mais il y a un problème.

L'agent Brown ronfla.

— C'est un euphémisme. Elle prétend avoir un handicap – je ne me souviens plus comment elle l'a nommé – qui l'empêche de différencier les visages. Je suppose que c'est une sorte d'*Amour et Amnésie...* Tu te rappelles ce film ? Avec Adam Sandler et Drew Barrymore. C'est hilarant. Bref, ça craint qu'elle ne soit pas utile comme témoin. Elle sera incapable de reconnaître les deux criminels dans une séance d'identification ou si cette merde finit au tribunal. Donc on essaie de savoir si on doit officiellement prendre sa déposition ou simplement nous contenter de ce qu'on a déjà.

Eagle ne put s'empêcher d'avoir un élan de curiosité en entendant l'explication du policier. Elle ne pouvait pas reconnaître les visages ? Mon Dieu, il y avait des fois où il *aurait souhaité* ne pas identifier immédiatement les gens.

— Depuis combien de temps est-elle là ?

Les deux officiers haussèrent les épaules.

Irrité au nom de la femme, il s'assura que son expression faciale ne montrait rien de ce qu'il ressentait.

— Un problème si je vais lui parler ?

— Non. Nous attendons des nouvelles du capitaine d'une minute à l'autre, et je suppose qu'elle sera tirée d'affaire. Aucun avocat ne voudra la faire témoigner. Elle serait mise en pièces par la partie adverse.

— Comment s'appelle-t-elle ? interrogea Eagle.

— Taylor Cardin.

Eagle n'avait jamais entendu ce nom, mais grâce à sa capacité unique, il savait qu'il ne l'oublierait jamais.

— Merci. Prenez soin de vous, dit-il aux deux hommes avant de se retourner et de se diriger vers la femme.

Taylor l'avait regardé discuter avec les officiers et maintint les yeux sur lui quand il s'approcha. Elle n'attendit pas qu'il soit à sa hauteur pour parler.

— J'ai déjà raconté aux policiers tout ce que j'ai vu.

— Je sais, lui répondit Eagle.

Il tendit la main une fois arrivé en face d'elle.

— Je suis Eagle. En fait, mon vrai nom est Kellan, mais personne ne m'appelle comme ça.

La femme baissa les yeux sur sa main, mais ne la saisit pas. Ses bras restèrent enroulés autour d'elle.

Il continua son élocution, laissant tomber son bras.

— Je ne suis pas un flic. J'en côtoie beaucoup, puisque je travaille pour Silverstone Towing, et j'ai appris à les connaître au fil des ans. Comment vous sentez-vous ?

Elle le fixa un long moment avant de dire doucement :

— Vous êtes la première personne à me demander ça.

Alarmés, les yeux d'Eagle parcoururent sa fine silhouette, essayant de déterminer si elle allait bien.

— Vous êtes blessée ?

Elle secoua la tête.

— Non.

Elle jeta un coup d'œil aux policiers, puis revint vers lui.

— Et je n'ai rien à voir avec Drew Barrymore dans *Amour et Amnésie*, lâcha-t-elle, calmement, mais fermement.

Eagle fut surpris par la férocité de son ton, surtout si l'on considérait la fragilité de son apparence.

Elle poursuivit avant qu'il ne puisse commenter.

— Je souffre de prosopagnosie, autrement dit de cécité faciale. Je n'ai aucun problème de mémoire. Demain, je me souviendrai de tout ce qui s'est passé ici, je ne serai simplement pas capable d'identifier les hommes impliqués.

Notant mentalement d'effectuer une recherche sur la prosopagnosie à la seconde où il aurait un ordinateur, Eagle acquiesça.

— J'ai le problème inverse. Je n'ai jamais oublié un visage ou un nom en trente-six ans. J'ai parfois du mal si j'ai rencontré quelqu'un quand il était enfant et que maintenant il est adulte, mais je n'ai jamais oublié un nom.

— Jamais ? s'étonna-t-elle en inclinant la tête.

— Jamais, confirma-t-il.

Puis Taylor afficha un rictus.

Et cela époustoufla Eagle. Son visage se transforma. Il n'avait pas pensé qu'elle était spéciale, en la regardant plus tôt. Elle avait l'air tout à fait ordinaire. Mais quand elle souriait ? Putain de merde, tout son visage s'illuminait, et c'était presque comme s'il pouvait voir un peu de son âme briller à travers. Un peu ridicule, et les gens lui diraient qu'il était fou, mais Eagle s'en fichait.

— Quelles étaient les chances ? demanda-t-elle.

— Les chances de quoi ? reprit Eagle, toujours un peu étourdi.

— Qu'on se rencontre. Je ne reconnais *personne*, et vous reconnaissez *tout le monde*.

— Il me semble que c'est le destin, lui répondit-il.

Taylor roula les yeux, et il put remarquer que ses bras se détendaient un peu. Le fait qu'il puisse soulager son stress signifiait beaucoup pour Eagle. C'était une étrangère, mais il pouvait déceler dans ses yeux toute une vie de souffrance. Il l'entendait dans sa voix quand elle devait défendre sa condition devant lui. Il détestait ça.

Il était tellement concentré sur elle qu'il n'entendit pas l'un des officiers à qui il avait parlé plus tôt s'approcher d'eux. Sursautant à sa voix, Eagle ne put que se moquer de lui-même. Il ne se souvenait pas de la dernière fois où quelqu'un l'avait surpris.

— J'ai parlé au capitaine. Elle a indiqué que nous avons suffisamment de témoignages. Si nous avons besoin de vous parler plus tard, nous avons vos coordonnées, ajouta l'agent Brown.

Taylor adressa un signe de tête au policier, puis se retourna et se dirigea vers l'épicerie sans un autre mot.

Stupéfié par son départ abrupt, et quelque peu amusé par le fait qu'elle lui ait complètement tourné le dos, Eagle salua Brown de la tête et courut pour la rattraper.

— Qu'est-ce qui presse ? s'enquit-il en marchant à côté d'elle.

— Je déteste faire les courses. On dirait que je tombe toujours sur quelqu'un qui me connaît, et ça craint quand je n'ai aucune idée de qui c'est. Je pensais que venir plus tôt pourrait éviter cette situation, mais au lieu de cela, je n'ai réussi qu'à me mettre au milieu de deux idiots qui se battent pour une foutue place de parking. Je suis fatiguée, j'ai faim, et j'en ai marre que les gens me regardent de haut à cause de quelque chose que je ne contrôle pas. Je vais prendre mon repas, rentrer chez moi et manger une douzaine de beignets pour essayer d'oublier cette désastreuse matinée.

— Ça vous dérange si je vous accompagne ? proposa Eagle.

À sa question, Taylor s'arrêta au milieu de l'entrée du magasin. Elle pivota pour le dévisager en fronçant les sourcils.

— Pourquoi ?

— Pourquoi ?

— Oui.

— Eh bien, parce que je dois aussi faire des courses. Et comme vous, je ne supporte pas ça. Pas parce que les gens pourraient me reconnaître, cependant. Mais parce que je déteste cuisiner. Je suis nul dans ce domaine. Je suis aussi responsable des provisions pour Silverstone Towing, et je choisis toujours les mauvais produits. C'est comme un jeu pour tous ceux qui y travaillent, qui me racontent tout ce que j'ai oublié d'acheter ou que j'ai pris de la farine de blé complet au lieu de la merde habituelle.

Il haussa les épaules.

— J'ai supposé que deux personnes qui détestent les courses pourraient s'en sortir si elles s'entraidaient.

Taylor le considéra fixement pendant si longtemps qu'il eut peur qu'elle fasse demi-tour et le laisse debout dans l'embrasure de la porte comme un idiot. Mais elle prit une profonde inspiration et tendit la main.

— Bonjour. Je m'appelle Taylor Cardin.

Eagle attrapa sa main et la serra.

— Kellan Trowbridge, mais mes amis me surnomment Eagle.

Sa paume était chaude et lisse. La sienne était couverte de callosités dues au travail sur les dépanneuses et aux missions que lui et son équipe effectuaient.

Elle le lâcha, et Eagle eut immédiatement envie de la retenir, de la serrer contre lui et de vérifier si ses cheveux étaient aussi doux qu'ils en avaient l'air. Mais il s'abstint. Il était attiré par cette femme, mais il était plus qu'évident qu'elle avait besoin d'un ami. C'était présomptueux de sa part de le supposer, mais c'était ainsi.

— Je ne vais pas partager mon chariot avec vous, plaisanta-t-elle en se dirigeant vers la rangée de caddies. Vous allez devoir pousser le vôtre.

— Je suis d'accord, confirma Eagle. On vient juste de se rencontrer, on ne peut pas laisser notre nourriture se toucher.

Elle gloussa et secoua la tête, et simplement comme ça, Eagle voulait apprendre à la connaître. Il souhaitait tout savoir d'elle. Comment c'était de grandir avec la prosopagnosie, qui étaient ses amis, où elle vivait, quel était son travail, tout.

Il avait le sentiment étrange que la découvrir changerait sa vie... de la meilleure des façons.

— Je vous entends penser, souffla Taylor alors qu'ils traversaient le rayon des fruits et légumes.

— C'est-à-dire que... J'ai un million de questions, admit Eagle. Je n'ai jamais rencontré quelqu'un comme vous.

— La prosopagnosie est rare, expliqua-t-elle. Seuls environ deux pour cent de la population naissent avec cette maladie. Je ne peux pas reconnaître les visages, même le mien. Si vous me montrez une série de photos en y incluant la mienne, je ne pourrai pas vous indiquer laquelle me représente. Je peux distinguer des caractéristiques individuelles, comme le fait que vous ayez les yeux bleus, mais si vous m'exposez ensuite dix clichés d'yeux bleus, je ne serai pas capable de retrouver les vôtres. Mais sinon, je suis comme tout le monde. Je peux prendre des décisions saines et rationnelles, et je grimace quand quelqu'un mélange des pois et des rayures dans sa tenue.

— Et je suis l'opposé, l'informa Eagle. Je ne serais pas en mesure de dire ce qui est à la mode et ce qui ne l'est pas, mais si ma maîtresse de CE1 se présentait soudainement devant nous, je saurais non seulement la reconnaître, mais aussi vous donner son nom.

Il tendit aveuglément la main vers un sachet de bananes, et Taylor tendit son bras et posa sa paume chaude sur son poignet.

Eagle la regarda. Il aimait ce contact. Un peu trop.

— Vous n'allez pas sérieusement les acheter, n'est-ce pas ? demanda-t-elle avec un petit froncement de sourcils.

Baissant les yeux sur les fruits qu'il s'apprêtait à déposer dans son chariot, Eagle haussa les épaules.

— Si ?

— Non, répliqua-t-elle fermement, en lui arrachant le sachet des mains et en le remettant sur le support.

Elle attrapa un autre paquet et le tendit vers lui.

— Tenez. Celles-ci sont bien meilleures.

— Pourquoi ? s'étonna Eagle.

— Vous avez dit que vous faisiez des courses pour un groupe de personnes, non ?

— Oui. Il y a plus d'une douzaine d'employés à Silverstone. Ils ne travaillent pas tous en même temps, mais ils sont autorisés à s'arrêter quand ils veulent pour passer du bon temps ou pour manger. Leurs familles sont les bienvenues aussi.

— D'accord, donc si vous optez pour ce régime de bananes, elles seront pourries dans un jour ou deux. Si vous les prenez un peu plus vertes, comme celles-là, ajouta-t-elle en désignant celles qu'elle avait choisies, elles dureront plus longtemps. Et puis... qui veut consommer des bananes en bouillie ?

— Je n'y avais pas vraiment pensé, admit-il en toute honnêteté.

Taylor secoua la tête.

— *Tu es vraiment* nul pour faire les courses.

— Je ne t'ai pas menti.

— Je sais, mais je pensais que tu me draguais ou quelque chose comme ça.

Eagle ricana.

— Malheureusement, non. Je veux dire, j'ai l'impression que tu es plutôt astucieuse et que tu verrais clair dans mon jeu de drague. Mais *je suis vraiment* nul en provisions. Je n'ai pas la patience pour ça.

— Le flirt ne marche pas vraiment avec moi, rebondit Taylor d'un ton terre à terre, comme si elle parlait de la météo.

— Qu'est-ce qui fonctionne ? rétorqua Eagle, regrettant les mots dès qu'ils furent sortis de sa bouche.

— Me donner du temps. Me montrer avec plus que des paroles que je peux te faire confiance.

Eagle fixa la femme à côté de lui. Avec un mètre quatre-vingt-cinq, il était plus grand qu'elle d'au moins quinze centimètres, et il avait envie de frapper quiconque l'avait trahie.

Inexplicablement, il voulait s'interposer entre elle et le reste du monde. Il ne pouvait pas déterminer si c'était parce qu'il était attiré sexuellement, si son état l'intriguait vraiment, ou si c'était simplement parce qu'elle semblait très vulnérable.

Mais quoi qu'il en soit, il savait une chose... il allait mettre en œuvre tout ce qui était possible pour prouver à cette femme qu'elle *pouvait* avoir foi en lui. Si cela signifiait être un ami et rien d'autre, qu'il en soit ainsi. Gagner sa confiance semblait plus important que tout ce qui était physique... du moins pour le moment.

— Tu *peux* me faire confiance.

Elle haussa les épaules.

— J'ai déjà entendu ça.

Eagle n'aimait pas être mis dans le même sac que les autres trous du cul qui l'avaient manifestement laissée tomber dans le passé.

— Tu peux, insista-t-il.

— Qu'y a-t-il d'autre sur ta liste de courses ? demanda-t-elle, changeant de sujet.

Eagle ne protesta pas, parce qu'en ce moment il n'avait aucune idée de la façon de la convaincre qu'il faisait partie des gentils, et encore moins pourquoi il le voulait.

Enfin, pas complètement un *gentil*. Il avait le sentiment que s'il lui avouait que ses amis et lui parcouraient le monde pour le débarrasser du pire de l'humanité, ça ne susciterait pas exactement sa confiance.

Au lieu de lui dire ce qu'il y avait sur son papier, il la lui montra. En l'absence d'Archer, les employés se relayaient pour cuisiner, et ils avaient dressé une liste de courses dans ce but. C'était un véritable fouillis, avec des ingrédients griffonnés dans le désordre sur le bloc-notes posé sur le réfrigérateur. La plupart du temps, lorsqu'il achetait des provisions, il commençait par le haut et descendait le long de la feuille, devant revenir plusieurs fois en arrière dans le magasin pour prendre des articles dans une allée qu'il avait déjà empruntée. C'était sans queue ni tête, et une partie de la raison pour laquelle il détestait cette corvée.

— Qu'est-ce que c'est ? interrogea Taylor, en plissant les yeux sur sa liste.

— Tout ce dont j'ai besoin, répondit Eagle, lui révélant quelque chose qu'elle savait manifestement déjà. Les employés de la station écrivent ce qu'ils veulent, et je fais les courses.

— Putain, c'est affreux. Pas étonnant que tu détestes ça.

Eagle ne put s'en empêcher, il rit.

— Je pensais justement à la même chose.

— OK, commençons par le commencement, nous devons mettre de l'ordre dans tout ça, commença Taylor, en prenant son chariot et en se dirigeant vers une partie vide du rayon fruits et légumes, à l'écart des autres clients.

Elle fouilla dans son sac un moment avant d'en sortir un stylo et un reçu.

— Ce n'est pas l'idéal, mais ça devrait faire l'affaire, marmonna-t-elle.

Puis elle posa la liste sur son sac à main, qui se trouvait sur le siège enfant du chariot, et se pencha sur le ticket de caisse. Elle l'avait retourné et écrivait sur le dos vierge.

— OK, tu as deux types de muffins, mais ils n'ont pas noté lesquels, donc je pense que tu devrais prendre myrtilles et cannelle raisin. S'ils n'aiment pas ça, tant pis, ils auraient dû le préciser. Les œufs sont inscrits trois fois, donc si tu en prends deux douzaines, ça devrait suffire pour une semaine. Et si c'est trop, ils se garderont jusqu'à la prochaine fois. Des fruits frais ? Quel genre ? Putain, il faut qu'ils soient plus précis. Pas étonnant que tu détestes ça ; personne ne te dit exactement ce qu'il veut, alors tu es mis dans une situation d'échec. Bien... Pourquoi pas des pommes, des pêches et des raisins ? S'ils souhaitent autre chose, ils devront être plus précis la prochaine fois. Viande hachée, poitrines de poulet et crevettes... c'est assez facile.

Eagle l'observait tandis qu'elle prenait complètement le contrôle de sa liste. Elle griffonnait furieusement au dos du reçu, et il ne pouvait s'empêcher de sourire alors qu'elle grommelait continuellement dans sa respiration tout en écrivant. C'était comme si le reste du monde avait cessé d'exister. C'était mignon comme tout, mais ça le préoccupait aussi.

— Taylor ? appela une voix, la faisant sursauter.

Eagle se retourna et découvrit une dame d'âge moyen venir vers eux, avec un sourire éclatant.

— Je pensais bien que c'était toi. Comment vas-tu ? Ça fait une éternité que je ne t'ai pas vue ! s'enthousiasma la femme.

Jetant un coup d'œil à Taylor, Eagle constata qu'elle n'avait pas menti sur sa pathologie... non pas qu'il l'ait envisagé. Elle n'avait absolument aucune idée de qui se tenait près d'eux et attendait d'être reconnue.

Pour la première fois, il se rendit compte à quel point il pouvait être frustrant et difficile de ne pas identifier quelqu'un.

Affichant un rictus sur son visage, il s'avança et tendit la main à la femme.

— Je suis Eagle, un ami de Taylor. Je ne pense pas que nous nous soyons déjà rencontrés.

Et comme il l'avait anticipé, l'inconnue porta son attention sur lui.

— Oh ! bonjour. Je suis Wanda Wright.

— Enchanté de vous rencontrer. Comment connaissez-vous Taylor ? demanda-t-il en lui serrant la main.

— Nous vivions dans le même complexe d'appartements, déclara la femme bavarde. J'ai déménagé l'année dernière dans un autre immeuble non loin de celui de mon fils. Sa femme l'a quitté, lui et ses deux enfants, et je voulais être plus proche pour l'aider.

— Comment se portent Gail et Bobby ? s'enquit doucement Taylor derrière lui.

Eagle lâcha la main de Wanda et fit un pas en arrière.

— Oh, ils se débrouillent très bien ! s'extasia-t-elle. Ils s'épanouissent à l'école et poussent comme de la mauvaise herbe.

— Et ton fils ? Il va bien ? interrogea Taylor.

— Il a eu du mal pendant un moment, mais je crois qu'il a finalement compris que la salope qu'il a épousée lui a rendu service en partant. Le divorce a été prononcé, et il a obtenu la garde complète... même si elle ne s'y est pas du tout opposée. Elle était plus préoccupée par son nouveau petit ami de 20 ans que par les enfants. Tant pis pour elle. Et comment ça se passe pour toi ?

Eagle fit abstraction de la conversation et se concentra sur l'observation de Taylor. Dès que Wanda s'était approchée, elle s'était crispée, ses doigts s'enroulant dans ses paumes. Mais elle semblait détendue maintenant. Les deux femmes parlaient de certains voisins de Taylor et s'apitoyaient sur les malheurs de la vie en appartement.

— J'ai assez abusé de votre temps, dit Wanda au bout d'un moment. C'était génial de te revoir. J'étais heureuse de me rapprocher de mes petits-enfants, mais j'étais désolée de te quitter.

— Je suis ravie que les choses fonctionnent pour toi, lui confia Taylor.

Wanda afficha un grand sourire et ses adieux.

Après que Wanda eut poussé son chariot, Taylor se tourna vers Eagle.

— Merci.

— Pour quoi ? demanda-t-il, en jouant les idiots.

Taylor fronça les sourcils.

— Tu sais quoi ? Je n'avais aucune idée de qui c'était, et tu es intervenu sans problème pour qu'elle se présente.

Eagle fixa ses yeux marron foncé et déclara :

— Tu ne me connais pas, et, comme tu l'as dit, tu n'as aucune raison de m'accorder ta confiance. Mais tu peux absolument le faire. Je vais le prouver.

Elle n'ajouta rien, mais ne baissa pas non plus le regard.

Ils se dévisagèrent un long moment, puis il adressa un signe de tête vers le papier toujours dans sa main.

— Est-ce que c'est rattrapable ?

Soupirant, Taylor haussa les épaules et lâcha d'un ton ironique :

— Je ne suis pas sûre. J'ai vraiment cru que tu me faisais remarquer que je n'étais pas douée pour ce truc de magasin.

— Non. Pas du tout.

— Je m'en rends compte maintenant. Je crois que j'ai réorganisé la liste originale en fonction des allées du magasin. Il se peut qu'on ait à revenir en arrière, mais pas trop, j'espère. Tu devrais vraiment demander à tes employés de recenser leurs besoins sur une note numérique. Je peux à peine lire certaines de leurs écritures.

— Archer s'en occupera, lui confirma Eagle.

— Archer ?

— C'est le nouveau. Shawn Archer. Il a actuellement une semaine de congé, mais à son retour, je ne doute pas qu'il prendra tout en main et que ces listes désordonnées appartiendront au passé. Sans compter que c'est lui qui fera les courses... Dieu merci !

— Bien. Bon, allons-y. J'ai déjà passé plus de temps que prévu dans ce fichu magasin, et si je dois t'aider, nous devons nous y mettre.

Elle attrapa son chariot et s'apprêtait à le tourner pour continuer ses achats quand Eagle posa sa main sur son bras, l'arrêtant.

— Merci. De m'avoir aidé. Je suis un homme assez humble pour admettre que je suis dépassé par les événements. J'aurais fini par comprendre cette liste, mais j'aurais été d'une humeur exécrable avant d'y parvenir. Donc merci.

— Non, merci *à toi* de ne pas me faire redouter d'être ici pour une fois dans ma vie.

Et sur ce, elle s'éloigna et repartit vers les pommes. N'ayant pas d'autre choix, Eagle la suivit... même si c'était difficile de la regarder de dos.

* * *

Taylor ne se souvenait pas d'un moment où elle s'était sentie si détendue en public. D'habitude, elle appréhendait chaque seconde passée en dehors de son appartement. Dans son espace de sécurité, elle était Taylor Cardin, très instruite, correctrice très appréciée, et confiante en ses capacités. Elle aimait regarder des émissions culinaires et essayer de nouvelles recettes. Elle entretenait de bonnes relations avec ses clients réguliers et était pleine d'esprit et drôle dans ses e-mails et sur les réseaux sociaux.

Mais dès qu'elle sortait, elle se transformait en quelqu'un qu'elle n'aimait pas beaucoup. Douce, incertaine et distante.

Elle repoussait les courses aussi longtemps que possible, pour finalement se rendre au magasin ce matin-là. Elle savait qu'elle pouvait faire ses provisions en ligne et les récupérer sur le trottoir, mais elle n'aimait pas l'idée qu'une tierce personne choisisse sa nourriture. Elle était particulièrement attentive à sa viande, ses fruits et ses légumes. De plus, lorsqu'elle se promenait dans les allées, elle avait souvent envie d'essayer quelque chose de nouveau dans ses plats.

Mais elle détestait tomber sur des gens qu'elle connaissait. Ou plutôt, qui *la* connaissaient. C'était toujours gênant. Soit elle prétendait savoir qui ils étaient, soit elle devait admettre que non. Ils avaient horreur de ça. Elle avait perdu trop d'amis au fil des ans parce qu'elle ignorait leur nom quand elle les voyait.

Rangeant les pensées déprimantes au fond de son esprit, Taylor porta son attention sur l'homme derrière elle et sur ce qui s'était passé dans le parking.

Elle pouvait identifier les types qui s'étaient battus d'après leurs vêtements, mais dès qu'ils seraient rentrés chez eux et se seraient changés, elle ne les reconnaîtrait pas. Taylor était bien consciente que les officiers étaient sceptiques quant à sa pathologie. Peut-être même qu'ils pensaient qu'elle mentait pour éviter de témoigner, si on en arrivait là. Elle s'était sentie très mal à l'aise lorsqu'ils avaient discuté de son handicap, de ce qu'ils devaient noter sur elle dans leur rapport, devant les autres témoins qui, un par un, avaient été autorisés à reprendre le cours de leur journée pendant qu'elle était retenue.

Elle avait l'impression *d'avoir commis* quelque chose de grave, alors qu'elle n'avait fait qu'essayer d'acheter de la nourriture.

Puis Eagle était arrivé.

Elle savait que des gens comme lui existaient, on les appelait les *super-reconnaisseurs* dans son monde. Des personnes avec une aptitude dont elle ne disposait pas. Elle s'attendait à ce qu'il l'envoie promener, qu'il la fasse se sentir aussi stupide que l'officier qui l'avait comparée au personnage campé par Drew Barrymore dans *Amour et Amnésie*. Elle avait précisé à Eagle qu'elle n'était pas comme cette protagoniste, mais il n'avait même pas sourcillé.

Elle ne s'attendait pas non plus à ce qu'il se présente à Wanda. Il aurait pu rester là et la regarder se débattre pour comprendre qui était cette femme. Mais au lieu de ça, il avait pris l'initiative de l'aider. Elle avait su que c'était son intention à la seconde où il était intervenu.

Cette conversation avait été la plus « normale » qu'elle avait eue avec quelqu'un depuis très longtemps. Elle avait en réalité apprécié de revoir Wanda et de savoir comment elle et ses petits-enfants allaient. Il n'y avait aucune gêne de part et d'autre.

Taylor ignorait tout d'Eagle, si ce n'était qu'il était apparemment incapable de cuisiner et d'acheter de quoi manger. Elle savait aussi qu'il travaillait à Silverstone Towing, ce qui en soi en disait long, car l'entreprise était bien connue dans la région d'Indianapolis. Les officiers de police le connaissaient manifestement et étaient à l'aise avec lui.

Hmmm, peut-être qu'elle en avait appris plus sur cet homme qu'elle ne le pensait.

— Pourquoi diable y a-t-il autant de sortes de farine ? Ça n'a aucun sens, grommela-t-il.

Taylor ne put s'empêcher de glousser.

Il se tourna vers elle.

— Quoi ? Regarde cette merde. Il y a des rangées et des rangées de putain de farine. C'est stupide. Tout usage, gâteau, pain, levain, blé entier, sans gluten... Putain !

Prenant pitié de lui, Taylor attrapa deux sacs de farine tout usage et les déposa dans son chariot.

— Il y en a de plusieurs types pour différentes sortes de pâtisseries. Mais comme ton personnel n'a pas spécifié ce qu'il voulait, ils auront la farine normale de tous les jours. S'ils désirent autre chose, ils apprendront à être plus précis.

Eagle grogna simplement.

C'était une réaction tellement *masculine* qu'elle ne pouvait s'empêcher de ricaner.

— Tu te moques de moi ? s'offusqua-t-il, les sourcils froncés.

— Oui, admit-elle facilement.

Et soudain, Taylor se rendit compte qu'elle s'amusait. Pour la première fois depuis ce qui semblait être une éternité, elle *se divertissait* en public.

— Avant que je perde la tête avec toute cette fichue nourriture tellement c'est compliqué, parle-moi un peu plus de toi, ordonna Eagle. Qu'est-ce que tu fais ?

Taylor savait qu'elle pouvait l'envoyer promener et qu'il la laisserait changer de sujet, mais elle n'en avait pas envie. Elle aimait bien Eagle. Il était franc, mais il l'avait aussi fait rire. C'était un bon point pour lui.

— Je suis correctrice d'épreuves.

Il la regarda.

— Quoi ?

— Correctrice d'épreuves. Je prends en charge des textes que d'autres ont écrits et je les relis pour m'assurer qu'ils ne comportent pas d'erreurs. Virgules, orthographe, grammaire, ce genre de choses.

— Des livres ?

— Oui. Et des discours. Et des manuels pour des produits, même des livres de cours. Tout ce que tu veux, je le corrige.

— J'ignorais que c'était un métier, admit-il.

— Comme la plupart des gens. Mais tu serais surpris du nombre de fautes que je trouve. Même si un texte a été édité plusieurs fois, il y en a toujours qui s'y glissent. Je ne promets pas de tout détecter, car je suis humaine, mais des détails comme les homophones, par exemple, font partie des subtilités les plus difficiles à appréhender.

Lorsqu'il la dévisagea d'un air absent, Taylor expliqua :

— Les homophones sont des mots qui se prononcent de la même façon, mais qui ont des significations distinctes. Ils s'écrivent différemment en fonction de leur définition. Par exemple, *seau* et *sot*... Le premier est un récipient, et le second est une personne bête. Ou ils peuvent s'écrire de la même façon, mais avoir un autre sens. Comme *droit*. Ça peut être la notion juridique ou le synonyme de rectiligne.

— Je n'y avais jamais songé... sauf quand je lis un livre et que l'auteur a utilisé en anglais *their*, t-h-e-i-r, alors qu'il voulait dire *they're*, t-h-e-y-apostrophe-r-e.

— Ou *there*, t-h-e-r-e, ajouta Taylor.

Ça prit une seconde à Eagle, puis il sourit.

— Exactement.

— Bon, alors, je suis correctrice.

— Je vais être grossier, mais c'est seulement par curiosité... ça paie bien ?

Taylor ne s'offusqua pas.

— Pas au début. J'ai accepté tous les boulots que je pouvais trouver, mais au bout d'un moment, j'ai eu la réputation d'être super pointilleuse, ce qui est préférable pour un correcteur. J'ai eu de plus en plus de travail, et j'ai pu augmenter mes tarifs en conséquence. J'ai longtemps exercé de manière indépendante, puis j'ai été engagée par une société de manuels scolaires. Mais je corrige toujours à peu près tout. Sites web, brochures, ouvrages, livres, discours.

— Waouh, ça a l'air intéressant.

Taylor gloussa.

— Ça peut l'être. Mais c'est aussi très ennuyeux parfois. Je me souviens de la fois où j'ai dû relire un manuel de biochimie. J'ai cru que je n'y arriverais jamais.

— Et c'est quelque chose que tu peux faire depuis chez toi, supposa Eagle avec une perspicacité étonnante.

— Oui. Je suis devenue très proche de certaines personnes avec qui je collabore, mais je n'irai jamais à une conférence sur le livre ou autre. Personne ne comprendrait comment je peux être si amicale en ligne et complètement distante en personne. Ils penseraient que je les ignore, et ça pourrait nuire à mes affaires.

— Je suis sûr que s'ils se rendaient compte..., commença Eagle.

Taylor secoua la tête.

— Ils n'y arrivent pas. Pense à ton meilleur ami, suggéra-t-elle. Maintenant, imagine que tu te retrouves face à lui et que tu n'as aucune idée de qui il est, même si vous avez passé des heures et des heures ensemble, à boire, à discuter... à faire comme les gars quand ils sortent ensemble. Comment te sentirais-tu ?

— Ce serait dur, admit Eagle sans hésiter. Mais si c'était un véritable ami, quelqu'un qui se souciait de moi et m'aimait comme je suis, nous aurions parlé de mon état, et je suppose qu'il m'indiquerait seulement qui il est, puis nous continuerions comme si de rien n'était.

— C'est vraiment facile à *dire*, mais ce n'est pas si simple pour les gens d'y consentir chaque fois.

— Faux, répliqua Eagle, en se rapprochant.

Mais Taylor n'avait pas peur qu'il soit dans son espace personnel. Elle lui faisait confiance pour ne pas la blesser physiquement dans un lieu public, comme le milieu de l'allée des céréales.

— Ce n'est pas difficile du tout. Quand quelqu'un a un handicap ou une condition avec laquelle il est né, comme toi, les *vrais* amis s'efforcent de prendre toutes les mesures nécessaires pour que chacun soit à l'aise. On s'adapte. Par exemple, à partir de maintenant, quand nous nous verrons après avoir été séparés, je t'appellerai Fleur pour que tu saches qui je suis.

— Et qui *es-tu* ?

— Je suis un homme qui te voit, Taylor. Je détecte ta méfiance et ta prudence, et je n'aime pas ça, même si je le comprends. Tu sais pourquoi on m'appelle Eagle ?

— Non.

— Parce que j'ai des yeux d'aigle. Je perçois tout. Je connais tout le monde. Et je *te* vois, Taylor. Et j'aime la vision que j'en ai.

— Tu ne me connais même pas, protesta-t-elle.

— Je sais que tu es une dure à cuire. Tu dois l'être. Tu es drôle et compatissante, mais tu gardes ta vraie personnalité pour toi en public. J'aimerais découvrir la Taylor que tu es quand tu es seule. Quand tu n'as pas à te soucier de qui tu identifies et n'identifies pas.

— Je n'ai rien de spécial.

— Je ne le crois pas.

— Ma mère m'a abandonnée quand j'avais 2 ans, lâcha-t-elle. Je suppose que je pleurais tout le temps. Elle ne pouvait pas supporter que je ne la reconnaisse pas. Je suis sûre que c'était plus facile pour elle de se séparer de moi émotionnellement.

— C'est *sa* faute, pas la tienne. Et je déteste le fait que ça t'ait conduit à te considérer différemment. Tu prétends que tu n'as rien de spécial, mais je pense fermement que les gens qui ont eu le plus de mal à grandir finissent par être les adultes les plus extraordinaires. Alors... Fleur, répéta-t-il. Quand tu me verras, je t'appellerai comme ça pour que tu saches que c'est moi.

Il sourit.

— Pour moi, tu es comme une fleur... une onagre. Elle ne s'épanouit que la nuit, dans l'obscurité. Tu te caches à cause de la façon dont les gens te traitent... mais tu fleuris quand même. Et je ne peux pas vraiment te surnommer *farine tout usage*.

Il lui lança un clin d'œil.

— Donc *Fleur* devra être notre mot de passe à la place.

Taylor avala de travers et se força à faire un pas en arrière. Il la submergeait. Il prononçait de belles paroles, mais elle les avait déjà entendues. Des gens qui prétendaient que son handicap n'avait pas d'importance. Mais finalement, *ça* comptait. Des amies à l'école primaire, des garçons qu'elle avait fréquentés, même quelques clients à qui elle s'était ouverte... ils l'avaient tous laissée tomber.

— Si on veut bientôt en finir avec ta liste, on ferait mieux de s'y mettre, éluda-t-elle en tremblant, ignorant toute l'histoire de la fleur.

Pendant une seconde, elle crut qu'Eagle n'allait pas laisser passer ça. Mais il hocha finalement la tête.

— OK, Taylor. Je saisis. Tu apprendras que je ne dis jamais rien que je ne pense pas.

Puis il s'empara de son chariot et continua dans l'allée, jetant des flocons d'avoine et des Cheerios dans son panier.

Prenant une profonde inspiration, elle le suivit.

Fleur.

L'homme en face d'elle était mortel. Intelligent. Drôle. Attentionné. Elle avait le sentiment qu'elle avait de gros problèmes.

* * *

Brett Williams entra dans la maison qu'il partageait avec sa mère et alla directement au sous-sol. L'excitation coulait dans ses veines. Cela faisait longtemps qu'il n'avait pas trouvé une femme qui l'intéressait autant que celle d'aujourd'hui au magasin.

Taylor Cardin.

Il l'avait entendue tenter d'expliquer son handicap aux officiers.

La prosopagnosie.

Il n'en avait jamais entendu parler, mais à la seconde où il était monté dans sa voiture et avait regardé sur son téléphone, il avait su que c'était la bonne.

Elle n'avait pas la capacité de reconnaître les visages.

Ce qui signifiait que si elle le voyait le lendemain, elle ne saurait pas qui il était.

Elle ignorerait qu'il avait été témoin de la bagarre des deux idiots sur le parking.

Il serait toujours un parfait inconnu pour elle.

Mais il savait qui *elle* était.

L'impatience roula dans ses tripes. Il pourrait tellement s'amuser avec elle. Il serait en mesure de lui embrouiller l'esprit pendant des semaines... et elle n'aurait aucune idée qu'elle était dans sa ligne de mire.

Cela faisait presque sept mois qu'il n'avait pas ressenti l'euphorie d'avoir une femme complètement à sa merci. Ça avait duré cinq jours avec la dernière, et, au début, elle avait été amusante à torturer psychologiquement. Elle avait été effrayée à mort. Il s'était senti incroyablement puissant en la regardant supplier pour sa vie, en la voyant pleurer alors qu'il l'étouffait jusqu'à ce qu'elle perde connaissance, encore et encore.

Après avoir jeté son corps, il avait dû faire profil bas. Laisser le temps aux flics de tourner en rond pour essayer de trouver qui l'avait tuée. Mais maintenant que leur enquête s'était tassée, l'heure était venue.

Il avait trouvé son prochain jouet.

Taylor Cardin.

Il pouvait y aller doucement, jouer au chat et à la souris. Pendant ce temps, elle ignorerait totalement qu'elle inter-agissait continuellement avec un tueur en série.

Souriant d'impatience, Brett contempla les photos sur le mur de son sanctuaire en sous-sol. De vieux polaroïds des femmes qu'il avait assassinées. Il y en avait onze.

Il ne pouvait pas imaginer les oublier. Il pouvait se rappeler chaque seconde de chacune d'entre elles. Comment elles avaient supplié. Comment elles lui avaient promis tout ce qu'il voulait s'il les laissait partir. Chaque petit son et chaque petite expression. Leurs visages étaient gravés dans sa mémoire. Il pensait à elles quand il se masturbait et quand il avait simplement besoin d'un bon souvenir pour traverser ses journées monotones.

Et Taylor serait la chanceuse numéro douze.

Bientôt, il aurait sa photo à ajouter à son mur de souvenirs. Taylor ne se rappellerait peut-être jamais son visage... mais lui se rappellerait toujours le sien.

— On va bien s'amuser, murmura-t-il aux yeux aveugles qui le fixaient sur les clichés de la cloison. Maintenant, je dois décider où et comment débuter mon jeu avec la petite Taylor.

CHAPITRE 2

— Et puis Thomas a pris une énorme bouchée et a tout recraché sur la table. Ça a dégoûté Christine et Shane. Leigh a sorti son téléphone et a commandé une pizza, balança Eagle.

Taylor gloussa.

— Est-ce que tu mens ?

— Je jure que non.

— Comment peux-tu rater des spaghettis ? demanda Taylor une fois qu'elle se fut maîtrisée.

Personne n'avait été plus étonné que Taylor quand Eagle l'avait contactée la nuit après leur rencontre à l'épicerie. Il lui avait demandé son numéro avant qu'ils se séparent sur le parking, et elle s'était surprise à le lui donner sans hésiter. Il y avait quelque chose en lui qui l'intriguait... même si elle n'était pas sûre à cent pour cent de ses motivations. Ils n'avaient discuté que dix minutes lors de ce premier appel, mais il avait appelé la nuit suivante. Et la suivante. Et la suivante.

Douze jours plus tard, ils se parlaient tous les soirs. Elle attendait leurs conversations avec impatience, plus qu'elle ne voulait l'admettre.

— Hé, je suis un pro pour gâcher la nourriture, rit Eagle. Et… Je le nierai si tu le répètes à quelqu'un, mais je loupe parfois tout volontairement pour qu'on ne me demande pas de cuisiner pendant des mois.

— Tu es terrible.

— Je sais.

— Eagle ?

— Oui ?

— Ça fait longtemps que je n'ai pas eu l'impression d'avoir un ami. Merci.

Taylor savait qu'elle pouvait exploiter davantage ce… quoi que ce soit. Cette chose entre Eagle et elle. Mais elle avait besoin de lui dire qu'elle appréciait son amitié.

— J'ai apprécié nos discussions chaque soir.

— Moi aussi, confia-t-il. Tu me fais me sentir plus… normal.

— Tu ne te sens pas normal d'habitude ? s'enquit-elle, se versant un verre de vin et s'asseyant dans le coin de son canapé.

— Non.

— Pourquoi ?

Il resta silencieux pendant un moment, et Taylor s'inquiéta de ce qu'il pensait.

— Quand j'ai commencé à te téléphoner, j'avoue que j'étais surtout curieux de ton état. Je n'ai jamais rencontré quelqu'un avec la même aptitude que moi, et le fait que tu sois l'opposée est intrigant. Mais après ce premier appel, j'ai compris que je m'en fichais complètement de la prosopagnosie, des super reconnaissances ou de quoi que ce soit d'autre. J'ai simplement été heureux de discuter avec toi.

Son aveu la bouleversa un peu, mais lorsqu'il continua à parler, elle sentit une chaleur se répandre dans son corps.

— Idem, souffla-t-elle. Ma pathologie fait de l'ombre à tout ce que j'entreprends. Je sais que je suis évaluée là-dessus, même si les gens le nient. J'admets que ça me ronge de savoir que c'est la raison pour laquelle tu voulais me parler en premier lieu, mais je suis une assez bonne juge de caractère, et je suis certaine que si c'était ton seul intérêt, tu ne me contacterais plus.

— Je suis désolé. C'était une idée à la con.

— C'est bon. Tu l'as admis, contrairement à la plupart des gens.

— Même si ça fait moins de deux semaines, j'apprécie ton amitié. Et à la lumière de cela… j'aimerais te dévoiler quelque chose sur moi.

— D'accord, acquiesça lentement Taylor, pas vraiment ravie du ton soudainement sérieux de sa voix.

— Pas au téléphone, éluda-t-il fermement. Si je promets de ne pas cuisiner pour toi, tu crois qu'on pourrait se voir ?

Le premier instinct de Taylor était de dire non. Elle aimait la relation qu'ils entretenaient actuellement. Se parler au téléphone tous les soirs. Discuter de leur journée. C'était facile. Détendu. S'ils commençaient à se voir en personne, il serait probablement irrité qu'elle ne puisse pas le reconnaître.

— Ne me juge pas comme les connards de ton passé, reprit-il d'un ton bourru.

— Comment sais-tu à quoi je pensais ? le questionna-t-elle.

— Car je te connais.

Ces quatre mots étaient effrayants comme l'enfer. Parce qu'il avait raison. Il la *connaissait*. Elle s'était plus ouverte à lui lors de leurs conversations téléphoniques qu'avec quiconque dans sa vie. Elle ignorait ce qui, chez Eagle, lui donnait l'impression de pouvoir tout lui raconter, mais ça lui faisait du bien. Vraiment du bien.

— OK, confirma-t-elle doucement, décidant que si leur amitié ne survivait pas aux rencontres en face à face, il valait mieux être fixé maintenant plutôt que plus tard, quand ça serait plus pénible.

Putain, de qui se moquait-elle ? Elle avait le sentiment que renoncer à leurs discussions nocturnes serait très douloureux, même si cela ne durait que depuis deux semaines.

— Bien. Je viendrai te chercher demain vers 5 heures. On ira à Silverstone Towing et on mangera un repas qu'Archer aura préparé. Puis on s'assiéra et on discutera de mon boulot. Je te ramènerai chez toi quand tu voudras.

Taylor devait admettre qu'elle était intriguée. Elle n'avait aucune idée de ce qu'Eagle voulait lui dire, mais ça avait l'air très secret.

— Tu n'as pas besoin de passer me prendre. Je peux venir en voiture.

— Non, lâcha Eagle irrévocablement. Si tu arrives seule, j'ai peur que tu jettes un coup d'œil à l'enceinte du bâtiment, que tu fasses demi-tour pour partir... et que tu ne répondes plus à mes appels.

— C'est si grave que ça ? Je croyais que tu avais indiqué que Silverstone se portait bien.

— C'est le cas, lui confirma-t-il. Mais nous avons délibérément fait en sorte que les bâtiments et les terrains *feignent* le contraire... pour nous protéger de ceux qui pourraient penser que nous sommes une cible facile pour un vol ou d'autres manigances.

Taylor était définitivement perplexe désormais.

— Vraiment ?

— Vraiment.

— Des manigances ? Qui dit ça ?

Elle le taquina et fut soulagée d'entendre Eagle ricaner.

— C'est moi, apparemment. Et... il y a une autre raison.

Comme il ne poursuivait pas, elle demanda :

— Quoi ?

— Je veux te démontrer que ta condition ne me dérange pas. Que je me moque que tu ne me reconnaisses pas quand tu me vois. J'utiliserai notre mot de passe, et nous continuerons comme ces deux dernières semaines. Rien ne change, Taylor. Je ne te considère pas comme une moins que rien et je n'ai pas pitié de toi. Compris ?

Taylor voulait acquiescer. Elle avait envie de le croire. Mais on lui avait déjà dit ça de nombreuses fois, et en fin de compte, ça avait toujours posé un problème. Personne n'aimait être regardé comme un étranger. L'ego de la plupart des gars ne pouvait pas le supporter.

— Je comprends, poursuivit-il quand elle ne répondit pas. Je vais simplement devoir te le prouver. Et je n'en suis pas capable si on ne se voit pas. Demain, à 5 heures, je serai à ta porte.

— Tu ignores où je vis, protesta-t-elle.

Eagle eut un petit rire.

— Tu es mignonne.

— Tu *sais* où j'habite ? renchérit-elle.

— Oui.

— Est-ce que j'ai envie d'apprendre comment tu l'as découvert ?

— Je te le dirai demain. Maintenant... Raconte-moi ce que tu as fait aujourd'hui. Tu es sortie de ton appartement ?

Taylor voulait savoir *maintenant* comment il avait pu si facilement trouver son adresse, mais même après seulement deux semaines, elle était consciente qu'Eagle ne lui révélerait rien tant qu'il ne serait pas prêt. Il était têtu à ce point.

— Oui. J'ai dû aller au bureau de poste. J'ai une boîte postale pour mes affaires professionnelles parce que c'est plus sûr que les boîtes aux lettres de mon complexe d'appartements, et j'ai dû envoyer et récupérer des projets. Je n'ai pas beaucoup de clients qui préfèrent que j'annote les copies papier de leur travail, mais quand c'est le cas, je dois les renvoyer par la poste. J'ai donc pu m'occuper des deux en un seul voyage, ce qui m'a plu.

— Comment ça s'est passé ? s'enquit Eagle.

— Bien, en réalité. J'ai discuté avec un gars pendant qu'on faisait la queue. Sa mère avait besoin de timbres, et comme elle est handicapée et ne voulait pas les commander en ligne, il venait en acheter pour elle.

— Sympa de sa part.

— En effet. Bien sûr, après, le gars derrière le comptoir m'a demandé comment j'allais et si j'avais de nouveaux clients sympas. C'était gênant parce que je n'avais aucune idée de ce que je lui avais déjà raconté. Je veux dire, j'ai conscience que j'ai eu des discussions sur mon activité avec plusieurs employés du bureau de poste, mais j'ignorais ce que je *lui* avais expliqué. J'ai donc été vague, comme d'habitude, et heureusement, ça n'a pas duré longtemps.

— C'est bien.

— Oui. Ensuite, j'ai pris de l'essence. J'ai acheté un hamburger en rentrant chez moi, puis j'ai passé cinq heures à lire un livre sur un extraterrestre avec une épouse par correspondance.

— J'ai peur de poser la question… c'était un roman d'amour ou de science-fiction ? pouffa Eagle.

Taylor pouffa.

— De la romance.

— Ouf. Je suppose qu'elle n'a pas été mangée par l'alien, alors ?

— Eh bien...

Eagle éclata de rire. Quand il put se contrôler, il lui lança :

— Waouh, c'est ce que j'ai insinué, n'est-ce pas ?

— Oui.

— On dirait que tu as passé une bonne journée.

— Oui. Et toi ? Qu'est-ce que tu as fait ?

— J'ai eu une réunion avec mes amis dans la matinée, puis je suis allé courir un peu.

— Quelque chose d'intéressant ? demanda Taylor.

— Une épave, un remorquage parce que quelqu'un conduisait avec un permis suspendu, et deux véhicules en panne, lui raconta Eagle.

— Je trouve fascinant que quelqu'un qui a été dans les forces spéciales et qui apprécie manifestement une bonne montée d'adrénaline puisse se contenter de parler des tenants et aboutissants de la gestion d'une entreprise et du travail sans doute ennuyeux de dépannage, nota Taylor.

Comme Eagle ne répondait pas, elle eut peur de l'avoir offensé.

— Eagle ?

— Oui, je suis là. C'est une question d'équilibre, lui répondit-il mystérieusement.

Taylor se rappela qu'elle ne connaissait pas cet homme aussi bien qu'elle le pensait parfois, alors elle laissa tomber le sujet.

— Eh bien, depuis que nous parlons, j'ai essayé de devenir moins solitaire. En fait, je sors de mon appartement au moins une fois par jour maintenant, simplement pour prendre l'air. Ce n'est pas du saut à l'élastique ou du parachutisme, mais c'est autant d'excitation que je veux dans ma vie.

Encore une fois, elle eut une impression bizarre de longue pause d'Eagle, avant qu'il lance :

— Je suis content. Ce n'est pas parce que tu as une prosopagnosie que tu ne dois pas sortir et profiter de tout ce que la vie a à offrir.

— Je sais.

— Bien. Je vais te laisser. Mais je te verrai demain après-midi vers 5 heures.

— D'accord. Merci d'avoir appelé.

— Merci d'avoir répondu, répliqua Eagle.

— À demain.

— Oui.

Taylor raccrocha et resta sur le canapé, le regard dans le vide pendant une longue minute. Certains jours, elle pensait connaître Eagle, et d'autres, comme aujourd'hui, elle avait l'impression de ne pas savoir la moindre chose sur lui.

Elle supposait qu'elle devrait s'inquiéter que leur amitié aille si vite. Mais il ne lui avait rien demandé. Il n'avait rien entrepris qui la rendait nerveuse à part lui parler. Il n'avait pas insisté pour la voir avant ce jour, et il n'avait jamais réalisé ou dit quelque chose de déplacé. Hormis les insinuations involontaires de ce soir, il n'avait pas non plus évoqué quoi que ce soit de sexuel.

Et parce que les choses s'étaient si bien déroulées au téléphone, elle était réticente à changer la nature de leur amitié. Au fil des ans, elle avait cessé d'essayer de se rapprocher des autres, simplement parce que cela lui faisait trop mal lorsque ses soi-disant amis décidaient qu'il était trop difficile de maintenir leur relation.

Et Taylor avait *complètement* tiré un trait sur les liaisons amoureuses après que son dernier petit ami lui avait déclaré que c'était épuisant et déprimant de devoir lui rappeler qui il était chaque fois qu'il la voyait.

Puis, un matin, elle s'était réveillée confuse et désorientée parce qu'elle avait oublié qu'il était resté chez elle (ce qui en disait long sur le caractère peu mémorable du sexe avec lui) et avait momentanément paniqué en découvrant un étranger dans le lit, ce qui avait été la goutte d'eau.

Elle avait essayé de le rassurer en prétendant qu'elle se *souvenait* de lui, de ce qu'ils avaient fait au lit la nuit précédente (même si ce n'était pas très bon). Mais il ne pouvait pas surmonter la réalité selon laquelle elle ignorait qui il était.

Elle espérait vraiment qu'Eagle était aussi fort qu'il le prétendait.

Taylor souhaitait aussi avoir une amie à qui se confier à son sujet, dans la mesure où elle se sentait déjà plus proche de lui que de n'importe qui dans sa vie. Mais elle n'en avait pas. Elle pouvait poster sur le forum de discussion sur la prosopagnosie auquel elle appartenait, mais elle avait découvert au fil des ans qu'il était plus déprimant que réjouissant de lire les messages qui y étaient publiés.

Soupirant, elle attrapa la télécommande et alluma la télévision. Elle ne regardait pas beaucoup de séries dramatiques parce qu'elle n'arrivait pas à suivre les personnages, surtout quand ils changeaient de vêtements au cours de l'épisode. Elle visionna plutôt une émission de cuisine et se détendit dans ses coussins.

Elle était à la fois excitée et nerveuse pour demain, à l'idée de revoir Eagle. Elle essaya de se rappeler à quoi il ressemblait, mais elle n'y parvint pas. Il portait un jean, des bottes noires et une chemise beige lorsqu'elle l'avait rencontré, mais à part cela, elle n'avait aucune idée des traits de son visage.

Elle n'avait pas non plus de réel concept de ce qu'était un bel homme. Mais elle savait que l'employé qui l'avait aidée au bureau de poste aujourd'hui portait trop d'eau de Cologne. Et le type qui était venu acheter des timbres pour sa mère portait un jean usé avec des taches autour des chevilles. Ses chaussures avaient l'air neuves, et il avait mangé quelque chose avec des oignons pour le déjeuner.

Son odorat était très développé, et elle avait une capacité étonnante à se souvenir des vêtements des gens, mais lorsqu'il s'agissait de leur apparence, elle ignorait tout. Plusieurs personnes lui avaient dit qu'*elle* était jolie, mais cela ne signifiait rien pour Taylor. Quand elle se regardait dans le miroir, elle voyait une étrangère qui lui faisait face. C'était un sentiment étrange, qu'elle n'essayait plus d'expliquer à quiconque.

Elle ne pouvait s'empêcher de se demander si Eagle ne faisait pas partie des rares personnes qui pouvaient comprendre. Elle avait le sentiment que c'était le cas.

Soupirant, elle reporta son attention sur la télévision. Demain allait être une longue journée. Elle devait terminer la relecture de la romance extraterrestre pour pouvoir s'atteler à la tâche redoutable de la correction d'un manuel d'histoire américaine de six cents pages, qu'elle avait récupéré à la poste en s'y rendant pour expédier un autre manuscrit qu'elle venait d'achever. Et l'excitation de revoir Eagle était décourageante. Elle redoutait autant qu'elle était excitée de revoir Eagle. Elle était dans tous ses états.

Son téléphone vibra à la réception d'un message, et Taylor se rendit compte qu'elle le tenait toujours dans sa main gauche. Elle le regarda et gloussa quand elle lut ce qu'Eagle avait écrit.

Eagle : Arrête de t'inquiéter. C'est moi qui devrais être anxieux, pas toi.

Taylor n'avait aucune idée de la raison pour laquelle *Eagle* devait être soucieux, mais elle prit une profonde inspiration. Elle avait appris au fil des ans que détourner son attention d'une source de stress ne diminuait pas son anxiété. Cela ne contribuait qu'à l'augmenter. Ce qui se passait se passait, et elle l'affrontait. Comme toujours.

Elle tapa une réponse rapide.

Taylor : Je ne suis pas inquiète. Chut, l'héroïne est sur le point de découvrir que son alien a des barbes sur son pénis et se demande comment les choses vont évoluer entre eux.

Elle ignorait pourquoi elle avait saisi ça. Elle avait terminé le livre plus tôt et ne lisait certainement pas une histoire d'amour en ce moment, mais elle ne pouvait s'empêcher de taquiner Eagle. Elle n'aimait pas penser qu'il était préoccupé par ce qu'il voulait lui dire demain.

Trois points apparurent sur l'écran, lui indiquant qu'il était en train de rédiger une réponse. Quand elle arriva, Taylor ne put que secouer la tête et s'esclaffer.

Eagle : Des barbes ? Putain, comme si je n'avais pas déjà un complexe d'infériorité. Comment moi, un simple mortel, puis-je rivaliser avec des barbes ?!

Taylor : Merci de m'avoir amusée. Je suis nerveuse pour demain, mais je te fais confiance.

Eagle : Je n'ai jamais éprouvé autant de plaisir qu'en lisant ces quatre derniers mots. Dors bien.

Et le simple fait de savoir qu'elle avait réussi à apaiser Eagle *la* rassura.

Taylor posa son téléphone sur la table à côté d'elle, but le reste de son vin, puis se blottit sous une couverture et reporta son attention sur l'écran. Elle *avait* foi en Eagle. Il faisait partie des gentils. Elle avait parié sa vie là-dessus.

* * *

Merde ! Demain, Eagle devait avouer à Taylor qu'il n'était définitivement pas un gentil. Il n'était pas exactement un mauvais gars, mais il n'était certainement pas bon.

Il ne lui avait pas menti. Il avait été fasciné par sa pathologie, et c'était pourquoi il l'avait appelée au début. Mais plus il apprenait à la connaître, plus il l'aimait sincèrement. Elle était terriblement intelligente et trop bien pour les gens comme lui, mais il ne pouvait pas s'empêcher de lui téléphoner tous les soirs.

Eagle n'avait jamais eu d'amie avant. Il avait couché avec son lot de femmes au fil des ans et avait même failli en épouser une, mais quand il avait découvert qu'elle se tapait une demi-douzaine d'autres hommes, il avait pris une longue pause dans ses fréquentations. Il ne voulait pas être *ce* type, celui qui se méfiait de toute la gent féminine à cause d'une seule, mais il était encore sous le coup de sa trahison.

Mais putain, il avait confiance en Taylor. Il y avait quelque chose en elle qui l'attirait. Et cela n'avait rien à voir avec son état, même s'il était inquiet pour elle. Ne pas pouvoir reconnaître les gens la rendait vulnérable au point de la mettre mal à l'aise, et elle semblait totalement coupée du monde. C'était un exil qu'elle s'était imposé, mais quand même.

Il l'encourageait à sortir davantage. À ignorer les gens qui pourraient la regarder de haut à cause de sa condition. Et maintenant qu'elle *sortait,* il ne pouvait s'empêcher de craindre que quelqu'un la prenne pour cible. Il avait beaucoup réfléchi au fait que sa pathologie pouvait la rendre encore plus exposée qu'elle ne l'était déjà... et il n'aimait pas ça.

Secouant la tête, Eagle savait qu'il était foutu.

Taylor Cardin était la personne la plus intéressante et la plus intrigante qu'il ait rencontrée depuis longtemps, et il allait tout gâcher demain en lui racontant ce que ses coéquipiers et lui faisaient pour Silverstone.

Il n'allait pas commettre la même erreur que Bull. Son ami était fou amoureux de Skylar, et il lui avait parlé de Silverstone juste avant de partir en mission. Après qu'elle avait appris ses autres activités, ils avaient tous pensé que leur couple était fini.

Eagle voulait continuer à être l'ami de Taylor. Putain, s'il était honnête avec lui-même, il désirait plus que ça. Mais si elle ne pouvait pas accepter qu'il assure la sécurité du monde en éliminant des terroristes et d'autres personnes qui n'avaient aucun respect pour l'humanité, il valait mieux qu'elle l'apprenne rapidement.

Il espérait qu'elle pourrait le supporter, mais il ne lui en voudrait pas dans le cas contraire. Elle s'était déjà demandé comment il pouvait se contenter d'un travail aussi « ennuyeux » après avoir servi dans l'armée, et demain, elle découvrirait que son intuition sur son addiction à l'adrénaline était juste. Il aimait l'intensité des missions de Silverstone. Il prenait son pied à se faufiler dans des pays étrangers et à en sortir. Mais son boulot de remorqueur était un équilibre nécessaire à l'autre facette de sa vie.

Eagle n'avait pas dit à ses amis qu'il comptait révéler à Taylor ce qu'ils accomplissaient, mais il voulait s'assurer qu'ils soient conscients qu'ils devaient se comporter au mieux demain quand il l'amènerait au garage.

Ils étaient tous les quatre assis dans la salle sécurisée en sous-sol de Silverstone Towing. Ils discutaient du programme, passaient en revue les rapports des chauffeurs des derniers jours et rédigeaient le rapport préliminaire d'Archer... qui n'était rien de moins qu'élogieux. Cet homme réalisait des miracles, et les quatre amis savaient que s'il les quittait, Silverstone Towing serait définitivement perdante.

— Qu'est-ce qui te tracasse ? s'enquit Gramps.

Il était le plus âgé du groupe, ce qui lui avait valu son surnom, mais à 45 ans, il était en meilleure forme qu'aucun d'entre eux. Rien ne le ralentissait. Jamais.

— Tu agis bizarrement ces derniers temps, ajouta Smoke. Tu quittes le travail plus tôt, tu souris plus, tu es plus décontracté. Il se passe vraiment quelque chose.

Eagle ricana. Smoke n'avait que deux ans de plus que lui, mais il se comportait souvent comme le père de l'équipe.

— Je pense que c'est une femme, dit Bull, en se penchant sur sa chaise avec un rictus en coin. Je pars plus tôt tous les jours pour pouvoir passer du temps avec Skylar quand elle rentre du boulot.

Ils savaient tous que Bull était encore plus qu'effrayé depuis que sa femme s'était volontairement laissée kidnapper par un prédateur d'enfants pour protéger l'une des élèves de sa classe, pour qui le ravisseur avait développé une obsession malsaine et qu'il avait enlevée dans la cour de récréation de l'école. Maintenant, Bull avait un besoin impérieux de garder un œil sur Skylar aussi souvent que possible, et on ne pouvait pas lui en vouloir.

— C'est une femme, admit Eagle. Mais c'est seulement une amie.

Trois paires de sourcils se levèrent alors que ses amis lui lançaient des regards sceptiques presque identiques.

— Sérieusement, protesta-t-il. Je ne prétends pas que ça me dérangerait si les choses progressaient, mais pour l'instant, j'aime ce que nous vivons. Je ne l'ai vue qu'une fois.

— À l'épicerie, supposa Gramps avec une perspicacité étonnante.

— Celle avec le truc de reconnaissance faciale ? demanda Smoke.

— Ça s'appelle la prosopagnosie, et oui, confirma Eagle. Elle est drôle. Et intelligente. Et je ne me souviens pas d'avoir jamais pris autant de plaisir à parler à une femme qu'avec elle. Elle est assez incroyable. Je ne peux sérieusement pas imaginer ne pas être capable de reconnaître quelqu'un.

— C'est parce que tu identifies *tout le monde*, rétorqua sèchement Bull.

— C'est vrai. Mais pensez aux implications plus importantes. Quand elle était enfant, elle ignorait totalement si quelqu'un qui se dirigeait vers elle dans la cour de récréation voulait jouer avec elle ou la frapper. Au lycée, elle n'avait aucune idée de quels garçons étaient sûrs et lesquels étaient à éviter. Et même aujourd'hui, si une personne lui voulait du mal, elle ne saurait pas s'il la harcèle ou non, débita Eagle en frissonnant. Je ne peux même pas y songer sans avoir envie de vomir.

Ses trois amis avaient l'air préoccupés maintenant.

— Je ne l'avais pas considéré sous cet angle, admit Smoke. Tu crois qu'elle est en danger ?

— Non. Rien de tel. Elle ne m'a pas parlé de cadavres dans son placard ou autre. En réalité, elle a plutôt vécu en recluse. Les gens l'ont maltraitée, au point qu'elle n'aime pas beaucoup sortir.

— Alors, si tu ne l'as vue qu'une fois, comment en sais-tu autant sur elle ? interrogea Smoke.

— Je lui ai parlé tous les soirs. Au début, je voulais seulement lui demander son avis sur sa pathologie, mais en quelques minutes, elle m'a fait rire, et toute idée de discuter uniquement de prosopagnosie s'est envolée.

— *Tous* les soirs ? s'étonna Gramps.

Eagle hocha la tête.

— Eh bien, d'accord, alors.

— Elle vient ici demain, informa Eagle à ses amis. Je veux vous la présenter. Mais n'oubliez pas, quand vous la croiserez la prochaine fois, elle ne se souviendra pas de qui vous êtes. Elle se rappellera avoir rencontré mes amis, d'être venue ici et tout ça, mais elle ne saura pas qui vous êtes. Identifiez-vous simplement de nouveau chaque fois que vous la verrez et passez à autre chose. N'en faites pas tout un plat.

— Elle va savoir qui *tu* es ? demanda Smoke.

— Quand je me présenterai à sa porte et qu'elle regardera par le judas ? Non. Je pourrai être n'importe qui.

— Comment ça va se passer ? questionna Bull. Je veux dire, je pense que ce sera bizarre.

— Pas vrai ? Si vous en arrivez au point où ça devient intime, qu'est-ce qui se passera si elle se réveille à côté de toi, qu'elle te regarde et qu'elle panique parce qu'elle n'a aucune idée de qui est dans son lit ? renchérit Gramps.

— Écoutez, je n'ai pas toutes les réponses, mais encore une fois, sa *mémoire* n'est pas affectée. Elle n'est pas amnésique d'un jour à l'autre. Elle se souviendra de mon nom, de qui je suis, de ce dont nous avons parlé. Et si nous couchons ensemble un jour, elle se remémorera certainement ce qu'elle a ressenti quand elle était avec moi. Je suppose que ça doit être effrayant de regarder quelqu'un et de ne pas le reconnaître. Mais elle me *connaît* toujours. Je dois simplement lui dire qui je suis, et tout ira bien.

— Tu devrais peut-être commencer à porter de l'eau de Cologne pour qu'elle puisse te sentir, suggéra Smoke.

— Je sais ! Tu peux manger des oignons tout le temps, alors quand elle percevra cette odeur, elle saura que c'est toi, taquina Gramps.

— Je pourrais graver un *E* géant sur ton front pour qu'elle puisse toujours t'identifier immédiatement, lança Bull avec un sourire en coin.

— Allez vous faire foutre, rétorqua Eagle, qui savait que ses amis se moquaient de lui.

— Sérieusement, cependant..., calma Smoke, ça doit être très difficile à vivre.

— C'est vrai, convint-il. Elle m'a raconté qu'elle n'avait pas de photos dans son appartement parce qu'elles ne signifient rien pour elle. Elle ne peut pas se reconnaître sur les clichés, alors quel serait l'intérêt d'en afficher partout ? Ce serait comme avoir des images d'inconnus dans sa maison.

Bull siffla.

— Ça craint.

Eagle hocha la tête.

— Mais n'ayez pas pitié d'elle. Vous verrez quand vous la rencontrerez. Elle est géniale. Elle est très forte, il faut qu'elle le soit pour être allée aussi loin dans la vie. Je veux que Silverstone soit un endroit sûr pour elle.

— Il le sera, confirma Gramps avec détermination.

— J'ai hâte de la rencontrer, dit Smoke.

— Tu vas lui parler de nous ? demanda Bull.

Ils étaient tous conscients qu'il faisait référence à leurs missions. Ils en avaient discuté. Ce qu'ils accomplissaient ne devait être partagé qu'en cas de nécessité. Mais tout au fond d'Eagle le poussait à avoir foi en Taylor, à croire qu'elle le soutiendrait.

— J'y pense, confia-t-il honnêtement à son ami.

— Tu es si sûr d'elle ? l'interrogea Bull.

Eagle n'avait pas perçu de censure dans le ton de son ami.

— Oui.

Bull opina du chef.

— Si tu veux que Skylar s'entretienne avec elle, pour l'aider à comprendre, je suis certain qu'elle sera d'accord.

— Ma relation avec Taylor ne ressemble pas à celle que tu avais avec Skylar lorsque tu lui as avoué pour Silverstone. Je m'en occupe, déclara Eagle, ne laissant rien paraître de son inquiétude.

Bull le considéra un moment, puis acquiesça finalement.

— OK. Tu sais que nous avons tous confiance en toi, et je n'interviendrai pas.

Eagle se tourna vers Gramps et le dévisagea fixement, un sourcil froncé.

L'autre homme leva les mains.

— Hé, ne me regarde pas. J'ai retenu la leçon. Je ne vais pas m'immiscer et lui dire ce que tu ne veux pas qu'elle sache.

Eagle hocha la tête, puis jeta un œil à Bull.

— Je passe prendre Taylor à 5 heures et je la ramène ici. J'ai déjà parlé à Archer, et il va nous préparer des lasagnes. Tu penses que Skylar pourrait être réceptive à l'idée de faire sa connaissance ? Je ne crois pas qu'elles aient beaucoup de copines et je pense qu'elles vont bien s'entendre.

— Je suis sûr qu'elle en serait ravie, confirma Bull. Je ne sais pas si elles vont fraterniser, mais Taylor se sentira peut-être mieux si elle n'est pas la seule femme ici quand elle nous rencontrera.

— Christine travaille au dispatching demain soir, et Leigh est de service, donc elle ne sera pas la seule, rebondit Eagle.

— Tu as clairement réfléchi à tout ça, nota Gramps.

— Je l'aime bien, confia-t-il. J'admets que j'étais fasciné par sa condition, mais j'ai appris qu'elle est drôle, intelligente et qu'il est facile de lui parler.

— Eh bien, je suis heureux que vous sortiez ensemble,

mais n'imaginez pas que je serai le prochain, répondit Smoke. Je suis parfaitement satisfait d'être célibataire.

— On ne sort pas ensemble. On est seulement amis, protesta Eagle.

— Ne juge pas avant d'avoir essayé, ajouta Bull avec un sourire, puis il repoussa sa chaise et se leva. En parlant de ça, il est temps pour moi de rentrer à la maison pour donner quelques orgasmes à ma femme, puis faire l'amour avec une lionne sauvage.

Gramps grimaça et se couvrit les oreilles avec ses mains.

— Putain, ne parle pas de sexe devant moi. Ça remonte à si longtemps que je crois que ma queue a oublié comment fonctionner. En plus, je dois voir Skylar demain. Je ne veux *pas* penser à toi tout nu par la même occasion.

Bull rit simplement.

— À demain, les gars.

Les autres partirent peu après, puis Eagle ferma la salle des coffres et monta les escaliers. Il y avait quelques chauffeurs qui traînaient dans le garage, et il discuta avec eux avant de rejoindre son Wrangler.

Il était dans le même état qu'avant de partir en mission. Excité et un peu nerveux. Il ne pouvait pas attendre de retrouver Taylor. Il ne savait pas comment elle réagirait en apprenant pour Silverstone, mais il avait un bon pressentiment. Elle était terre à terre et pratique. Si quelqu'un pouvait comprendre que Silverstone faisait une faveur au monde, c'était elle.

CHAPITRE 3

Taylor était nerveuse.

Ce qui était stupide, car elle avait l'impression de bien connaître Eagle. On ne pouvait pas parler à quelqu'un pendant deux semaines d'affilée *sans* savoir qui il était.

Mais il était censé être à son appartement d'un moment à l'autre, et soudain, elle n'était plus sûre de devoir essayer de faire passer leur amitié d'une conversation téléphonique à une relation en personne.

Elle n'était pas douée pour les rapports en face à face. Elle avait vingt-huit ans d'histoire pour le prouver.

Mais elle était là, faisant les cent pas dans son appartement après avoir pris soin de se pouponner. Elle s'était douchée ce matin, avait séché ses cheveux, s'était maquillée un peu, avait mis un jean qui épousait ses fesses et une de ses chemises préférées... un col rond qui mettait ses atouts en valeur. Elle ne serait jamais mannequin, mais elle ne voulait pas avoir l'air d'une loque quand elle reverrait Eagle. Ou quand elle rencontrerait ses amis.

Il était évident que les hommes qui possédaient Silverstone Towing étaient proches. Eagle avait mentionné ses amis, bien sûr. Bull, Smoke, Gramps et Eagle avaient servi dans l'armée ensemble et, à leur sortie, avaient décidé de créer leur entreprise, mais c'était tout ce qu'elle savait sur eux.

— C'est une mauvaise idée, chuchota Taylor nerveusement dans son appartement vide.

Puis elle sursauta quand on frappa à sa porte.

Son rythme cardiaque s'accéléra. C'était le moment. Elle pensait que c'était Eagle qui attendait qu'elle ouvre la porte, mais cela pouvait aussi être un voisin, un agent d'entretien, ou n'importe qui d'autre. Elle n'aurait littéralement pas fait la différence entre eux.

Se disant que ce ne serait pas la fin du monde si elle et Eagle ne s'entendaient pas, si la connexion qu'ils avaient formée n'était forte qu'au téléphone, Taylor se dirigea vers sa porte d'entrée.

Elle regarda par le judas et vit un inconnu se tenir là. Bien que, pour être honnête, tout le monde était un étranger pour elle. L'homme était grand, comme Eagle, et avait des cheveux blond cendré. Il portait un polo bleu foncé, et elle pouvait seulement distinguer quelques poils de poitrine là où il s'ouvrait au niveau du cou. Il était rasé de près et avait les yeux bleus.

— Qui est-ce ? demanda-t-elle à travers la porte fermée.

— Hé, Fleur, c'est moi, Eagle.

L'homme n'avait pas d'accent identifiable, et il n'y avait absolument rien en lui qu'elle pouvait reconnaître en le scrutant à travers le petit trou de sécurité. Mais elle se souvint alors de son dessein de l'appeler Fleur quand il la verrait. Il n'en avait pas eu besoin lorsqu'ils avaient parlé au téléphone.

Souriant au souvenir de la confusion d'Eagle lorsqu'il

avait essayé d'acheter de la farine pour son entreprise, Taylor lui ouvrit.

— Salut, murmura-t-elle un peu timidement.

— Salut, Fleur, répondit Eagle, répétant leur mot secret. Je sais que cela te sort de ta zone de confort, alors merci d'avoir accepté de venir dîner avec moi à Silverstone.

— Tu veux entrer ? proposa-t-elle en tenant sa porte plus grande ouverte.

— Non. Je vais attendre ici. À moins que tu aies changé d'avis ? s'enquit-il en inclinant la tête en signe d'inquiétude.

Taylor se précipita pour le rassurer.

— Non, mais... J'admets que je suis vraiment nerveuse.

— Tout va bien se passer. J'espère que ça ne te gêne pas, mais j'ai parlé à mes amis de ta pathologie. Tu n'auras donc pas à te lancer dans des explications embarrassantes si tu ne veux pas. Je te préviens, cependant, ils sont assez curieux, lâcha Eagle qui avait l'air un peu penaud. Un peu comme moi quand je t'ai rencontrée pour la première fois. Mais ils sont inoffensifs. Si tu es mal à l'aise, dis-le. Ils s'effaceront et ne t'en voudront pas. Je te le promets.

Taylor n'en était pas certaine. Beaucoup de gens se sentaient offensés quand elle ne voulait pas expliquer son état. Ils posaient des questions carrément grossières, et quand elle essayait de changer de sujet, ils s'énervaient. Elle ne l'avoua pas à Eagle.

Comme elle l'avait cependant découvert au cours des deux dernières semaines, il semblait de toute façon être sur la même longueur d'onde qu'elle.

— Tu verras, lui intima-t-il. Vas-y. Je vais attendre ici pendant que tu vas chercher tes affaires.

Adressant un signe de tête, Taylor ferma la porte et alla prendre son sac à main. Elle avait confiance en Eagle, mais ne jamais laisser ouvert était une seconde nature pour elle désormais. Ce ne fut qu'après avoir récupéré son sac et rouvert sa porte, remarquant alors qu'Eagle était appuyé contre le mur en face de son appartement – elle savait que c'était lui grâce au polo bleu foncé qu'il portait –, qu'elle se rendit compte qu'elle avait probablement été impolie.

— Désolée, chuchota-t-elle avec un petit haussement d'épaules. L'habitude.

— J'approuve, répondit-il, en se dégageant du mur et en s'avançant vers elle. Prête ?

— Sérieusement, c'était inconvenant, insista-t-elle. Je n'aurais pas dû fermer la porte. Ce n'est pas que je ne te fais pas confiance, je...

— Taylor, c'est bon, dit résolument Eagle. J'acquiesce de tout cœur. Je ne suis pas offensé, et je suis même impressionné. Tu ne devrais jamais laisser ta porte ouverte, même pour un livreur ou autre. Il suffit d'une fraction de seconde pour que quelqu'un entre et verrouille derrière lui, et pour que tu sois alors coincée dans ton appartement avec une personne qui pourrait te faire du mal. Notre société est trop préoccupée à être polie et à ne pas offusquer autrui pour se concentrer sur sa propre sécurité.

C'était exactement ce que Taylor éprouvait. La connexion qu'elle avait avec cet homme était presque effrayante. Elle lui adressa un petit sourire. Elle se sentait encore un peu à côté de la plaque, ce qui était normal pour elle. Il lui fallait toujours un peu de temps pour se sentir à l'aise avec quelqu'un qu'elle côtoyait déjà, parce que même s'il avait l'air d'un étranger, à l'intérieur, elle était consciente que ce n'était pas le cas.

Bien sûr, Eagle semblait le sentir, et il ne se lança pas dans une conversation gênante ou n'entreprit rien pour essayer de prouver qu'elle le connaissait. Il fit simplement un geste vers le couloir et marcha à côté d'elle en direction de la cage d'escalier.

Il resta silencieux pendant qu'ils traversaient le parking en direction de son Wrangler. Il lui ouvrit la portière et attendit qu'elle soit installée avant de la refermer et de se rendre du côté du conducteur.

Elle ne s'exprima que lorsqu'ils s'engagèrent sur la route près de son appartement.

— Alors, qu'est-ce que tu voulais me dire ?

Toute la nuit dernière et une grande partie de la journée, Taylor s'était demandé ce qu'il pouvait bien souhaiter lui révéler. Elle était extrêmement curieuse.

— Attends.

— Attends, quoi ? demanda Taylor avec confusion.

— Je vais d'abord te montrer mon entreprise. Te présenter à mes amis. Ensuite, nous mangerons. Puis nous discuterons avec les chauffeurs qui traînent dans le coin. Je pense que Skylar, la copine de Bull, sera là aussi à un moment donné. Ensuite, quand tu seras détendue et à l'aise, on parlera.

Taylor supposa qu'elle devrait lui en vouloir d'avoir orchestré toute leur soirée sans se préoccuper de ses envies, mais rien de ce qu'il avait prévu ne dépassait les bornes, alors elle hocha simplement la tête.

— OK.

Ils bavardèrent pendant le reste du trajet jusqu'à Silverstone Towing, et, quand il se gara dans une courte allée, Taylor ne put que fixer avec surprise le complexe qui se trouvait devant elle.

— Putain, Eagle, tu avais raison, on dirait un repaire de drogués ou quelque chose comme ça. Le fil barbelé sur le haut de la clôture, les hautes herbes, les caméras… Qu'est-ce que vous cachez là-dedans ? De la drogue ? De l'or ?

Eagle ricana, sans être offensé le moins du monde.

— Skylar a trouvé que ça ressemblait à un club de gang de motards la première fois qu'elle l'a vu.

— Oui, également, convint Taylor.

Elle considéra Eagle qui baissait sa vitre et se penchait pour taper au moins dix chiffres sur un clavier. Le portail devant eux s'ouvrit étonnamment rapidement, et, quand elle regarda derrière eux après qu'ils l'eurent franchi, Taylor vit qu'il s'était refermé tout aussi vite.

— Ce n'est pas intelligent d'avoir une porte lente, lui confia Eagle, comprenant manifestement ce qu'elle observait. Il y a un capteur qui sait quand le véhicule est passé et qui déclenche la fermeture. Deux autos ne peuvent pas entrer en même temps, et le mouvement rapide de la barrière sert à empêcher quiconque de se glisser après une voiture.

Taylor acquiesça, mais c'était honnêtement une chose à laquelle elle n'avait jamais songé auparavant. Alors qu'ils roulaient vers le plus grand des édifices, elle remarqua que même s'il y avait de grandes herbes autour de la propriété, elles semblaient être plus stratégiques qu'incontrôlables. La pelouse près des bâtiments était soigneusement taillée, et il n'y avait aucun gros buisson nulle part.

Eagle gara sa Jeep vers l'arrière du hangar, au bout d'une rangée d'autres véhicules, et jeta un regard à Taylor lorsqu'il coupa le moteur.

— Alors ? demanda-t-il en levant un sourcil.

— Impressionnant, lui répondit Taylor en toute honnêteté. Et tu as raison, j'aurais probablement flippé si j'avais conduit moi-même jusqu'ici.

Il sourit.

— Oui. On fait exprès de donner à cet endroit un air

merdique. Ça nous aide à passer sous le radar dans ce quartier.

— Vous pourriez déménager, suggéra-t-elle.

— Mais l'emplacement est parfait, répliqua Eagle. Nous sommes près de la boucle extérieure et de l'I-65, donc nous pouvons aussi aller au centre-ville en dix minutes. De plus, beaucoup de nos employés ne vivent pas très loin d'ici, et si nous déménagions, cela les gênerait.

Il se tourna pour sortir, mais Taylor posa une main sur son bras, l'arrêtant. Eagle lui jeta un regard en arrière.

— Pourquoi cela serait-il important ? questionna-t-elle, sincèrement curieuse d'entendre sa réponse.

— Parce que nos salariés sont la force vive de Silverstone Towing. Sans eux, nous ne sommes rien.

Et sur ce, Eagle descendit de la voiture.

Taylor secoua la tête, incrédule. Elle n'avait pas rencontré beaucoup de chefs d'entreprise qui se souciaient autant de leurs employés. Pour la plupart, c'était une question de résultat. D'argent. S'il était fiscalement intéressant de changer de lieu, c'était ce qui était décidé, et les collaborateurs devaient s'en accommoder. Modifier l'apparence de leur société pour essayer de s'adapter à son emplacement était une décision commerciale intelligente. Elle avait toutefois l'impression que le fait de ne pas déménager était plus lié à leurs salariés qu'à la proximité des autoroutes.

Sa portière s'ouvrit, et Taylor sursauta. Alors qu'elle sortait, Eagle passa sa main sous son coude pour l'aider à se lever et la lâcha une fois qu'elle fut stable sur ses pieds. Sa peau picota là où il la toucha.

C'est ton ami, se dit-elle. *Les relations amoureuses ne marchent pas pour toi, tu te rappelles ?*

C'était difficile de s'en souvenir alors que, jusqu'à

présent, tout ce qu'avait accompli Eagle l'impressionnait au plus haut point.

Il tapa une autre longue série de chiffres sur un clavier à côté de la porte, et celle-ci s'ouvrit avec un clic.

— Je te ferais bien passer par l'entrée principale, mais il faudrait alors réaliser tout le tour du bâtiment, ce qui serait stupide. Donc tu n'auras pas la vision complète de l'endroit, mais je te montrerai l'entrée principale plus tard.

Taylor se demanda à quoi elle ressemblait, mais n'eut pas le temps de demander, car Eagle la conduisit dans un hall et dans une grande salle absolument magnifique. Le plafond était haut, et la pièce semblait extrêmement accueillante et confortable.

Il y avait des canapés et des chaises en cuir dans le salon, ainsi qu'une énorme télévision. Une délicieuse odeur imprégnait les lieux, provenant de la cuisine la plus sophistiquée qu'elle ait jamais vue, contre le mur du fond. Elle comprenait deux énormes réfrigérateurs, une cuisinière à gaz à six brûleurs et un bar en granit sous lequel se trouvaient au moins une douzaine de tabourets.

— Bienvenue à Silverstone Towing, glissa doucement Eagle.

Taylor se tourna vers lui avec des yeux énormes.

— Je... c'est difficile à croire, balbutia-t-elle.

Il rit.

— Je sais. L'extérieur ne ressemble à rien de spécial, mais nous voulions que l'intérieur soit une maison loin du domicile pour tout le monde.

— Vous avez réussi. Waouh ! lâcha Taylor.

— Hé, Eagle ! cria un homme en arrivant d'un couloir de l'autre côté de la pièce.

— Hé, Robert, répondit Eagle.

Puis il posa sa main sur le bas du dos de Taylor et la poussa doucement en avant.

Son ventre roula, mais elle colla un sourire sur son visage alors qu'ils marchaient vers le type.

Eagle tendit la main à Robert et serra la sienne, puis se tourna vers elle.

— Taylor, voici Robert. C'est l'un de nos chauffeurs.

Ce dernier lui adressa un signe de tête.

— C'est un plaisir de vous rencontrer.

— Occupé ce soir ? s'enquit Eagle.

— Pas jusqu'à présent. Je prends seulement une petite pause pour le dîner. J'étais là quand Archer préparait la sauce tout à l'heure. J'ai trouvé que ça sentait bon, mais putain, maintenant on se croirait dans un restaurant italien.

Taylor ne pouvait pas le contredire.

— Qui d'autre est ici ? questionna Eagle.

— Bull, Smoke et Gramps sont en bas dans votre pièce ; Christine est au dispatching ; José ne prend pas son service avant une heure, mais il fait une sieste dans une des chambres ; et je crois que Thomas est aussi en route pour profiter des lasagnes.

— Le bébé de José a toujours des coliques ? s'enquit Eagle.

— Oui. Sa belle-mère est chez lui en ce moment. Sa femme est sortie avec des amis pour une trêve, et sa mère l'a mis à la porte, lui suggérant de dormir un peu avant son quart de travail, confia Robert.

— Bien, dit Eagle avec un rictus satisfait.

Taylor ne pouvait qu'écouter avec étonnement.

— Eh bien, c'était génial de vous rencontrer, lui lança Robert. Mais je dois aller dîner avant que le devoir m'appelle. J'espère vous revoir dans le coin.

— Pareil, répondit Taylor, regardant l'homme se diriger vers la cuisine.

— Tu veux visiter ou manger d'abord ? lui demanda Eagle.

— Visiter, rebondit Taylor immédiatement.

Elle avait hâte de voir le bâtiment de plus près.

Eagle sourit et lui tendit la main, lui indiquant qu'elle devait le précéder. Elle traversa la grande salle et entra dans le couloir par lequel Robert était sorti. Elle jeta un coup d'œil dans quelques-unes des pièces, voyant à la fois de petites chambres et des espaces aménagés pour que les gens puissent regarder la télévision ou jouer à des jeux vidéo. Il y avait aussi une énorme salle de bains au bout du corridor, avec des douches.

— J'ai entendu Robert dire que Christine travaillait au dispatching, mais je ne vois qu'une seule salle de bains commune...

Elle s'interrompit, sans savoir comment poser sa question sans être irrespectueuse.

Mais Eagle comprit ce qu'elle insinuait sans qu'elle ait à l'exprimer.

— Il y a une salle de bains et une douche privées en bas pour ceux qui ne sont pas à l'aise avec celle d'ici. Nous nous efforçons d'être tolérants et d'accepter tout le monde à Silverstone, lui révéla Eagle. Tant que chacun respecte les autres, nous nous entendons bien. Nous sommes heureux de réaliser des aménagements si nécessaire.

— Comme la douche privée.

— Exactement. Quand Leigh a été engagée ici, elle a indiqué qu'elle ne pouvait absolument pas pisser ou se doucher dans la même pièce qu'un homme. Elle avait été agressée et violée dans le passé. Donc nous avons fait installer une douche et une salle de bains privées en bas. C'était la meilleure décision à prendre.

Taylor apprécia cette attention. Non, elle *aimait* vraiment la façon dont Eagle et ses amis étaient accommodants.

— Viens, je t'emmène en bas, lui glissa Eagle.

Ils descendirent l'escalier pour arriver dans une autre immense pièce. Celle-ci ressemblait plus à un endroit où les gens venaient pour s'amuser plutôt que pour se détendre. Il y avait plusieurs chaises confortables autour de l'espace, mais aussi une table de ping-pong, quelques baby-foot et des jeux vidéo. Les doigts de Taylor avaient envie de jouer au flipper qu'elle avait aperçu dans le coin, mais elle suivit Eagle à travers la salle.

Il sourit quand il remarqua où ses yeux allaient.

— Je te laisserai essayer quelques jeux plus tard, lui indiqua-t-il.

— Je n'ai pas de monnaie, rétorqua-t-elle.

Son rictus s'agrandit.

— Tu n'en as pas besoin. Ils sont tous débloqués et gratuits.

Évidemment. Elle aurait dû s'en douter. Elle vit quelques portes et supposa que l'une d'elles était probablement la douche privée dont Eagle avait parlé, et que les autres étaient peut-être des placards.

Eagle se dirigea droit vers une porte à l'allure redoutable cachée dans un coin. Au lieu d'un clavier à côté de celle-ci, il y avait une sorte de lecteur biométrique. Eagle posa son pouce sur un petit carré noir, et elle entendit un verrou se désengager.

Pendant une seconde, elle songea à l'un des livres d'amour qu'elle avait relu, dans lequel les méchants avaient réussi à tromper la serrure biométrique en coupant la main du garde après l'avoir tué et en la présentant sur le lecteur.

Mais ses pensées absurdes se dissipèrent à la seconde où elle entra dans la grande pièce, où trois hommes se tenaient debout. Taylor déglutit fortement, se sentant complètement hors de son élément. Elle ne doutait pas qu'il s'agissait des amis d'Eagle.

Il y avait une table ronde à gauche, ainsi que des ordinateurs, une petite cuisine, et une salle de bains au fond que Taylor pouvait voir, car la porte était ouverte. Elle n'avait aucune idée de ce dont Eagle et ses amis parlaient dans cette pièce, mais il était plus qu'évident pour elle que ce n'était pas un simple espace de réunion ordinaire.

— Eagle ! appela l'un des hommes.

Il se dirigea vers eux et donna à Eagle une de ces accolades de mecs où ils se tapaient le dos très fort au lieu de s'embrasser.

— Hé, Smoke !

Puis il se tourna vers les autres et leur adressa un coup de menton.

— Bull. Gramps.

Les autres lui rendirent la politesse.

— Tout le monde, voici Taylor. Taylor, ce sont les meilleurs amis qu'un homme puisse avoir. Voici Smoke, dit-il en désignant celui qui les avait accueillis à la porte.

Il faisait à peu près la même taille qu'Eagle, avec des cheveux bruns.

— Le grand connard, c'est Gramps, et le type aux cheveux noirs, c'est Bull.

Taylor appréciait qu'Eagle lui fasse remarquer les caractéristiques de ses amis. Elle ne se souvenait pas toujours de la couleur des cheveux des gens, mais cela l'aidait beaucoup à garder les quatre hommes en tête.

— Salut, murmura-t-elle, en leur adressant un petit signe de la main.

— Venez vous asseoir, lança Gramps, en faisant un geste vers elle et Eagle.

Taylor s'efforça de mémoriser autant d'informations que possible sur eux alors qu'elle s'en approchait. Gramps était en effet le plus grand. Lui et Smoke avaient tous deux des cheveux bruns courts, ce qui ne contribuait pas à les distinguer, contrairement à leur taille. Bull était le seul des trois à ne pas avoir les cheveux bruns, ce qui l'aiderait également. Bull portait une chemise rouge, ce qui serait facile pour ce soir, car cette couleur lui rappelait les corridas et les capes rouges ondulantes. Smoke était le seul à porter un pantalon cargo, ce qui le démarquait.

Elle opina du chef, assez confiante dans sa capacité à les reconnaître. Mais quand elle les reverrait – si cela arrivait –, ce serait plus délicat puisqu'ils porteraient d'autres vêtements.

— Qu'est-ce que tu as trouvé ? interrogea Smoke quand ils s'assirent tous à la table.

— Quoi ? s'étonna Taylor.

Au même moment, Eagle lança d'un ton menaçant :

— Attention.

— Je me demandais simplement comment elle avait décidé de nous différencier, répondit facilement Smoke.

— C'était si évident ? questionna Taylor.

Smoke haussa les épaules.

— Nous sommes des observateurs, précisa-t-il.

Puisqu'elle n'avait pas décelé de curiosité morbide dans son ton et que les autres hommes avaient simplement l'air intéressés, elle décida *de ne pas s'en soucier*.

— Je devrais être prête pour ce soir, mais une fois que tu te seras changé, je ne te distinguerai ni de Robert, ni de Thomas, ni d'aucun autre. Mais Bull porte du rouge, comme une cape de torero, et a les cheveux noirs ;

Gramps, tu es le plus grand ; et Smoke, tu as un pantalon spécifique.

Les trois hommes hochèrent la tête, comme pour approuver.

— Elle n'est pas un putain de numéro de cirque, grogna Eagle.

— Comment s'appelait la femme qui a eu l'accident de voiture il y a trois semaines ? demanda Bull. Tu sais, celle qui était dans le minivan avec tous les enfants ?

— Meredith Oxgarden. Pourquoi ? répliqua Eagle.

— Elle n'avait pas cinq gamins avec elle ? l'interrogea Gramps, en souriant.

— Oui. Billy, Carly, Riley, Aaron et Christopher. Encore une fois, qu'est-ce qu'elle a à voir avec tout ça ? lâcha Eagle avec impatience.

Taylor essaya de cacher son rictus. Elle savait ce que ses amis étaient en train de manigancer. Elle posa sa main sur le bras d'Eagle.

— Ils sont simplement curieux, dit-elle doucement. C'est bon.

— Alors, pourquoi posent-ils des questions sur Meredith et ses enfants ? rebondit-il, complètement confus.

Taylor gloussa.

— Ils se font une raison.

— Eh bien, c'est un argument de merde si je ne le comprends pas, protesta Eagle.

— Tu te souviens de tout le monde. Et moi de personne, appuya Taylor, toujours souriante. Nous sommes différents. C'est probablement fascinant pour eux. On forme une drôle de paire.

— Allez vous faire foutre, les gars, balança Eagle à ses amis. Je n'arrive pas à croire que vous n'en ayez pas eu marre de jouer à cette merde depuis le temps.

— Ça ne vieillira jamais, admit Bull.

— Et vous n'êtes pas bizarres, le rassura Gramps. Les opposés s'attirent.

— On est seulement amis, répliquèrent Eagle et Taylor en même temps.

Bull, Smoke et Gramps sourirent de concert.

Taylor dévisagea Eagle et ne put s'empêcher de ricaner. Il avait l'air si déconcerté, mais elle trouvait ça hilarant. Elle tourna son regard vers ses amis.

— Je sais qu'Eagle vous a parlé de ma prosopagnosie. C'est une douleur bien profonde, mais il n'y a rien que je puisse faire à ce sujet. Quand je rencontre des gens, je m'efforce de mémoriser les choses qui ressortent chez eux. Cicatrices, tatouages, ce genre de détails. N'importe quoi de distinctif qui m'aide à les reconnaître quand je les revois. J'espérais qu'au moins l'un d'entre vous aurait une énorme verrue ou autre sur le visage pour que je sache immédiatement qui c'était, mais hélas, vous avez l'air tout à fait normaux.

Smoke haleta et porta une main à sa poitrine.

— Normaux ? Oh, allez ! Nous sommes les plus beaux hommes de la planète. C'est une honte que tu ne puisses pas le remarquer.

Tout le monde éclata de rire.

— Mais sérieusement, nous sommes tout aussi intéressés par ta condition que par celle d'Eagle. C'est de là que vient son nom, tu sais... parce qu'il a un œil d'aigle. Si nous te taquinons à ce sujet, c'est parce que nous t'aimons bien, pas parce que nous sommes malveillants.

Taylor acquiesça. Elle appréciait déjà ces hommes. Elle ne les connaissait pas, mais ils avaient fait tout ce qu'il fallait. Elle se sentait suffisamment à l'aise pour leur accorder le bénéfice du doute.

— Alors, tu as rencontré Eagle à l'épicerie, hein ? demanda Bull. Il déteste cet endroit.

— Je sais, il me l'a dit, répondit Taylor.

— Tu n'as pas été blessée dans l'altercation dont tu as été témoin, n'est-ce pas ? l'interrogea Gramps.

— Non. Tout s'est passé très vite. Le type dans la décapotable a foncé si rapidement que le conducteur de la camionnette n'a même pas eu le temps de s'interposer. Il a sauté et a commencé à crier, puis la bagarre a commencé. C'était fou.

— Quelqu'un a-t-il essayé de les arrêter ? renchérit Smoke.

— Non. Ils se battaient à mort, et l'un d'eux a sorti un couteau, expliqua Taylor. Personne n'allait s'interposer. Quelques spectateurs ont tout de même filmé, bien sûr. Heureusement, il y avait beaucoup de témoins, donc ils n'ont pas eu besoin de moi.

— Ne dis pas ça, intima Eagle.

Taylor le regarda avec surprise.

— On en a déjà parlé. Ce n'est pas parce que tu ne serais pas capable de les désigner dans une séance d'identification que tu ne ferais pas un bon témoin. Tu as été très claire dans ce que tu as vu et ce qui s'est passé. Tu as fourni aux flics une image vivante de qui a pris le premier coup et qui était en tort. Les autres témoins ont pu confirmer ce que tu as raconté. Ne néglige pas ce que tu peux offrir simplement parce que tu ne reconnaîtrais pas leurs visages.

Ils en *avaient* discuté un jour au téléphone, et Eagle avait alors déclaré la même chose. Taylor l'avait envoyé promener, pensant qu'il était seulement gentil, mais elle pouvait remarquer maintenant qu'il croyait à cent pour cent ce qu'il racontait. Et ça lui faisait du bien.

— Et ce flic a dépassé les bornes en tenant ces propos, ajouta Eagle.

— Qu'est-ce qu'il a dit ? s'intéressa Gramps.

— Il a comparé la pathologie de Taylor avec le film *Amour et Amnésie*, énonça Eagle à ses amis.

À leur regard confus, Taylor expliqua rapidement.

— Je suppose que vous ne l'avez pas vu. Drew Barrymore a une maladie qui fait qu'elle ne se rappelle rien de ce qui se passe après s'être couchée chaque nuit. Chaque jour est donc une ardoise vierge. Adam Sandler commence à sortir avec elle, mais il doit apprendre à la connaître à partir de zéro chaque jour parce qu'elle ne se souvient jamais de lui. C'est une comédie. Ça n'a aucun rapport avec mon problème. Il n'y a rien qui cloche avec ma mémoire. Je me souviendrai de vous avoir rencontrés, d'avoir visité ce superbe bâtiment et d'avoir mangé des lasagnes. Mais demain, si vous étiez tous alignés en face de moi, je ne saurais pas qui est qui.

Elle haussa les épaules.

— Ce film a été le fléau de mon existence.

— Je peux imaginer, répliqua Bull.

— C'est nul, compatit Gramps.

— J'ai faim, lança Smoke au bout d'un moment.

Taylor gloussa.

— Et ce sont mes amis, soupira Eagle.

— Quoi ? On a senti les lasagnes cuire toute la journée, se défendit Smoke. C'est une torture.

— Skylar devrait arriver d'une minute à l'autre, annonça Bull. Elle est restée tard à l'école pour changer ses tableaux d'affichage.

— Super. Je veux présenter à Taylor la salle de répartition avant de manger. Avec un peu de chance, Sky nous aura rejoints d'ici là, lâcha Eagle en se levant.

Taylor suivit, comme les autres. Elle avait envie d'examiner un peu plus la petite pièce qu'il lui avait montrée, mais Eagle posa sa main sur son dos et la poussa vers la porte. La chaleur de son contact était agréable. Ce qui généra chez Taylor un sentiment de culpabilité.

Eagle était son ami. C'était tout. Il ne pouvait pas être plus. Il ne *voulait* pas être plus.

Tous remontèrent les escaliers, et Eagle et elle se dirigèrent vers une porte tandis que les trois autres continuèrent dans la grande salle en direction de la cuisine.

Eagle ouvrit, et Taylor vit une dame assise devant trois grands moniteurs. Elle portait un casque et parlait visiblement à quelqu'un.

— L'accident bloque la voie de droite, mais tu devrais pouvoir te faufiler dans le trafic en utilisant l'accotement... Bon, préviens-moi quand tu seras sur place.

Puis elle se retourna et sourit.

— Salut.

— Occupée ? demanda Eagle.

La femme haussa les épaules.

— Pas plus que d'habitude.

— Christine, voici Taylor. J'espère que tu la croiseras de temps en temps.

— Salut, lança Christine avec son large sourire amical.

— Salut.

— Tu es une nouvelle conductrice ?

Avant que Taylor puisse répondre, Eagle expliqua.

— Non. C'est mon amie. C'est elle qui m'a montré quelle satanée farine prendre la dernière fois que j'ai fait les provisions.

— Oh ! s'exclama Christine. Dieu merci, tu étais là ! Eagle est génial, mais il est nul pour les courses.

— Hé ! je ne suis pas si mauvais, se défendit Eagle.

— Hum… si, tu l'es. C'est une bonne chose qu'Archer soit là maintenant. Tu as déjà mangé ses lasagnes ? Robert m'en a apporté une portion il n'y a pas si longtemps. Je l'ai engloutie ! Archer est un dieu en cuisine. S'il part, je démissionne.

— Personne ne part ou ne démissionne, contesta Eagle avec exaspération.

— Je dis seulement… il est si bon, rétorqua Christine à son patron.

— Noté, confirma Eagle avec un petit mouvement de tête. Des problèmes ce soir ?

— Non. Tout va bien, lança Christine avec désinvolture. Allez, va chercher un peu de lasagnes. Il pourrait ne plus en rester si tu n'y vas pas avant Bull, Smoke et Gramps. Ils ont salivé sur le dîner tout l'après-midi.

— Merde ! jura Eagle, feignant la panique et attrapant la main de Taylor pour la tirer vers la porte.

Taylor réussit à se retourner et à déclarer « C'était sympa de te rencontrer ! » alors qu'elle était emmenée vers la sortie.

— De même ! Bon appétit ! héla Christine.

Taylor était trop amusée pour protester quand Eagle l'entraîna dans le couloir. Quand il entra dans la grande salle, il hurla :

— Pas un geste !

Gramps et Smoke étaient dans la cuisine et se retournèrent immédiatement pour le regarder. Bull se tenait de l'autre côté de la pièce, embrassant une femme qui, selon Taylor, devait être sa petite amie, Skylar. Ils ne cessèrent pas de se bécoter malgré la demande insistante d'Eagle. Il y avait deux hommes assis au bar, et ils se figèrent comiquement avec leurs fourchettes à mi-chemin de leurs bouches.

— Éloignez-vous des lasagnes, lança Eagle à Smoke et Gramps.

Les deux amis sourirent.

— Relax. Peu importe ce que Christine t'a dit, il y en a plein, railla Gramps en se retournant pour continuer ce qu'il faisait.

Il déposa le plus gros morceau de lasagnes que Taylor ait jamais vu dans une assiette devant lui.

— Il y a intérêt, menaça Eagle en se dirigeant vers la cuisine.

Il ne lui avait pas rendu sa main, et Taylor n'avait pas envie de lui rappeler qu'il la tirait toujours. Il commença à attraper la poignée d'une armoire quand il se rendit finalement compte qu'il tenait toujours sa main.

— Désolé, s'excusa-t-il un peu penaud, en serrant ses doigts avant de finalement la lâcher.

— C'est bon, le rassura-t-elle doucement.

Eagle prit deux assiettes et se dirigea vers le plat de lasagnes. Il ne restait qu'un quart du plat, et Taylor fronça les sourcils quand Eagle en mit une grande partie dans une assiette, et la plupart du morceau restant dans l'autre.

— Hum... Je ne veux pas prendre la dernière portion, glissa-t-elle.

— Il y a une autre tournée dans le four, lui confia Smoke. Archer a appris très vite à préparer des doubles voire triples doses de tout.

Soupirant de soulagement, Taylor regarda avec amusement Eagle qui, après avoir entendu qu'il y en avait plus, déposa le dernier petit morceau de lasagnes à l'air délicieux dans son assiette.

— C'est assez, ou tu en veux encore ? demanda-t-il, en utilisant la spatule pour faire un geste vers le four.

Taylor ne put s'en empêcher. Elle se mit à rire.

— Je pense que les cinq kilos que tu m'as déjà servis seront suffisants.

Une femme se joignit à elle en s'esclaffant également, et Taylor se retourna. Bull avait passé son bras autour de ses épaules, et elle s'était penchée sur lui. Elle était de petite taille, mais semblait parfaitement à sa place contre Bull. Elle avait des courbes que Taylor enviait et paraissait complètement à l'aise dans cette pièce remplie de mâles alpha.

— Bonjour, je m'appelle Skylar.

— Moi, c'est Taylor.

— C'est vraiment sympa de te rencontrer, dit Skylar.

— De même, répondit Taylor.

Eagle lui avait parlé un peu de la petite amie de Bull et de son enlèvement. En la contemplant maintenant, Taylor ne pouvait déceler aucun indice de ce qu'elle avait traversé. Elle savait qu'elle était professeure de maternelle dans une école du centre-ville et qu'elle était aimée et respectée à la fois par les élèves et par le corps enseignant.

Taylor l'enviait. L'autre femme avait l'air tellement équilibrée et satisfaite, ce qu'elle n'avait jamais ressenti.

Les cheveux auburn de Skylar étaient attachés en chignon à l'arrière de sa tête, et elle portait une robe chasuble authentique. C'était tellement stéréotypé et ça criait si fort « *institutrice de maternelle* » que Taylor avait presque envie de rire.

Elle entendit Smoke pouffer et le regarda.

— Je peux deviner ce que tu mémorises sur Sky, plaisanta-t-il. Elle s'habille comme ça du lundi au vendredi. Même moi, j'ai du mal à la reconnaître en jean et en tee-shirt.

Au lieu d'être décontenancée, Skylar sourit au commentaire de Smoke.

— Je sais, je ressemble exactement à ce que je suis. Mais l'école a un code vestimentaire, et, après toutes ces années de métier, je trouve que je suis désormais plus à l'aise en robe ou en jupe quand j'enseigne. Mais j'aime bien mes jeans le week-end.

— Eh bien, si je te vois un samedi ou un dimanche, rappelle-moi qui tu es afin que je ne m'énerve pas contre Bull pour avoir fait les yeux doux à une autre femme, lança Taylor sans réfléchir.

Les yeux de Skylar s'agrandirent.

— Oh, merde, j'ai oublié ! Accroche-toi !

Puis elle s'esquiva sous le bras de Bull et se précipita vers la même porte que Taylor et Eagle avaient franchie à leur arrivée.

— Où est le feu ? interrogea Eagle.

Bull haussa les épaules.

— J'espère que ça ne te dérange pas, Taylor, mais je lui ai parlé de ta pathologie. Elle m'a posé un million de questions à ce sujet, puis elle a expliqué qu'elle avait une idée.

Eagle apporta leurs deux assiettes sur une place vide au bar pendant qu'ils attendaient le retour de Skylar. Ils n'eurent pas eu à patienter longtemps. Elle se précipita dans la pièce avec un énorme sourire.

Elle donna quelque chose à Bull. Puis à Smoke, à Gramps et aux deux hommes au bar, qui avaient fini de manger leurs lasagnes et étaient maintenant assis, détendus. Puis elle s'approcha de Taylor et Eagle, et tendit un objet à chacun.

— J'ai pensé à ta condition et à la difficulté d'identifier un groupe de personnes que tu ne connais pas. Je veux dire, que tu ne connais pas vraiment. J'ai eu du mal à distinguer tous ceux qui travaillaient ici quand j'ai rencontré Bull, et je n'ai pas la même maladie que toi. Alors, j'ai créé des badges pour tout le monde, expliqua-t-elle en souriant de façon confuse. J'ai pensé que ça pourrait te faciliter la vie. Si tout le monde les portait ici, tu n'aurais plus à te demander qui est qui. Ils sont magnétiques, donc ils ne feront pas de trous dans nos vêtements.

Elle jeta un coup d'œil à Eagle.

— Et ils n'abîmeront pas les uniformes non plus. Je sais que vous avez décidé de ne pas mettre d'insignes nominatifs sur les combinaisons de tout le monde, mais je pensais qu'au moins ici les gens pouvaient en arborer.

Comme personne ne répondit rien, Skylar continua, en parlant plus vite, comme si elle doutait désormais.

— Je peux fabriquer un tableau magnétique à suspendre près de la porte. Tout le monde peut les laisser là quand ils rentrent chez eux et les récupérer quand ils reviennent ici. Peut-être même qu'ils peuvent les porter pendant qu'ils travaillent. Bull m'a fait comprendre que j'avais eu tort de ne pas appeler pour confirmer son identité quand il est arrivé dans sa dépanneuse. Les répartiteurs pourraient indiquer aux appelants que leur chauffeur portera un badge et quel est son prénom.

Bull s'approcha de Skylar et la ramena contre sa poitrine. Ses sourcils étaient froncés, comme si elle était inquiète de ce que tout le monde pourrait penser de cette idée.

Taylor examina le badge qu'elle tenait dans sa main. Il n'avait rien de spécial. De forme ovale, en plastique, noir au verso avec l'aimant et blanc au recto, où son nom était imprimé en lettres noires. Assez grand pour être vu à bonne distance. En regardant par-dessus, elle put voir le nom d'Eagle dans les mêmes grands caractères.

Déglutissant, Taylor sentit ses yeux brûler, et elle baissa les yeux sur le badge dans sa main, essayant de contrôler ses sentiments.

Eagle souleva son menton et la força à le regarder.

— Taylor ?

Au même moment, elle entendit Skylar dire :

— Je suis désolée ! C'était stupide. Ignore-moi. Je n'essayais pas d'être offensante. Je pensais simplement que ça pourrait aider.

Craignant qu'elle imagine une seule seconde qu'elle était vexée, Taylor se tourna vers la petite amie de Bull. Une larme s'échappa et roula sur sa joue.

— C'est l'une des choses les plus gentilles qu'on ait jamais faites pour moi. Merci.

Le soupir que Skylar laissa échapper n'était pas seulement audible, mais aussi visible.

— Ouf. Je ne voulais pas aller trop loin, mais je ne pouvais pas imaginer ce que ça serait d'être entourée d'étrangers chaque minute de chaque jour.

Et c'était exactement ça. Comment Skylar avait compris cela, Taylor l'ignorait, mais il était évident qu'elle était compatissante et empathique. Elle avait le sentiment qu'elle était une enseignante extraordinaire.

— Et c'est une excellente idée que les conducteurs portent des badges nominatifs sur la route, ajouta Smoke. Il faudra peut-être un peu de temps pour qu'ils s'y habituent.

— Ce n'est pas *si* difficile, lança l'un des hommes du comptoir. Vous nous prenez pour des idiots ou quoi ?

Il sourit en le disant, donc Taylor avait conscience qu'il plaisantait.

— Salut, Shane, glissa Taylor, en lisant le badge qu'il avait attaché à sa salopette. José, continua-t-elle, en adressant un signe de tête à ce dernier, qui avait également mis son étiquette.

— Madame, répondirent les deux, en opinant du chef.

C'était stupide d'être si émue de pouvoir appeler quelqu'un par son prénom, mais c'était littéralement la première fois de sa vie qu'elle en était capable sans être présentée. Les gens devaient toujours lui annoncer qui ils étaient avant qu'elle puisse les saluer.

— C'est un endroit sûr pour tous nos employés, souffla Gramps. Nous essayons de fournir des efforts pour nous assurer que chacun a ce dont il a besoin ici. Tu ne fais pas exception.

— Merci, chuchota Taylor.

— Tu nous en as laissé ? interrogea Bull, et Taylor fut reconnaissante de ce changement de sujet.

Elle était encore trop émotive pour exprimer à quel point le geste de Skylar avait compté pour elle.

Eagle lui tendit son tabouret, et elle y monta, puis il la surprit en s'approchant davantage. Levant les yeux, Taylor se lécha les lèvres, remarquant *à quel point* il était près. Si elle se penchait en avant d'un pouce, elle pourrait poser sa joue sur sa poitrine.

— Tu vas bien ? lui demanda-t-il doucement.

C'était comme s'ils étaient les deux seules personnes dans la pièce, même si Taylor savait qu'ils étaient entourés d'une demi-douzaine d'autres individus.

— Oui.

— Et tu es vraiment d'accord avec les badges ?

Taylor hocha la tête.

— Ça va rendre les choses… meilleures.

— Alors, je vais m'assurer que chacun sache qu'il doit porter le sien dès son entrée dans Silverstone Towing.

— C'est un peu exagéré dans la mesure où je ne sais pas si je serai souvent là, répondit honnêtement Taylor.

— Pourquoi pas ?

Elle fronça les sourcils en signe de confusion et haussa les épaules.

— Parce que je ne travaille pas ici ?

— Et alors ? Beaucoup de femmes de nos employés

traînent ici. Et leurs enfants aussi. Tu es mon amie, alors tu es la bienvenue quand tu veux. Si tu as besoin de changer d'air, tu peux venir. Si tu en as marre de ton boulot, idem. Parfois, j'aime plus errer à Silverstone que dans mon propre appartement. Je n'apprécie pas vraiment le calme. Je ne peux pas promettre que nous aurons des badges pour tous les proches, mais si quelqu'un travaille pour nous, il en portera un, et tu sauras qui c'est.

Taylor avait envie de pleurer de nouveau.

— Pourquoi es-tu si gentil avec moi ?

Eagle haussa les épaules.

— Parce que je t'aime bien, Taylor Cardin. Ta condition ne définit pas qui tu es en tant que personne. Je me fiche que tu ne reconnaisses pas mon visage. Je sais que tu sais qui je suis ici...

Il prit sa main et la plaça sur son cœur.

— Et je ne dis pas ça à la légère. Je t'ai avoué plus de choses sur moi ces deux dernières semaines qu'à n'importe qui d'autre en dehors de mes trois meilleurs amis. Et après ce soir, tu sauras tout. Si tu veux toujours me fréquenter, tu seras la bienvenue ici, et partout ailleurs où je serai. Tu comprends ?

Elle ne l'avait pas saisi, mais elle hocha quand même la tête.

Les lèvres d'Eagle se plissèrent, comme s'il savait qu'elle mentait en acquiesçant. Il fit un pas en arrière, et Taylor ne put s'empêcher de ressentir un pincement.

— Mange, Fleur. Nous parlerons après.

Sachant qu'Eagle ne lui raconterait rien avant d'être prêt, elle accrocha son nouveau badge à sa chemise et prit sa fourchette. Elle enfourna un morceau de pâtes dans sa bouche et ferma les yeux en signe d'extase.

— C'est bon, n'est-ce pas ? glissa Skylar à côté d'elle.

Sans même ouvrir les yeux, Taylor opina du chef.

— Attends de goûter ses tamales. Ils sont encore meilleurs.

Il n'y avait pas moyen que quelque chose soit meilleur que ça. Elle ouvrit les yeux et jeta un coup d'œil à Eagle. Il l'observait avec un sourire sur le visage. Décidant de se concentrer sur la joie d'un repas incroyable et sur la compagnie de personnes qui l'avaient mieux accueillie que quiconque dans toute sa vie, Taylor fourra un autre morceau de lasagnes dans sa bouche, affichant son propre petit rictus.

CHAPITRE 4

Eagle avait des doutes sur son envie de tout avouer à propos de Silverstone à Taylor ce soir. Il était évident que le geste de Skylar était important pour elle, et maintenant, après avoir dîné, elle était détendue et heureuse. Il détestait avoir à faire quoi que ce soit qui puisse la contrarier.

Mais avant qu'il s'attache davantage à elle, et elle à sa famille de Silverstone Towing, il devait expliquer ce que ses amis et lui réalisaient.

C'était une grosse affaire. Bull, Smoke, Gramps et Eagle avaient scellé le pacte de ne parler à personne de leurs missions. Sauf s'ils avaient foi en l'autre à cent pour cent... et s'ils pensaient avoir une chance de passer le reste de leur vie avec. Putain, ils n'avaient même pas raconté à leurs proches ce qu'ils faisaient. Pour ce qu'ils en savaient, ils étaient simplement les propriétaires de Silverstone Towing. Point final.

Il sentait au fond de lui que Taylor et lui étaient sur le point de devenir bien plus que des amis. Il était probablement encore en train de brûler les étapes en lui révélant tout, mais il ressentait une connexion avec elle comme avec personne auparavant. Pas même ses amis. Il ignorait totalement si Taylor et lui entretiendraient un jour une relation intime, mais il éprouvait un profond besoin de lui dire.

Et ça lui foutait les jetons.

Parce que bien que ça ne fasse que deux semaines, elle était importante pour lui.

Il la voulait dans sa vie de toutes les façons possibles.

Et lui parler de Silverstone pourrait tout gâcher.

Mais Eagle n'avait jamais été du genre à fuir les difficultés. Que ce soient des missions ou des discussions.

Ils étaient actuellement assis sur le canapé à l'étage. La télévision était allumée, mais personne ne la regardait vraiment. Bull, Skylar, Smoke et Gramps étaient tous restés pour bavarder. Et les chauffeurs qui étaient de service étaient allés et venus en fonction de leur planning d'appel. Ils étaient tous détendus, et Eagle était ravi de constater à quel point Taylor s'entendait bien avec tout le monde. Skylar et elle avaient parlé de leur travail, et pas une seule fois la conversation n'avait traîné.

Mais il était temps. Eagle avait besoin d'en finir avec la discussion avec Taylor. Il stressait à ce sujet depuis trop longtemps.

Se penchant vers elle, il s'enquit doucement :

— Tu es prête à parler ?

Taylor acquiesça immédiatement, et il se demanda si elle était aussi inquiète que lui au sujet de ce qu'il voulait lui annoncer.

— On revient, lança Eagle à ses amis, sans savoir si ce serait pour traîner ou seulement pour dire au revoir en s'apprêtant à ramener Taylor chez elle.

Ignorant les regards que ses amis lui lançaient, Eagle dirigea Taylor vers l'escalier. Il aimait la toucher, mais il retira sa main de son dos dès qu'ils commencèrent à descendre les marches.

Ils avancèrent silencieusement à travers la salle de jeux du rez-de-chaussée, vers la chambre forte, une fois de plus. Il la déverrouilla avec son empreinte digitale et tint la porte ouverte pour Taylor. Après être entrée, elle se tenait mal au milieu de la pièce, comme si elle ne savait pas où s'asseoir ou quoi faire.

Eagle lui tendit l'une des chaises autour de la table, et elle s'assit immédiatement. Il s'installa sur celle à côté d'elle et ne tourna pas autour du pot.

— Je t'ai expliqué que mes amis et moi étions dans l'armée.

Taylor hocha la tête.

— On était des forces spéciales. Delta Force.

Elle opina de nouveau du chef.

— Tu sais ce que c'est ?

Elle fronça les sourcils en le regardant.

— Bien sûr que je le sais. Je ne suis pas idiote.

Eagle sourit un peu à cette réponse.

— Donc nous avons été envoyés sur des missions hautement classifiées dans le monde entier. Certaines étaient des sauvetages d'otages, d'autres uniquement destinées à recueillir des informations. D'autres encore servaient à trouver et éliminer des cibles dangereuses.

Taylor acquiesça, n'ayant pas le moins du monde l'air alarmée par ce qu'il lui racontait jusqu'à présent.

Alors, Eagle continua.

— Ce que je suis sur le point de te révéler ne peut pas aller plus loin que cette pièce, la prévint-il.

— Je ne répéterai rien à personne, répondit sérieusement Taylor. À qui je le dirais, de toute façon ?

— Bien. Donc notre dernière mission s'est déroulée au

Pakistan. Nous devions trouver et éliminer Fazlur Barzan Khatun, le chef du groupe terroriste Harakat ul-Mujahidin.

Ses yeux s'agrandirent.

— Putain de merde, c'était toi ? chuchota-t-elle.

Eagle acquiesça.

— Oui. Khatun et son organisation avaient revendiqué la mort de près de cinquante soldats américains et britanniques en Afghanistan l'année précédente. Il était fier de ce que son organisation avait accompli et a juré de continuer à tuer.

Taylor posa sa main sur son bras.

— C'est bien qu'il soit mort, alors, conclut-elle simplement.

Ses mots firent espérer à Eagle que cette conversation pourrait bien se terminer.

— Oui, en effet. Pendant la mission, nous avons interrompu une réunion que Khatun tenait. Nous avons aligné toutes les personnes présentes dans la pièce et avons découvert qu'un autre terroriste bien connu et très recherché s'y trouvait également. Nabeel Ozair Mullah.

— Putain de merde ! s'exclama encore Taylor.

— Oui. Il a essayé de prétendre qu'il n'était pas Mullah, mais j'ai su que c'était faux à la seconde où j'ai posé les yeux sur lui.

— Parce que tu avais déjà vu son nom et son visage auparavant.

Eagle ne pouvait pas interpréter son ton, mais il hocha quand même la tête.

— Oui. J'étudie toujours les listes des plus recberchés par le FBI avant chaque mission, juste au cas où.

Taylor n'avait pas retiré sa main de son bras, et elle la serra doucement.

— C'est incroyable, lui souffla-t-elle. Je veux dire, quel atout pour ton équipe et ton pays.

Elle avait l'air un peu triste, et ce n'était pas ce qu'Eagle voulait. Pas du tout.

— Je ne te raconte pas ça pour que tu te sentes mal, déclara-t-il.

— Je le sais et je vais bien, le rassura-t-elle. Cependant, il y a des moments où je me rends compte à quel point je suis désavantagée.

— Il y a plus important dans la vie que d'être capable de reconnaître les terroristes.

— J'en suis consciente. Mais il est évident que tu as cette capacité pour une raison. Une très bonne raison.

Eagle pressa ses lèvres l'une contre l'autre pendant un moment. Il avait toujours considéré comme acquis ce qu'il pouvait accomplir. Il n'y avait jamais vraiment pensé... jusqu'à ce qu'il rencontre Taylor et comprenne qu'il y avait des personnes qui étaient exactement le contraire. Il aurait dû s'en rendre compte bien avant, mais ça ne lui était pas venu à l'esprit. Il se racla la gorge et continua.

— Quoi qu'il en soit, nous avons aussi tué Mullah. Nous n'aurions pas pu le laisser là. Les moudjahidines l'auraient promu, et je crois honnêtement qu'il était pire que Khatun. Il y avait quelque chose dans ses yeux qui montrait claire-ment qu'il détestait tout du monde occidental et qu'il n'au-rait pas été heureux tant qu'il n'aurait pas tué autant de gens que possible.

— Je me souviens vaguement d'avoir lu quelque chose à ce sujet, confirma Taylor. Je veux dire, je ne suis pas très au courant de l'actualité et j'avais une vingtaine d'années, donc ce n'était pas exactement sur mon radar, mais il y avait une sorte de grosse agitation autour du fait qu'ils avaient été tués tous les deux, n'est-ce pas ?

Eagle renifla.

— Oui, il y a eu du chahut, c'est vrai. L'essentiel, c'est que l'armée n'était pas contente qu'on ait exécuté Mullah. Notre seule mission était d'éliminer Khatun. Nous n'étions évidemment pas censés être au Pakistan à ce moment-là.

— Si tu me précises que tu as eu des problèmes pour ça, je vais me fâcher, lâcha Taylor avec férocité.

Eagle sentit une chaleur l'envahir. Il était habitué à ce que le public le remercie pour son service dans l'armée, mais entendre Taylor le défendre lui et son équipe sans hésitation lui faisait du bien. Il posa sa main sur la sienne, sur son bras, et la serra.

— Nous avons été réprimandés. Notre équipe Delta a été dissoute, et nous allions être séparés, envoyés dans des bases partout aux États-Unis. Ensuite, quand nos dates de réengagement seraient arrivées, on nous aurait interdit d'être dans l'armée plus longtemps.

— C'est des conneries ! s'emporta Taylor. Sérieusement, ils auraient dû vous donner des médailles, des éloges. Vous virer de l'armée, c'est ridicule ! Je veux dire, c'est comme annoncer au coureur le plus rapide du monde qu'il n'a plus le droit de concourir, que même s'il pouvait gagner les Jeux olympiques, il n'en aurait pas l'occasion. Ou... indiquer à un neurochirurgien de renommée mondiale qu'il ne peut plus pratiquer les opérations compliquées qui sauveraient des vies, qu'il ne peut qu'ouvrir un cabinet familial et traiter les gens qui reniflent. Argh, je suis tellement énervée pour toi, Eagle !

Il ne put s'empêcher de sourire. Il aimait la passion de Taylor.

— Dis-moi que tu as protesté et qu'ils ont changé d'avis, exigea-t-elle.

Eagle secoua la tête.

— Nous avons protesté, mais ils ne se sont pas ravisés.

Avant qu'elle puisse se lancer dans une autre tirade, il continua.

— La nuit où nous avons appris notre destin, nous étions en train de noyer notre chagrin dans un bar local, et un type est entré. Imagine. Nous étions dans un bistrot rempli d'hommes à l'allure dangereuse, et un fédéral est entré, vêtu d'une chemise blanche impeccable et d'un pantalon, avec des chaussures noires cirées. Mais personne ne l'a harcelé. Il savait tout de ce qui s'était passé lors de notre mission au Pakistan *et* de l'audience que nous venions d'avoir ce jour-là. Et pour être au courant de ces deux éléments, il avait de sérieuses relations. Je ne l'avais jamais vu avant, ce qui m'irritait. Je savais qui étaient les principaux acteurs du FBI. J'avais pris soin de me renseigner. Il a dit qu'il travaillait pour le FBI et la Sécurité intérieure, et nous a affirmé qu'il pouvait nous libérer de nos obligations envers l'armée dès le lendemain.

— Quel était le piège ? interrogea Taylor, l'interrompant.

Eagle se mit à rire de nouveau. Il n'avait pas pensé qu'il s'esclafferait en racontant cette histoire. Aucune chance. Mais Taylor l'avait surpris... dans le bon sens.

— C'est exactement ce que j'ai demandé. Le type était au courant que Smoke avait hérité de ce garage par son oncle, ainsi que d'un paquet d'argent. Il a suggéré qu'on vienne ici, à Indianapolis, et qu'on se débrouille à Silverstone... tout en réalisant ce qu'on fait de mieux, avec l'aide du FBI et de la Sécurité intérieure.

Comme l'expression du visage de Taylor ne changeait pas, il poursuivit.

— Nous en avons discuté, et nous avions conscience que nous ne pourrions jamais diriger un vrai garage, car chacun de nous ne connaissait rien aux voitures. Smoke a suggéré de le transformer en société de remorquage. C'est ce que nous avons fait. Silverstone Towing a ouvert, et on a pu rester ensemble en tant qu'équipe. On travaille avec le FBI et la Sécurité intérieure, officieusement, bien sûr. C'est nous qui décidons qui poursuivre et quand.

Voilà. Il l'avait sorti. Taylor ne s'était pas levée et n'avait pas quitté la pièce en claquant la porte. Il considérait ça comme une bonne nouvelle.

— Et ? demanda-t-elle.

— Et quoi ? répliqua Eagle.

— C'est ce que tu voulais me dire ?

Eagle était confus.

— Oui.

— D'accord.

— D'accord ? s'étonna-t-il.

— Oui.

Taylor haussa les épaules.

— Je ne pense pas que tu comprennes, précisa Eagle. Mon équipe et moi utilisons cette pièce pour effectuer des recherches sur les terroristes et les trafiquants de drogue – les gars à la tête des organisations –, les tueurs en série et les proxénètes. Nous décidons qui nous voulons *éliminer* et nous planifions des missions dans ce but. Nous sommes des assassins, lâcha-t-il sans ambages.

Aucun d'entre eux n'aimait ce terme, mais il devait être absolument clair avec Taylor.

Elle se pencha en avant et croisa son regard sans broncher.

— Bien, répondit-elle. Quelqu'un doit s'en charger, et il est évident que tes amis et toi êtes très bons dans ce que vous accomplissez. Si tu penses que je vais être contrariée par le fait que vous débarrassiez le monde de gens horribles, tu te trompes. Je sais que je ne suis pas vraiment au courant, mais je me souviens d'avoir lu après coup toutes les atrocités que Khatun et Mullah avaient commises. Ils n'avaient aucun remords, ne se souciaient pas que les personnes qu'ils avaient tuées aient des familles qui les aimaient et soient dévastées. En ce qui me concerne, ils *méritaient* d'être assassinés. J'ai toujours été reconnaissante envers nos militaires, hommes et femmes, mais je le suis encore plus maintenant.

Eagle ferma les yeux et baissa la tête. Chaque fois qu'il avait imaginé avouer à Taylor ce qu'il effectuait, il n'avait jamais pensé à une telle réaction. Il avait imaginé qu'elle pourrait être confuse, inquiète, voire dégoûtée, mais qu'elle accepterait immédiatement ? Non.

— C'est dangereux, n'est-ce pas ? s'enquit-elle doucement.

Eagle ouvrit les yeux et la regarda. Il acquiesça. Il ne mentirait pas à ce sujet.

— Oui, bien sûr que ça l'est, murmura-t-elle.

— Je confie ma vie à Bull, Smoke et Gramps, tenta-t-il de la rassurer.

— Est-ce que Skylar est au courant ?

— Oui, même si elle ne l'a pas bien pris au début. Elle a eu du mal à se faire à l'idée. Bull souhaitait lui dire avant que nous partions en mission parce qu'il ne voulait pas qu'elle pense qu'il la trompait ou autre. Elle a un peu paniqué, et Bull était dans un sale état lors de cette opération. Nous pensions que c'était fini entre eux, parce que si Skylar ne pouvait pas accepter ce qu'il avait fait, il n'y avait pas vraiment de moyen pour que cette relation fonctionne. Mais je crois qu'elle y a réfléchi pendant son absence et a décidé d'en rediscuter avec lui. Elle l'aimait trop pour le laisser partir sans avoir une plus longue conversation. Puis elle a été kidnappée... et soudain, ça n'avait plus d'importance.

Taylor opina du chef.

— Je suis en mesure de comprendre ça. Tu as dit que je ne pouvais le répéter à personne, et je le conçois parfaitement, mais est-ce que je peux... est-ce que je peux en parler à Skylar ?

— Oui, répondit Eagle immédiatement.

Elle resta silencieuse un moment, puis ajouta :

— J'ai une question, mais je ne sais pas comment la poser.

— Tu peux tout me demander. *Tout* ce que tu veux.

— Pourquoi tu *me* l'as avoué ? Je veux dire... J'en suis flattée, mais on n'est pas...

— On ne sort pas ensemble, finit Eagle pour elle.

Elle acquiesça.

— Honnêtement ? Je t'aime bien, Taylor. Je peux me tromper, mais je crois qu'on s'entend bien. Dès la première fois où je t'ai vue sur ce parking, quelque chose m'a attiré vers toi. On ne sort pas ensemble... pas encore. Je ne prétends pas que ça arrivera, mais avec la connexion que je ressens avec toi... Je ne serais pas surpris si c'était le cas. Mais ce n'est pas obligé. Même si nous ne sommes que des amis, je me sentirai chanceux de t'avoir dans ma vie. Je ne me l'explique pas très bien...

Il soupira, sa voix s'éteignit.

— Non, c'est clair, confirma Taylor. J'éprouve la même chose. Je n'ai pas beaucoup d'amis – la plupart ne peuvent pas supporter ma condition –, mais quand je suis avec toi et quand je te parle, je n'y pense même pas. Et crois-moi, ça signifie quelque chose, parce que ça dicte à peu près tout ce que j'accomplis dans ma vie. Je t'aime bien aussi, Eagle. Beaucoup. Mais je suis effrayée à l'idée d'être différente avec toi, parce que je ne veux rien faire qui gâcherait notre amitié. Discuter avec toi le soir a été le meilleur moment de ces deux dernières semaines.

— Rien ne va gâcher notre amitié, jura Eagle. Et tous ceux qui t'ont exclue à cause de ton état sont des idiots. C'est comme ne pas vouloir être ami avec quelqu'un en fauteuil roulant ou qui est aveugle, ou qui souffre d'une autre pathologie. Rien de tout ça n'est la faute de la personne concernée. Je t'accepte comme tu es, tout comme tu m'acceptes.

Une larme se forma dans l'œil de Taylor et glissa sur son visage. Eagle leva sa main pour l'essuyer avec son pouce.

— Ce ne sont pas des larmes de colère, n'est-ce pas ? demanda-t-il avec un petit froncement de sourcils.

Elle secoua la tête.

— Non. Je suis seulement... bouleversée. Ma propre mère m'a rejetée quand je n'ai pas réussi à me lier à elle, et, depuis que je suis en âge de comprendre ce qui ne va pas chez moi, je me suis dit que je serais seule.

— Premièrement, il n'y a rien qui cloche chez toi. Deuxièmement, ta génitrice était stupide. Une mère est censée aimer ses enfants inconditionnellement. Elle aurait pu mettre en œuvre tellement de choses pour t'aider, même quand tu étais petite, mais elle n'a pas daigné essayer. Je l'emmerde.

Les lèvres de Taylor se plissèrent.

— L'essentiel, c'est que tu es incroyable, poursuivit Eagle. Tu es intelligente, et tu as déjà mes amis et mes employés autour de toi. Putain, Skylar ne te connaissait même pas, et elle voulait te faciliter la vie avec les badges. Tu ne t'es pas vexée, ce dont tu aurais eu le droit, et au lieu de ça, tu lui as fait sentir qu'elle était contente d'essayer de t'aider. Je voulais que tu saches pour Silverstone. Pas Silverstone Towing – c'est une tout autre chose. Mon équipe et moi sommes fiers de ce que nous accomplissons, et, avant que tu ne deviennes trop importante pour moi pour te laisser partir, je devais te le dire.

— Je suis honorée.

Eagle prit une profonde inspiration et retira sa main de son visage. Il voulait la prendre dans ses bras, mais n'était pas sûr qu'ils soient prêts pour ça. Il était encouragé par le fait qu'elle n'ait pas insisté quant à leur simple amitié ; cela lui donnait de l'espoir pour l'avenir. Pour l'instant, c'était bien qu'ils soient sur la même longueur d'onde. Ils allaient vivre au jour le jour, et advienne que pourra.

— Tu veux retourner à l'étage pour voir si quelqu'un est encore là ? proposa-t-il.

— En fait, j'aimerais jouer au flipper, répondit-elle avec un petit sourire. J'étais très douée quand j'étais adolescente. Je passais beaucoup de temps au centre commercial pour ne pas avoir à retourner dans ma famille d'accueil, et je jouais pendant des heures.

— Tu as eu une mauvaise expérience en famille d'accueil ? répliqua Eagle, plus sévèrement qu'il ne l'avait souhaité.

— Pas vraiment. Ce n'était pas négatif... mais ce n'était pas top non plus. J'étais simplement là. J'ai trouvé que c'était plus facile de ne pas essayer de me rapprocher de mes parents de substitution ou de mes frères et sœurs. Je savais qu'ils ne m'adopteraient pas, j'étais trop bizarre.

— Tu *n'es pas* bizarre, lâcha Eagle, maintenant en colère. *Personne* n'a essayé de comprendre ta pathologie ?

Taylor haussa les épaules.

Il prit ça pour un non.

— Connards, marmonna-t-il, puis il se leva. Si tu veux jouer au flipper, allons-y. Prépare-toi à perdre, en revanche, lança-t-il en essayant de détendre l'atmosphère. Je suis le champion de Silverstone.

— C'est dommage que ton meilleur score soit insuffisant, alors, répondit Taylor en le taquinant.

— Peu importe.

— Tu veux parier ?

Eagle s'arrêta dans son élan et se retourna vers elle.

— Ce sont des mots de combat, lui répondit-il avec un sourire.

— Prouve-le, défia-t-elle.

Taylor ne se souvenait pas de la dernière fois où elle était restée dehors après minuit. Il était maintenant 3 heures du matin, et elle était allongée sur un fauteuil dans le sous-sol de Silverstone Towing, blottie sous l'une des couvertures les plus douces et les plus duveteuses qu'elle ait jamais vues. Eagle dormait dans un autre fauteuil en face d'elle.

Ils avaient joué au flipper jusqu'à ce que ses doigts soient douloureux à force de frapper les boutons. Eagle et elle étaient bien assortis. Il lui avait fallu un certain temps pour se remettre dans le bain, mais ensuite, elle avait battu Eagle cinq fois, et il avait gagné huit fois. Elle n'avait pas dépassé son meilleur score, mais elle ne doutait pas qu'avec plus d'entraînement, elle y parviendrait.

Quand ils en avaient eu assez, ils avaient opéré une razzia de restes dans la cuisine et les avaient apportés en bas, puis ils avaient allumé la télévision et regardé *Jurassic Park*. Ils avaient convenu que la franchise aurait dû s'arrêter après les trois premiers. Puis ils avaient simplement parlé. De tout et de rien.

Eagle lui avait raconté quelques-uns des remorquages les plus mémorables auxquels il avait participé, et s'était même confié sur certaines personnes que Silverstone et lui avaient sauvées au cours de leurs missions.

Elle avait eu l'impression que tout ce qu'ils faisaient, c'était tuer des méchants, mais en réalité, ils avaient libéré bon nombre de femmes, d'enfants et même d'hommes retenus prisonniers par ceux qu'ils devaient éliminer. Cette conversation avait été révélatrice, et, même sans détails sur qui et où, Taylor avait été impressionnée.

Putain, tout chez Eagle l'épatait ! À un moment donné, elle lui avait dit qu'il était un homme bon, et elle avait pu remarquer qu'il n'était pas à l'aise avec son évaluation. Il avait changé de sujet. Elle s'était juré que, d'une manière ou d'une autre, elle l'amènerait à se voir sous un autre jour.

En le regardant dormir, elle l'étudia de près.

Il lui était difficile de distinguer des traits spécifiques sur les visages des autres. Ils avaient tendance à se confondre. Elle n'avait jamais compris quand certaines personnes décrivaient quelqu'un avec une forte mâchoire ou un nez distinctif. Quand elle observait les gens, elle voyait simplement un nez, une bouche et deux yeux.

En examinant Eagle, elle pouvait remarquer qu'il avait une barbe naissante. Elle paria que s'il ne se rasait pas tous les jours, il pourrait s'en faire pousser une assez impressionnante en très peu de temps. Ses cheveux étaient courts, et ses lèvres avaient l'air pleines, ce qu'elle pouvait toutefois seulement imaginer.

Taylor ne voulait pas aller se coucher. Elle souhaitait que cette journée dure pour toujours. Elle n'avait jamais été invitée à une soirée pyjama durant son enfance. Elle n'avait jamais été proche des filles de sa classe. Mais finalement, ses yeux se fermèrent, et le sommeil l'envahit.

* * *

Brett Williams était assis dans sa voiture sur le parking devant l'appartement de Taylor et fronça les sourcils. Il savait qu'elle n'était pas chez elle, car il n'y avait aucune lumière allumée à l'intérieur.

— Où es-tu ? demanda-t-il à voix haute, en tapant du pouce sur le volant.

Cela faisait deux semaines qu'il observait sa cible, et il avait une assez bonne idée de sa routine. Elle ne sortait pas beaucoup, mais il avait pu se glisser derrière elle au bureau de poste et discuter un peu avec elle. Il voulait tester son état et il n'avait pas été déçu.

Il n'avait décelé absolument aucun signe de reconnaissance dans ses yeux, même s'ils avaient déjà échangé quelques mots sur le parking de l'épicerie. Ça avait été positivement jubilatoire.

Brett n'arrêtait pas de penser à toutes les façons dont il pourrait la torturer quand il l'aurait dans sa tanière. Il pourrait prétendre être différentes personnes, peut-être lui dire qu'elle avait été capturée par une secte. Et que chacun de ses membres allait l'interroger. Elle penserait qu'elle aurait été maltraitée par une douzaine d'individus. Il avait hâte de lui faire tourner la tête... et de marquer son corps aussi.

Elle avait la peau claire, qui se couvrait de cloques et de bleus facilement. Brett savait comment blesser quelqu'un sans le tuer. Oui, Taylor allait être la victime la plus amusante avec laquelle il avait joué jusqu'à présent.

Mais il n'était pas encore prêt pour ça. Il voulait en savoir plus sur elle. Et la seule façon d'y parvenir était de lui parler. L'intercepter alors qu'elle vaquait à ses occupations quotidiennes.

Ce qu'il ne pouvait pas faire s'il ne savait pas où elle était.

Elle n'était pas rentrée ce soir. *Ça* l'avait énervé. Depuis deux semaines qu'il la suivait, elle n'avait pas rencontré d'hommes… ni de femmes, d'ailleurs. Elle travaillait chez elle, elle le lui avait appris quand ils étaient à la poste. Où pouvait-elle bien être ?

Si elle avait un petit ami, cela lui rendrait la tâche plus difficile. À un moment donné, il avait caressé l'idée d'essayer de la faire tomber amoureuse de lui, mais il avait décidé qu'il n'avait pas la force d'agir comme un petit ami aimant. Non, il devait rester un étranger jusqu'à ce qu'il passe à l'action.

En consultant sa montre et en découvrant qu'il était 3 heures du matin, Brett jura de frustration. Il fallait qu'il rentre chez lui. Sa mère était enfermée dans sa chambre depuis 8 heures. Elle s'était déjà probablement fait dessus, et il devrait nettoyer. Ça ne cesserait d'empirer s'il restait absent plus longtemps.

— Tu ne peux pas te cacher de moi, chuchota Brett. Je te trouverai toujours. Bientôt, tu seras à moi, je ferai de toi ce que je veux, et j'ai hâte de t'entendre crier.

Et sur ce, Brett démarra sa voiture et quitta le parking.

CHAPITRE 5

Taylor se réveilla en sursaut et cligna des yeux, confuse, tout en scrutant autour d'elle. Elle se souvint rapidement. Elle était à Silverstone Towing. Son regard alla en direction de la chaise en face d'elle, où elle avait vu Eagle dormir pour la dernière fois, et elle vit qu'elle était vide. Elle était seule dans le sous-sol, ce qui la rendait très nerveuse. Elle n'avait aucune idée de qui se trouvait dans l'immeuble, et même si elle avait rencontré quelqu'un la nuit précédente, elle ne le reconnaîtrait pas ce matin.

Jetant un coup d'œil à sa montre, elle découvrit qu'il était 7 h 30. Elle n'avait dormi que quatre heures, et elle était encore épuisée. Mais elle se força quand même à se lever. Ce n'était pas comme si elle pouvait se reposer toute la journée. Eagle et ses amis pourraient avoir besoin d'utiliser la chambre forte.

Elle se rendit dans la salle de bains avec la douche unique et s'efforça de se rendre présentable. Sa chemise était froissée et ses cheveux en désordre, mais elle les peignit avec les doigts et décida qu'ils devraient faire l'affaire.

Prenant une profonde inspiration, elle sortit de la pièce et monta les escaliers. Elle pensait qu'Eagle serait encore là, puisqu'il l'avait conduite la nuit précédente, mais elle ne pouvait en être certaine. Il avait peut-être été appelé pour un dépannage.

Quand elle entra dans la grande salle et regarda autour d'elle, Taylor se figea.

Cinq hommes étaient assis au comptoir, et ils se retournèrent tous pour la dévisager quand ils l'aperçurent.

Elle se souvenait qu'Eagle portait un jean et un polo bleu foncé la nuit précédente, mais aucun d'eux ne correspondait. Si Eagle était présent, il devait avoir des vêtements de rechange ici.

Un homme sauta du tabouret sur lequel il était assis et se précipita vers elle.

Taylor se raidit et fit de son mieux pour ne pas paniquer. Elle se creusa la tête, essayant de distinguer quelque chose de familier chez lui, mais elle ne trouva rien.

Quand il était encore à trois mètres, il dit doucement :

— Bonjour, Fleur.

Et alors, toute sa tension retomba.

— Bonjour, Eagle, répondit-elle doucement.

Il réduisit la distance, se pencha et l'embrassa légèrement sur la tempe, et Taylor respira profondément. Il sentait le propre, comme s'il s'était douché récemment. En la fixant dans les yeux, il releva son menton d'un doigt et lui demanda :

— Tu as bien dormi ?

— Oui. Et toi ?

— Comme un bébé, lâcha-t-il.

Quelque chose semblait différent entre eux ce matin, mais Taylor n'arrivait pas à mettre le doigt dessus. Elle jeta un coup d'œil nerveux autour d'elle et remarqua finalement qu'il portait le badge que Skylar lui avait apporté la veille. Elle avait tellement paniqué en essayant de l'identifier alors qu'il marchait vers elle qu'elle avait complètement oublié ce détail.

— Viens, le petit-déjeuner est prêt. C'est samedi, et Archer ne travaille pas le week-end, mais il a préparé une casserole d'œufs à réchauffer pour nous. C'est incroyable, lui avoua Eagle.

Il lui prit la main et l'entraîna vers l'endroit où les autres hommes étaient assis.

Consciente qu'elle n'était pas du tout subtile, mais incapable de s'en soucier, Taylor consulta leurs badges.

Smoke, Gramps, Shane et Robert.

C'était vraiment bien de pouvoir mettre des noms sur eux sans avoir à leur demander qui ils étaient. Personne ne comprendrait son soulagement.

— Bonjour, murmura-t-elle un peu timidement.

— Il paraît que tu as battu Eagle au flipper hier soir, dit Smoke avec un sourire. Bon travail. Quelqu'un doit remettre ce connard à sa place. Sa tête est devenue trop grosse. Personne d'autre ne veut jouer contre lui parce que, quand il gagne, il jette ses bras en l'air comme s'il avait 10 ans et fait une ridicule danse du vainqueur.

Taylor gloussa.

— Oh, c'était donc ça ? le taquina-t-elle. Je pensais qu'il avait des convulsions à cause des lumières clignotantes ou je ne sais quoi.

— Hé ! se plaignit Eagle.

Tous les autres rirent fort et longtemps.

— Elle t'a eu, là, souffla Robert.

— Oui, eh bien, vous auriez dû voir le petit sourire diabolique sur son visage quand elle m'a battu pour la première fois, répliqua Eagle. Je jure qu'elle ressemblait à Mercredi de *La Famille Addams*. Ça m'a fait flipper et m'a déstabilisé.

Taylor gloussa. Elle savait qu'il la taquinait.

Le petit-déjeuner était délicieux. Elle ignorait si c'étaient les épices subtiles que l'incroyable Archer avait ajoutées dans les œufs ou si c'était la compagnie. Elle savait seulement qu'elle ne s'était jamais sentie aussi à l'aise de toute sa vie avec des gens qu'elle venait de rencontrer.

Alors qu'ils terminaient, un homme sortit sa tête du couloir et cria :

— Robert et Shane... du travail pour vous. Smoke, Gramps, Eagle... vous êtes de service aujourd'hui ?

— Tu as besoin de nous ? questionna Smoke.

L'autre type haussa les épaules.

— Ça ne serait pas de refus. Après la sortie de Robert et Shane, on a deux autres boulots en attente. Ils ne sont pas urgents, mais...

— On peut déplacer notre réunion à cet après-midi, suggéra Gramps. Je suis partant.

— Moi aussi, renchérit Smoke.

— Je dois ramener Taylor chez elle, mais je reviens dès que possible, ajouta Eagle.

— Merci, les gars, lança l'autre homme, puis il disparut dans le couloir, visiblement pour retourner à la salle de répartition.

— C'était très agréable de te rencontrer, dit Robert à Taylor en mettant son assiette dans le lave-vaisselle.

— De même, convint Shane, et il suivit Robert à travers la pièce, se dirigeant vers la porte.

Taylor se tourna vers Eagle.

— Je peux appeler un taxi si tu as besoin de rester.

— Non, lui répondit-il, sans avoir l'air d'être pressé tandis qu'il finissait de charger le lave-vaisselle.

— Mais si tu dois travailler...

— Taylor, l'interrompit Smoke, on est bien. Ça ne fera de mal à personne d'avoir à patienter une vingtaine de minutes de plus pour un remorquage. Nos répartiteurs sont très bons pour déterminer ce qui est urgent et ce qui peut attendre. Nous n'avons pas *besoin* de bosser, mais cela offre une pause à nos employés. Ils peuvent s'arrêter et manger quelque chose ou se détendre pendant quelques minutes. Ça ne nous dérange pas de participer. Putain, quand nous avons lancé Silverstone Towing, c'est nous qui assurions *tous* les dépannages. C'est bon.

Taylor sentit son respect pour les hommes augmenter. Elle les appréciait déjà, et maintenant elle pouvait constater qu'ils prenaient leurs responsabilités très au sérieux. Elle aimait ça encore plus.

— Tout de même, reprit-elle, je ne voulais pas m'endormir ici. J'ai besoin d'une douche, et j'ai un manuel qui ne se corrigera pas tout seul.

Gramps s'approcha d'elle.

— Au cas où Eagle ne l'aurait pas déjà précisé, tu es la bienvenue ici à tout moment. Peu importe qu'il soit là ou non. Si tu as besoin d'un changement de décor ou si tu veux jouer au flipper, viens jusqu'à Silverstone.

— Merci, souffla Taylor, se sentant dépassée par les événements.

— C'est exactement ce qu'il a dit, plaisanta Smoke, qui s'approcha et la serra dans ses bras.

Taylor se sentait écrasée par les deux hommes, mais elle n'avait pas peur d'eux ou de leur taille.

— Très bien, ça suffit, répliqua Eagle.

Smoke et Gramps sourirent tous deux, mais s'éloignèrent d'elle.

Eagle s'avança, lui prit la main et l'écarta de ses amis.

Taylor s'esclaffa et se tourna vers eux pour les saluer.

— C'était génial de vous rencontrer !

— Pareil ! crièrent les deux amis.

Eagle s'arrêta à la porte arrière et ôta son badge, puis le posa sur le cadre métallique de la porte. Taylor avait oublié qu'elle portait aussi le sien. Réticente à l'idée de l'enlever, elle haussa mentalement les épaules et l'ajouta au cadre.

— La vie serait bien plus facile si tout le monde devait porter un badge tout le temps, prononça-t-elle avec nostalgie.

Eagle la tourna vers lui, et il attendit qu'elle lève les yeux avant de parler.

— Tu es incroyable, dit-il doucement. Ne laisse personne te faire sentir différente. Les gens qui te fuient parce que tu ne les reconnais pas au premier coup d'œil... en dévoilent plus sur *eux* que sur toi. Ça a tout à voir avec l'ego des autres. Ce n'est pas parce que tu ne peux pas me reconnaître dans un groupe d'hommes que je pense que tu ne m'aimes pas. Un vrai ami se fiche de ça. Il se soucie de s'amuser quand tu es là. De la façon dont tu lui permets d'oublier ses problèmes quand tu es à ses côtés. Il s'inquiète de savoir si tu as passé une bonne journée et si tu es rentrée saine et sauve.

Taylor avait envie de pleurer. Ses mots signifiaient tout.

— Merci, parvint-elle à prononcer doucement.

— Tu n'as pas à me remercier d'être ton ami, lui répondit-il. Je devrais *te* remercier. La nuit dernière aurait pu se passer très différemment. Il y avait soixante-quatre pour cent de chances pour que tu sois consternée par ce que je t'ai raconté, et que tu exiges que je te ramène chez toi et que je ne t'appelle plus jamais. Je ne t'en aurais pas voulu non plus.

Taylor fronça les sourcils en le regardant.

— Pourquoi tu me l'as dit, alors, si tu pensais que je ne pourrais pas le supporter ?

— Parce que je savais que si tu *pouvais* l'accepter, notre amitié n'en serait que plus forte.

Elle pensa alors à quelque chose.

— Ta réunion de cet après-midi porte-t-elle sur une mission ?

Eagle haussa les épaules.

— Nous avons des réunions tout le temps – nous essayons de rester au courant de ce qui se passe dans le pays et dans le monde. Nous obtenons des informations actualisées de notre contact au FBI, et nous discutons de ce que nous pensons devoir faire ensuite.

Taylor avala de travers. Elle avait accepté ce que ses amis et lui accomplissaient, mais elle se rendait compte à quel point c'était dangereux.

— Allez-vous bientôt quelque part ?

Eagle se pencha jusqu'à ce que son front repose contre le sien.

— Je ne sais pas. Et je ne prétends pas ça comme ça. Mais je ne vais pas disparaître sans te l'annoncer. Je ne serai pas capable de te préciser où je me rends ou qui est notre cible, mais je ne vais pas simplement me lever et partir.

— OK, acquiesça Taylor.

Elle aimait être près de lui comme ça. Il sentait toujours bon. Le propre. Et ça lui rappela qu'elle n'était probablement pas si fraîche que ça. Elle se retira.

— Je devrais probablement rentrer chez moi et prendre une douche.

Eagle ne la laissa pas aller bien loin. Il se pencha et enfouit son nez dans ses cheveux.

Elle se raidit.

— Eagle ?

— Ne fais pas attention à moi, murmura-t-il dans ses boucles. Je serai juste là à respirer ton shampoing à la vanille.

Elle sourit.

— C'est le produit que j'utilise pour essayer de contrôler mes boucles, lui expliqua-t-elle. Pas mon shampoing.

— J'adore tes cheveux, lui confia-t-il, en se levant et en portant une main à sa tête.

Il tira sur une de ses boucles et la regarda rebondir.

— Je sais que ça ne signifie rien pour toi, et honnête-ment, c'est ce que j'aime encore plus chez toi... mais tu es belle.

Les gens lui avaient déjà dit qu'elle était jolie. Que ses cheveux étaient magnifiques, qu'elle avait une belle carrure. Elle n'y avait pas vraiment songé. Mais quand Eagle lui déclara la même chose, elle eut la chair de poule sur les bras.

— Merci, lui souffla-t-elle un peu timidement. Tu sens toujours très bon.

Elle grimaça. Les mots sonnaient bien quand elle les pensait, mais quand elle les prononçait, ils étaient un peu nuls.

Il afficha un rictus.

— Le meilleur compliment que j'ai jamais reçu, lui avoua-t-il.

Taylor roula des yeux.

— Pour de vrai.

— Sérieusement. Si tu m'avais indiqué que j'étais beau en retour, j'aurais su que tu me racontais des salades, parce que je ne pense pas que tu aies la moindre idée de ce qu'est vraiment un beau garçon. Je veux dire, je pourrais avoir une tête de troll, et tu ne le remarquerais pas vraiment. Mais utiliser tes autres sens pour me révéler que tu aimes quelque chose chez moi ? Je sais que tu es sincère, et ça signifie beaucoup pour moi.

Elle ne pouvait même pas s'énerver en entendant ses mots. Il avait raison. Par exemple, elle savait, intellectuellement et en lisant les publications sur les réseaux sociaux, qu'Henry Cavill était censé être beau à mourir, mais tout ce qu'elle remarquait, c'était comment, dans sa série télévisée populaire sur le paranormal, ses longs cheveux semblaient avoir besoin d'être lavés tout le temps et à quel point il avait l'air sale. Elle n'avait que peu de considération pour le *beau* dans son état. Pour elle, tout dépendait de la façon dont quelqu'un la traitait.

Et comment il sentait, bien sûr.

Ils restèrent debout à se regarder pendant un moment, puis Eagle la prit par la main une fois de plus. Il ouvrit la porte, et elle le suivit sur le parking. Il lui tint la portière de son Wrangler et la referma après qu'elle fut installée. Ils roulèrent jusqu'à son appartement dans un silence confortable. Après s'être garé sur une place de parking de son complexe, il se tourna vers elle.

— S'il te plaît, prends à cœur ce que Gramps a dit. Tu es la bienvenue à Silverstone Towing à tout moment. Je sais que tu es introvertie, mais nous ne proposons pas cela uniquement par politesse. Crois-moi, on n'invite pas n'importe qui à venir traîner là-bas.

— Merci. Je ne suis pas sûre d'être à l'aise pour y aller sans toi, mais j'apprécie quand même l'invitation, lui répondit Taylor.

— Je suis certain que tu pourrais appeler Skylar et qu'elle t'accompagnerait, ajouta Eagle.

Taylor acquiesça.

— Je l'aime bien. Elle est sympa.

— Elle est très gentille, confirma Eagle. Et... si jamais tu as des questions sur nos missions, tu peux aller la voir si tu ne penses pas pouvoir m'en parler.

— D'accord.

— Je vais t'accompagner, lâcha Eagle, en détachant sa ceinture de sécurité.

— Tu n'es pas obligé, protesta Taylor.

— Si, je le suis, insista-t-il en ouvrant sa portière.

Taylor sortit de son côté et le rejoignit devant la Jeep.

— Je suis une grande fille, répliqua-t-elle. Ça fait longtemps que je marche toute seule jusqu'à mon appartement.

— Je sais. Mais ça me rassurerait de t'amener jusqu'à l'intérieur saine et sauve. Fais-moi plaisir.

Elle ne pouvait pas prétendre le contraire. Ils marchèrent ensemble dans son complexe et montèrent les escaliers. Elle déverrouilla la porte de son appartement... et se sentit immédiatement nerveuse.

— Tu veux entrer ? demanda-t-elle.

Il lui sourit.

— Non, Fleur, je dois retourner à Silverstone. On remet ça à plus tard.

— D'accord, accepta-t-elle. Sois prudent là-bas.

— Je le suis toujours, confirma-t-il.

Puis il se pencha vers elle.

Taylor retint sa respiration quand il s'approcha. Mais au lieu de l'embrasser, il effleura sa tempe de ses lèvres.

— Passe une bonne journée, souffla-t-il, puis il se redressa. Ferme immédiatement la porte derrière moi.

Elle ne put que hocher la tête. Puis il était dans le hall. Il haussa un sourcil alors qu'elle restait plantée là. Taylor se força à bouger et à fermer la porte. Elle tourna le verrou et entendit ses pas dans le couloir.

Prenant une profonde inspiration, elle ferma les yeux et s'appuya contre sa porte.

Qu'est-ce qui n'allait pas chez elle ? Elle n'aurait pas dû s'attendre à ce qu'il l'embrasse. Et elle n'aurait certainement pas dû être déçue qu'il ne le tente pas.

— Ressaisis-toi, prononça-t-elle à voix haute.

Il était probablement le meilleur ami qu'elle ait jamais eu. Elle ne voulait rien faire qui puisse gâcher cela, même s'il avait suggéré qu'ils pourraient sortir ensemble à l'avenir. Et s'embrasser bouleverserait définitivement les choses entre eux. N'est-ce pas ?

Taylor était vraiment confuse. Mais elle avait toujours été terre à terre. Trop réfléchir à la situation n'y changerait rien. Elle se poussa donc de la porte et se dirigea vers sa chambre. Elle se doucha et se mit à corriger le manuel d'histoire qu'elle avait été chercher à la poste l'autre jour. Quand elle avait un texte aussi aride et technique, elle rompait généralement la monotonie en corrigeant également un discours plus court ou un roman d'amour. Cela aidait son cerveau à rester concentré. Et aujourd'hui, elle avait besoin d'oublier Eagle et Silverstone. Au moins pour un petit moment.

Tant de choses s'étaient passées en si peu de temps. Elle ne s'attendait pas à rencontrer quelqu'un qui deviendrait si important pour elle aussi rapidement. Si elle était intelligente, elle aurait mis de la distance entre Eagle et elle, mais Taylor savait que cela n'arriverait pas. Elle avait hâte de discuter avec lui tous les soirs, même s'ils ne faisaient que discuter de leurs journées. Et maintenant qu'il s'était ouvert et lui avait parlé de Silverstone, quelque chose que seule une poignée de personnes connaissait ? Il n'y avait aucun moyen pour elle de s'en éloigner.

Elle n'avait aucune idée de ce qu'Eagle voyait en elle, mais elle espérait et priait pour qu'il ne soit pas simplement en train de s'amuser. Elle n'avait pas compris à quel point elle avait besoin d'un ami, et être abandonnée par Eagle pourrait la briser.

* * *

C'était un sentiment étrange de manquer à quelqu'un. Eagle n'avait jamais éprouvé un lien aussi étroit avec une personne qu'avec Taylor. Après l'avoir déposée à son appartement, il retourna à Silverstone Towing et prit la route. Il travailla pendant quelques heures puis retrouva son équipe au garage, et ils passèrent en revue les informations quotidiennes qu'ils avaient reçues de Willis.

Mais tout au long de la journée, Taylor était présente dans l'esprit d'Eagle. Que faisait-elle ? Avait-elle déjeuné ? Avait-elle pris une pause dans le nouveau manuel qu'elle devait commencer ?

Eagle avait toujours été une sorte de solitaire. Il était sorti avec des femmes, mais n'avait jamais ressenti *le besoin* de leur parler tout le temps, d'être constamment avec elles. Il supposait que cela faisait de lui une sorte de connard, mais aucune de ses ex n'avait semblé s'en préoccuper. Tout avait toujours été décontracté. Quelle que soit la connexion qu'il avait avec Taylor, c'était tout sauf ça.

Il avait eu envie de l'embrasser quand il l'avait déposée. *Vraiment* l'embrasser. Mais en définitive, il s'était forcé à lui donner un simple effleurement de ses lèvres sur sa tempe. La dernière chose qu'il souhaitait était de gâcher ce qu'ils avaient. Taylor avait vraiment besoin d'un ami, et il allait prouver qu'il pouvait en être un pour elle. Les gens qu'elle avait connus dans le passé étaient des abrutis pour avoir laissé son état les effrayer.

Et si elle ne pouvait pas le reconnaître à son apparence ? Il avait vu la panique dans ses yeux ce matin-là quand il s'était avancé vers elle à Silverstone. Mais à la seconde où il l'avait appelée Fleur, toute l'incertitude avait disparu de son expression. Si le seul moyen pour qu'elle se détende était un nom de code qui lui permettait de savoir qui il était, c'était facile. Pourquoi personne d'autre n'avait pris la peine d'essayer de l'aider de cette façon était un mystère.

Mais c'était du passé. Il avait remarqué combien elle avait été touchée par le geste de Skylar. Les badges étaient une excellente idée. Elle pourrait identifier tout le monde en un coup d'œil et n'aurait pas à compter sur les autres pour se présenter constamment.

Eagle mettrait en œuvre tout ce qu'il fallait pour augmenter sa confiance et être le meilleur ami possible. Il ne ferait pas tout foirer en laissant ses sentiments pour elle prendre le dessus... du moins pas si tôt.

Avec cette idée en tête, il se détendit sur son canapé et décrocha son téléphone. Il tapa son numéro et attendit qu'elle décroche.

— Salut, Eagle.

— Salut. Je voulais seulement savoir comment s'est passée ta journée, l'interrogea-t-il.

Il entendit le volume de la musique en arrière-plan baisser.

— C'était bien.

— Qu'est-ce que tu as fait ?

Pendant l'heure et demie qui suivit, ils parlèrent de tout et de rien. Elle lui raconta qu'elle avait commencé à travailler sur le manuel d'histoire et que les choses semblaient aller lentement. Lorsqu'elle lui posa des questions sur sa réunion avec son équipe, il s'était senti vraiment bien de pouvoir lui répondre avec honnêteté. Il ne donna pas de détails, mais lorsqu'il expliqua qu'ils avaient lu des récits de première main sur certaines femmes qui avaient été forcées à se prostituer à Amsterdam, elle se montra extrêmement empathique.

Bien que la prostitution y soit légale, la plupart de celles qui travaillaient dans les maisons closes y consentaient contre leur gré, contraintes d'avoir des relations sexuelles avec des dizaines d'hommes par jour pour protéger leur famille des types malveillants qui les faisaient chanter. Silverstone voulait trouver celui, ou ceux, qui était responsable au plus haut niveau. Pas les clients et les proxénètes sur la ligne de front. Ils n'étaient rien en comparaison des chefs des réseaux d'esclavage sexuel.

Taylor et lui eurent une longue discussion sur ce qui pouvait être entrepris pour aider ces femmes, qui se transforma en une conversation sur les avantages et les inconvénients de la légalisation de la prostitution. Elle souleva quelques bons arguments auxquels son équipe et lui n'avaient pas pensé. Eagle savait que Taylor était intelligente, mais être capable d'avoir un échange sérieux avec elle sur un sujet très controversé était plus satisfaisant qu'il ne l'aurait cru.

— Quels sont tes plans pour demain ? lui demanda Eagle

— Les mêmes qu'aujourd'hui. Bien que je doive sortir un moment.

— Où ça ?

Eagle fut surpris que Taylor ne lui réponde pas immédiatement.

— Simplement... quelque chose que je fais tous les dimanches.

Il n'était pas heureux de cette réponse vague, mais il se disait que, même s'ils avaient discuté tous les jours, il y avait encore beaucoup de détails qu'il ne connaissait pas sur elle.

— Cool. C'est pas grave si tu ne veux pas en dire plus, tu as le droit de garder ton jardin secret.

— Ce n'est pas ça, c'est seulement... c'est un truc que j'ai commencé il y a environ un an, et au début, j'avais des sentiments mitigés à ce sujet, mais maintenant c'est comme une vocation pour moi.

— J'espère que tu m'en parleras un jour, mais ne crois pas que je vais rester assis ici à bouder dans le cas contraire.

Elle gloussa doucement.

— Je ne te vois pas faire la tête pour quoi que ce soit. Sauf peut-être ne pas gagner au flipper.

Et ainsi, elle avait changé de sujet de manière subtile. Eagle laissa couler, refusant de la mettre mal à l'aise.

— Je pense toujours que tu as triché au dernier tour.

— Comment j'aurais pu tricher ? le questionna-t-elle. Sérieusement, tu n'es qu'un mauvais perdant.

— OK, c'est probablement vrai, admit Eagle.

Elle rit de nouveau.

— Eagle ?

— Oui, Tay ?

— J'aime ça.

Il savait exactement de quoi elle parlait.

— Moi aussi. C'est facile de te parler.

— Pareil.

— Je vais te laisser filer. Il est tard, dit Eagle en jetant un coup d'œil à sa montre, surpris de voir exactement combien de temps s'était écoulé.

Il n'avait jamais vraiment aimé bavarder au téléphone, mais avec Taylor, il ne semblait pas en avoir assez.

— OK. Merci de m'avoir présentée à tes amis.

— De rien. Et ce sont les tiens aussi maintenant.

Elle ne formula pas de commentaire à ce sujet, et Eagle était conscient qu'elle aurait besoin de passer plus de temps avec eux pour se sentir vraiment à l'aise.

— Je t'appelle demain soir ? s'enquit-il.

— J'aimerais bien, le rassura-t-elle.

— Sois prudente demain, quoi que tu fasses.

— Je le serai. Toi aussi.

— Toujours, lui indiqua Eagle. Dors bien.

— Je te parle plus tard.

— À plus tard.

Eagle raccrocha et s'assit sur son canapé, souriant et se remémorant leur conversation pendant au moins cinq minutes. À contrecœur, il admit qu'il préférait passer le reste de sa vie dans la zone d'amis si sortir avec elle signifiait prendre le risque de rompre et de la perdre pour toujours.

Il avait fallu trente-six ans, mais Eagle avait enfin trouvé une femme dont il faisait passer le bonheur avant le sien. C'était effrayant, mais tellement réel.

Taylor Cardin l'ignorait, mais à partir de cet instant, son existence allait devenir bien meilleure. Il s'était donné pour mission de lui montrer que la vie pouvait être amusante. Elle s'était cachée et avait protégé son cœur à cause des connards de son passé. C'était terminé.

Eagle hocha la tête. Il n'entretiendrait peut-être jamais le genre de relation qu'il désirait avec elle, mais si Taylor vivait sans craindre ce que les autres pouvaient penser ou dire d'elle, il pourrait, à son tour, trouver la paix avec cette idée. Elle était extraordinaire, et le monde requérait plus de gens comme elle. Se terrer dans son appartement, de peur de rencontrer des personnes qu'elle connaissait, mais ne reconnaissait pas, était une erreur.

Il s'assurerait que ceux qui la fréquentaient changent la manière dont ils interagissaient avec Taylor. Qu'ils apprennent à lui annoncer qui ils sont. Il ferait en sorte que tout le monde la voie de la même façon que lui.

Sa décision prise, Eagle se prépara à se coucher le cœur léger. Il ne pouvait pas attendre de voir sa fleur s'épanouir.

CHAPITRE 6

Plus de deux semaines plus tard, Taylor nettoyait après son dîner quand elle se rendit compte qu'elle n'avait pas eu de nouvelles d'Eagle de la journée, ce qui était très inhabituel. Ils avaient continué à se parler ou à s'envoyer des messages quotidiennement, et, tous les deux jours environ, il la persuadait de sortir de son appartement. Il l'avait emmenée au zoo, ils avaient fait une balade à vélo, elle avait traîné avec lui à Silverstone Towing. Il l'avait même conduite chez Bull un soir, et elle avait passé du temps avec ses amis et Skylar.

Au début, elle avait été réticente, mais elle avait fini par se réjouir de ses invitations spontanées. Il avait aussi finalement accepté d'aller chez elle, et elle leur avait préparé le repas un soir. Rien d'extraordinaire – du poulet cuit au four et des légumes –, mais il lui avait dit que sa cuisine rivalisait avec celle d'Archer.

Elle avait récemment fait la connaissance de l'homme qui concoctait des plats aussi délicieux à Silverstone. Shawn Archer était un grand type dont le rire semblait remplir la pièce. Cela rendait Taylor plus heureuse rien qu'en l'entendant. Elle avait aussi rencontré sa fille, une petite fille précoce nommée Sandra.

Dans l'ensemble, non seulement Eagle l'avait invitée dans son monde, mais tous ses amis l'avaient également accueillie à bras ouverts. C'était incroyable.

Mais pour la première fois depuis un mois, elle n'avait pas parlé à Eagle une seule fois aujourd'hui. Ce qui la surprenait. Elle lui avait envoyé des textos et n'avait pas reçu de réponse. Elle avait aussi essayé de le joindre et laissé un message, mais il ne l'avait pas rappelée.

Après avoir débattu avec elle-même, elle prit finalement le téléphone et contacta Skylar.

— Hé, Taylor ! Tout va bien ?

— Oui. Mais je n'ai pas eu de nouvelles d'Eagle de toute la journée. Je me demandais si tu étais au courant de quelque chose.

— Oh ! je suis sûre qu'il va bien. Ils ne sont pas en mission, si ça t'inquiète.

Taylor n'avait même pas envisagé cette option.

— Oh ! non, il m'a dit qu'il me ferait savoir s'ils partaient. C'est simplement que... ce n'est probablement rien. J'ai seulement pris l'habitude de lui parler. Je suis certaine que je l'aurai demain au téléphone.

— Je vais contacter Carson, répondit Skylar. Il est toujours au garage. Il a appelé plus tôt et a indiqué qu'ils étaient plongés dans leurs recherches.

— Oh, OK ! Oui, je suis sûre qu'il est occupé, lui confirma Taylor. Ne les dérange pas.

— Ce n'est pas un problème, souffla Skylar. Et ce n'est pas son genre de ne pas donner de nouvelles. Je vais voir ce que je peux apprendre et je te redis ou je charge Carson de demander à Eagle d'appeler. OK ?

Taylor voulait la convaincre de laisser tomber, même si

elle souhaitait vraiment parler à Eagle. Elle avait soudain l'impression que quelque chose n'allait pas... mais c'était idiot, n'est-ce pas ? Ils ne sortaient pas ensemble, et Eagle pouvait agir comme bon lui semblait. C'était un adulte. Il n'avait pas besoin qu'elle le harcèle et le dérange quand il travaillait.

Mais elle ne pouvait toujours pas se débarrasser de la sensation qu'il y avait un souci.

— Merci, Sky. Je t'en suis reconnaissante.

— Pas de problème. Je te parlerai bientôt. Tu vas au garage ce week-end ?

— Je ne sais pas, lui confia Taylor.

On était jeudi, et Eagle et elle n'avaient pas encore discuté de leurs projets pour le week-end. C'était stupide, mais elle avait passé les deux derniers samedis avec lui, alors elle s'attendait simplement à ce qu'il en soit ainsi cette fois encore. Mais c'était présomptueux de sa part. Il avait peut-être un autre programme... ou un rendez-vous.

Elle avait refusé de considérer Eagle différemment d'un ami, mais c'était de plus en plus difficile. Elle aimait cet homme. Beaucoup. Elle l'avait dans la peau, et, chaque fois qu'il la touchait, elle en désirait plus.

— Eh bien, je suis sûre que je te verrai bientôt, lui lança Skylar.

— Je l'espère, répondit Taylor.

Et c'était vrai. Elle l'appréciait vraiment. Elle était amusante et avait une vision vraiment positive de la vie, surtout si l'on considérait ce qu'elle avait traversé. Et les histoires qu'elle partageait sur ses élèves de maternelle étaient hilarantes.

— Bye.

— Bye.

Taylor raccrocha et se rongea les ongles en faisant les

cent pas. Eagle n'avait pas besoin de prendre de ses nouvelles, bien sûr. Mais son inquiétude ne disparaissait pas.

Vingt minutes plus tard, son téléphone sonna, mais c'était Bull, pas Eagle.

— Allô ?

— Salut, Taylor, c'est Bull. J'ai parlé à Sky, elle m'a dit que tu avais appelé pour Eagle.

— Oui, c'est ça. Est-ce que tout va bien ? Je dois être paranoïaque, mais je ne lui ai pas parlé aujourd'hui, ce qui est inhabituel.

Bull soupira.

— Nous avons examiné une affaire aujourd'hui, et ça l'a bouleversé, avoua-t-il après un moment. La plupart du temps, nous pouvons regarder les rapports de police et les bulletins d'informations en prenant du recul, mais quelque chose dans le cas que nous avons étudié aujourd'hui l'a vraiment touché.

Le cœur de Taylor s'effondra.

— Où est-il ?

— Il a expliqué qu'il rentrait chez lui, lui répondit Bull.

— Je vais y aller et voir s'il va bien, confia Taylor.

— Je ne suis pas certain que ce soit une bonne idée. Tu devrais peut-être lui laisser un peu de temps.

Taylor n'y crut pas une seconde. Quand on était seul avec ses pensées, elles étaient de plus en plus mauvaises. Elle le savait. Elle avait passé la plus grande partie de sa vie dans la solitude, à ressasser toutes les méchancetés que les gens lui avaient balancées ou avaient dites sur elle. Après ce dernier mois avec Eagle, elle avait compris que le simple fait d'avoir quelqu'un avec qui discuter libérait beaucoup des idées noires. Même s'il ne voulait pas parler, elle pouvait au moins s'asseoir avec lui. Essayer de le faire rire. Agir.

— D'accord, souffla-t-elle à Bull, en mentant entre ses dents. Merci d'avoir appelé pour me prévenir.

— Tu vas aller là-bas, n'est-ce pas ? lui demanda-t-il.

Taylor serra les lèvres et ne pipa mot.

— Bien. Mais s'il dit quelque chose de déplacé, ne le prends pas personnellement. Il n'est pas lui-même.

— Je ne vais pas craquer s'il crie, assura Taylor. S'il a besoin de laisser sortir ses émotions, alors je serai là pour l'aider.

— Si tu ne me téléphones pas d'ici une heure, je te rejoindrai, prévint Bull.

— Ce n'est pas nécessaire, protesta-t-elle.

— Mais si. Eagle est l'un de mes meilleurs amis, mais tu es aussi mon amie. Je ne vais pas le laisser te maltraiter ou t'utiliser comme un punching-ball simplement parce qu'il est frustré.

Et maintenant, Taylor avait envie de pleurer.

— Merci.

— Ne me remercie pas. Envoie-moi un texto ou appelle-moi, et dis-moi que vous allez bien tous les deux. Je te donne une heure parce que je me sens généreux… et je pense que c'est toi dont il a besoin. Mais ne te laisse *pas* faire. Tu m'entends ?

— Oui, compris.

— Bien. Et Taylor… merci.

— À plus tard, lui répondit-elle, déjà en mouvement.

— À plus.

Elle enfila ses chaussures et prit son sac à main avant de se diriger vers la porte. Elle s'était déjà rendue deux fois à l'appartement d'Eagle, donc elle n'eut pas à réfléchir trop longtemps à quelle direction emprunter. Au lieu de cela, elle pensa à ce qu'elle allait lui dire. Comment elle allait l'aider. Elle n'avait aucune idée de la teneur de l'affaire, mais ça devait être grave pour qu'Eagle perde les pédales.

Elle se gara sur son parking et se précipita dans le hall. Il vivait dans un immeuble assez sécurisé, mais l'homme qui travaillait à la réception lui adressa simplement un signe de tête. Taylor ignorait totalement s'il s'agissait de celui qu'Eagle lui avait présenté auparavant, mais elle n'avait pas le temps d'être plus que reconnaissante qu'il ne l'ait pas arrêtée.

Elle appuya sur le bouton du deuxième étage et attendit impatiemment que l'ascenseur monte. Elle courut pratiquement dans le couloir et prit une profonde inspiration avant de frapper chez Eagle.

Pendant une seconde, elle crut qu'il n'allait pas répondre, mais la porte s'ouvrit et un grand homme se tint devant elle.

Il ne dit rien et se contenta de la dévisager.

— Eagle ? s'inquiéta Taylor, incertaine.

Elle savait que ça *devait* être lui, mais honnêtement, ça aurait pu être n'importe qui.

Il soupira.

— Oui, Fleur, c'est moi.

Prenant une profonde inspiration par le nez, Taylor décida soudainement comment elle allait gérer la situation. Elle hocha la tête et passa devant un Eagle surpris. Elle enleva ses chaussures, insinuant qu'elle avait l'intention de rester un peu, et se dirigea vers la cuisine. Elle vit une bouteille de Jack Daniel's sur le comptoir et grimaça. Eagle n'était pas un grand buveur ; s'il avait sorti l'alcool, c'était qu'il se sentait vraiment mal.

Elle ouvrit quelques armoires jusqu'à ce qu'elle trouve ce qu'elle cherchait. Elle apporta une casserole à l'évier et commença à la remplir d'eau.

— Qu'est-ce que tu fiches ? demanda-t-il un peu agressivement.

— Je prépare le dîner, répondit Taylor calmement.

— Je n'ai pas faim.

— Dommage. Moi si, lâcha-t-elle de manière aussi peu sympathique qu'elle le pouvait.

En vérité, elle n'était pas sûre de pouvoir avaler quoi que ce soit vu comme son estomac roulait, mais elle ferait de son mieux.

— Pourquoi es-tu là ?

À ce moment-là, Taylor leva les yeux et rencontra son regard.

— Parce que tu as besoin de moi, indiqua-t-elle simplement.

Elle n'était pas certaine de la réaction qu'elle attendait, mais sûrement pas qu'il lui tourne le dos et aille s'asseoir sur son canapé dans son salon.

Haussant mentalement les épaules et se disant qu'il valait mieux qu'il l'ignore plutôt qu'il la mette dehors, elle continua à préparer une simple bolognaise. Il avait du bœuf haché et une boîte de sauce. Il n'avait pas de spaghettis, mais des macaronis feraient tout aussi bien l'affaire.

Il ne prononça pas un mot pendant les trente minutes que dura la préparation du repas, mais après qu'elle eut tout préparé, mis la table et annoncé que le dîner était servi, il se leva et vint la rejoindre à table.

Soupirant de soulagement de ne pas avoir eu à le forcer à manger – bien qu'elle n'ait aucune idée de la façon dont elle s'y serait prise – Taylor s'assit à côté d'Eagle. Il attrapa une fourchette et commença à dîner sans enthousiasme, mais c'était déjà ça.

Elle s'accorda une seconde pour poser sa main sur sa cuisse sous la table et la serrer doucement. Elle voulait qu'il sache qu'elle était là pour lui. Il n'avait pas besoin de prononcer un seul mot, et elle serait toujours là.

Il restait immobile, mais Taylor l'ignora et retira sa main pour prendre sa fourchette. Ils mangèrent en silence, mais elle jura qu'Eagle semblait un peu moins tendu. Il l'aida même à apporter les plats dans la cuisine lorsqu'ils eurent terminé, mais au lieu de la laisser mettre les assiettes dans le lave-vaisselle, il lui prit la main et la traîna sans ménagement dans le salon. Il s'assit sur le canapé et l'attira à côté de lui.

Taylor se blottit immédiatement contre lui. Eagle attrapa une couverture au dos du canapé d'une main et la couvrit. Ce ne fut qu'ensuite qu'il parla.

— Je suis désolé de ne pas avoir appelé.

— C'est bon, répondit Taylor. Je ne suis pas ta mère, tu n'as pas à me dire où tu es ou quand tu passes une journée de merde.

— Mais en tant qu'ami, j'aurais dû au moins envoyer un texto.

Taylor hocha la tête en signe d'accord. Il aurait dû. Mais elle n'avait pas l'intention de lui en vouloir.

— Je m'inquiétais pour toi.

Elle l'entendit inspirer profondément par le nez avant d'admettre :

— Si les rôles étaient inversés, je n'aurais pas été content que tu ne me contactes pas si tu passais une sale journée.

Taylor ne répondit pas. Elle n'était pas sûre de savoir comment réagir. Elle n'avait *pas eu* de mauvais jour depuis qu'elle avait rencontré Eagle. Mais si c'était le cas, elle était presque sûre qu'il serait la première personne à qui elle souhaiterait en parler.

— J'ai assisté à beaucoup de choses horribles dans ma vie, confia-t-il. Des bébés étendus morts dans la saleté avec la tête coupée. Des femmes maltraitées à tel point qu'elles ne sont plus que des zombies ambulants. Des hommes tellement torturés qu'ils ne sont plus reconnaissables en tant qu'êtres humains. J'ai vu plus de façons de tuer quelqu'un que tu ne peux l'imaginer. Brûler, poignarder, enterrer vivant, abattre avec une arme, décapiter, pendre, laisser mourir de faim, arracher le cœur d'une personne encore en vie... tu peux tout énumérer, je l'ai connu.

Taylor frissonna, mais ne l'interrompit pas.

— Mais je ne le comprendrai jamais. Je ne concevrai jamais comment quelqu'un peut ressentir tant de haine qu'il veut délibérément torturer quelqu'un d'autre. Nous avons suivi l'affaire d'un tueur en série à Albuquerque. Il s'en prend aux prostituées. Il les élimine, les emmène dans le désert et les enterre dans des tombes peu profondes. Il n'y a rien de particulièrement nouveau dans ces actes. Les hommes tuent des racoleuses depuis des siècles. Ils ont l'impression qu'elles ne leur manqueront pas, ou qu'elles sont en quelque sorte une « moindre » personne, ce qui est une connerie. De toute façon... Les autorités pensent qu'il n'a pas commis de meurtre depuis longtemps. Ils pensaient qu'il avait déménagé ou qu'il était mort. Mais on a reçu aujourd'hui le dossier d'un récent DB qui a été trouvé juste à l'extérieur de la ville.

— DB ? demanda Taylor tranquillement.

— Un cadavre. Elle était enceinte. De huit mois. Le tueur a extrait le bébé de son corps. La police soupçonne que la mère était alors vivante... et qu'il l'a peut-être obligée à regarder pendant qu'il étranglait son enfant. Puis il a forcé la victime à boire son propre sang avant de l'agresser sexuellement et de la tuer. Je veux dire... pense à ça, prononça Eagle d'une voix si torturée que Taylor eut envie de pleurer.

Elle était couverte de sang, son *bébé* blessé, sûrement en pleine agonie, et il l'a *violée*.

Eagle secoua la tête et ferma les yeux.

— Je n'arrive pas à imaginer ce qu'elle avait en tête – et c'est ce qui m'énerve. À quoi pensait-elle ? Se demandait-elle pourquoi personne ne venait l'aider ? Pourquoi elle était visée ? S'il allait leur infliger encore plus de choses innommables, à elle et à son enfant mort, quand il aurait fini de prendre son pied ?

Des larmes coulèrent des yeux de Taylor. Ses mots étaient horribles, sans aucun doute, mais elle se souciait davantage de l'agonie absolue qu'Eagle ressentait clairement.

— Je veux le trouver. Pour qu'il souffre autant qu'il a fait souffrir ses victimes, avoua Eagle. Mais la police n'a pas assez d'informations pour lui mettre la main dessus. C'est presque incroyable à notre époque qu'ils n'y parviennent pas. Il doit payer, Taylor. Je veux le *faire* payer, mais je ne peux pas y arriver si j'ignore qui il est.

Elle enfouit sa tête dans sa poitrine et essaya de cacher ses larmes. Elle ne savait pas quoi dire pour qu'il se sente mieux, alors elle se contenta de le serrer dans ses bras.

— Il pourrait être n'importe qui. Il pourrait être le gars de l'épicerie qui emballe tes affaires. Le gentil homme d'âge moyen qui vit à côté. Le type que tout le monde croit calme et introverti. Tout ce dont j'ai besoin, c'est d'un nom et d'un visage, et je le traquerai. Il ne pourra pas se cacher de moi, déclara Eagle, la voix cassée.

Puis, comme s'il venait de se rendre compte qu'il n'était pas seul, ses bras se resserrèrent autour de Taylor. Elle s'efforça de maîtriser ses sanglots, mais c'était inutile. Eagle souleva son menton avec sa main et jura quand il vit les larmes sur son visage.

— Putain. Je suis désolé. Je n'aurais pas dû raconter tout ça. Maintenant, tu vas faire des cauchemars avec cette merde.

Taylor secoua la tête.

— Je ne pleure pas à cause de ton récit, lui répondit-elle honnêtement. Je pleure parce que tu te sens si mal. Je ne sais pas quoi dire pour que tu ailles mieux.

Il la regarda fixement pendant un long moment avant d'admettre :

— Tu n'as pas besoin de parler. Ta présence m'aide.

Taylor roula des yeux.

— Oh oui, je peux voir à quel point !

Ses lèvres tressaillirent. Il ne souriait pas vraiment, mais au moins il n'était plus renfrogné.

— C'est vrai. Si tu n'étais pas venue, j'aurais probablement bu toute cette bouteille de Jack. Tu m'as nourri, et maintenant tu me tiens dans tes bras. Te sentir contre moi me rappelle que le monde n'est pas si mauvais. Mais ça me fout les jetons qu'il y ait des gens qui puissent faire ça à un autre être humain. Je ne comprends pas.

Il essuya doucement ses joues avec ses pouces avant de guider sa tête vers sa poitrine une fois de plus. Puis il la surprit en se tournant et en s'allongeant sur le dos, l'emmenant avec lui. Elle était prise en sandwich entre lui et le dossier du canapé, mais il n'y avait aucun endroit où elle aurait préféré être.

Taylor déplaça sa main pour qu'elle se pose sous sa joue, et ils restèrent tous deux étendus en silence pendant de longues minutes.

— Le dimanche, je vais au centre de soins pour personnes âgées atteintes de démence, lui apprit-elle doucement. Je ne sais pas pourquoi je ne te l'ai pas dit avant. Ce n'est pas grand-chose. J'y pratique quelques heures de bénévolat par mois. Je ressens un lien avec les résidents. Je rends visite aux mêmes personnes semaine après semaine, et pourtant ils ne se souviennent jamais de moi. Chaque fois que je me présente, je suis une étrangère pour eux.

Eagle passa une main douce sur ses cheveux, ses doigts se coinçant dans ses boucles.

— J'explique toujours pourquoi je suis là quand j'arrive, parce que je ne reconnais jamais la personne qui travaille à l'accueil, et je me doute qu'elle est probablement exaspérée ou qu'elle rit dans mon dos parce qu'elle sait qui je suis, puisque je suis déjà venue plusieurs fois. Je déteste ça, mais pas pour moi... pour les résidents. Les mêmes membres du personnel se moquent-ils d'eux aussi ? Une des plus grandes peurs qui m'habite, c'est d'être placée dans une maison comme celle-là. Être entourée d'étrangers qui ne prennent pas la peine de se présenter quand ils entrent dans ma chambre. Qu'ils baissent ma blouse pour écouter mon cœur ou autre chose, sans savoir si c'est vraiment un médecin ou un pervers qui veut simplement s'amuser en reluquant les seins d'une vieille femme. C'est stupide, j'en suis consciente, mais c'est à ça que je pense. Alors, j'y vais tous les dimanches. J'annonce à tous ceux avec qui je m'assieds qui je suis et pourquoi je suis là. Cela semble les calmer, même s'ils ne se souviennent pas de moi. Parfois, nous avons une conversation sur un sujet qu'ils se rappellent de leur passé, mais d'autres fois, nous restons assis en silence.

Taylor se sentait stupide de continuer, mais après qu'Eagle se fut ouvert à elle, elle se sentait obligée de l'imiter. Et elle lui avait confié l'une de ses plus grandes craintes, quelque chose qu'elle n'avait jamais avoué à quiconque.

— La maltraitance des personnes âgées est malheureusement réelle, acquiesça-t-il tranquillement. Et j'imagine que c'est encore pire lorsque les patients ne peuvent pas verbaliser ce qui leur arrive ou ne s'en souviennent pas vraiment. Ces hommes et ces femmes ont de la chance de t'avoir à leurs côtés.

— Je ne fais pas grand-chose, protesta Taylor.

— Faux. Tu vas les voir semaine après semaine. Tu t'occupes d'eux, et le personnel le sait. J'aime à penser qu'ils ne sont pas délibérément méchants avec toi, et que ta présence régulière montre à quel point tu te soucies d'eux. Je suis fier d'être ton ami.

Taylor commençait à détester ce mot. *Ami.* Mais ce soir, il s'agissait d'Eagle, pas de ce qu'elle éprouvait pour lui… ni de sa prise de conscience qu'elle devait admettre qu'ils ne seraient probablement *jamais plus*.

— Tu veux savoir ce à quoi je crois que cette femme songeait ? demanda Taylor.

Eagle se raidit, indiquant qu'il comprenait ce qu'elle voulait dire.

— Oui.

— Je pense qu'elle était au-delà de la douleur, lâcha fermement Taylor. Tu ne peux pas être blessé comme elle l'a été et ne pas être dissocié. Ses nerfs ont probablement été rompus, et elle ne ressentait rien de ce qu'il lui faisait. Elle s'est probablement crue en train de flotter. Je parie que, lorsqu'elle fermait les yeux, elle pouvait sentir l'âme de son bébé l'appeler et était soulagée de pouvoir le rejoindre dans l'au-delà.

Taylor pleurait de nouveau, mais elle ne s'arrêta pas.

— Celui qui l'a tuée était probablement énervé de ne pas pouvoir connaître ses pensées. Il voulait qu'elle ait peur, qu'elle supplie pour sa vie, mais je parie qu'elle a refusé. Elle ne lui a pas donné satisfaction. Les gens comme ça souhaitent que leurs victimes soient effrayées. Pour exercer leur pouvoir sur elles. Mais je suppose qu'elle n'a pas assouvi ce désir.

Taylor disait n'importe quoi. Elle n'avait aucune idée de ce que cette pauvre femme avait pensé ou ressenti, mais elle voulait croire qu'après que son enfant fut arraché de son utérus, elle ne pouvait pas éprouver grand-chose.

— Merci, chuchota Eagle.

— Je sais que ça n'arrange pas les choses, mais...

— En effet, la coupa Eagle. Je veux toujours le trouver et le tuer. Mais ça aide.

Taylor hocha la tête contre lui.

La dernière chose dont elle se souvint, c'est d'avoir songé au confort de la poitrine d'Eagle. Elle avait déjà reposé contre des hommes dans le passé, mais aucun d'entre eux ne l'avait fait se sentir aussi en sécurité qu'à ce moment précis.

* * *

Eagle sentit le portable de Taylor vibrer dans sa poche arrière. Elle était profondément endormie contre lui, et il ne voulait pas la réveiller. Il le sortit doucement et vit qu'elle avait reçu un message de Bull.

Bull : Tout va bien ? Tu as cinq minutes pour répondre ou je suis en route pour aller là-bas.

Il aurait dû être furieux contre son ami, mais au lieu de cela, il n'éprouva que de la gratitude envers Bull pour avoir veillé sur Taylor. Il posa son téléphone sur la table à côté du canapé et chercha le sien à l'aveuglette. Après l'avoir trouvé, il le déverrouilla et tapa un message rapide à son ami.

Eagle : Tay va bien. Promis. Elle dort sur moi, donc je ne

peux pas appeler. Je te raconterai tout demain. Merci de l'avoir envoyée... et d'avoir veillé sur elle.

La réponse de Bull fut immédiate.

Bull : Tu vas bien ?

Eagle : Non. Mais ça ira mieux.

Bull : C'était une sacrée merde aujourd'hui.

Eagle : Oui.

Bull : Contacte-moi si tu as besoin de quelque chose.

Eagle : Je n'y manquerai pas.

Eagle reposa le portable sur la table et regarda la femme dans ses bras. Il regrettait ce qu'il lui avait dit ce soir. Il n'aurait pas dû lui mettre toutes ces images dans la tête. Il le savait mieux que quiconque. Il avait vu beaucoup de choses horribles, mais cela ne signifiait pas qu'il devait les partager avec Taylor.

Mais elle n'avait pas paniqué.

En repensant à cette nuit, Eagle ne pouvait s'empêcher de sourire. Elle était manifestement nerveuse, mais elle avait fait irruption, avait pris possession de la cuisine et avait simplement été là pour lui. Elle ne l'avait pas supplié de lui parler, de lui expliquer ce qui n'allait pas. Elle l'avait seulement pris dans ses bras et l'avait soutenu.

Et il l'aimait.

Ça ne faisait qu'un putain de mois, mais il était amoureux d'elle. Ils ne s'étaient pas embrassés, s'étaient contentés de se tenir la main de temps en temps, et il ne pouvait déjà pas imaginer que Taylor ne fasse *pas* partie de sa vie.

Elle émit un bruit mignon au fond de sa gorge et se

trémoussa contre lui, essayant de se mettre à l'aise. Eagle était conscient qu'il devait la réveiller et la ramener chez elle, mais il refusait. Il souhaitait la garder. Il voulait sentir ses cheveux contre sa nuque et ses respirations contre sa poitrine. Si c'était la seule fois qu'il pouvait la tenir dans ses bras, il désirait que cela dure.

Il se pencha et embrassa le sommet de sa tête.

— Tu es incroyable, Fleur, chuchota-t-il.

À sa surprise, elle marmonna « Toi aussi » avant de se taire de nouveau.

En souriant, Eagle mit sa tête en arrière et s'efforça de se détendre. Il finit par admettre que, lorsqu'il avait lu le rapport sur la femme au Nouveau-Mexique, il avait sans cesse pensé à... Et si ça avait été Taylor ? C'était stupide. Ce n'était pas une prostituée, elle n'était pas enceinte. Mais la seule idée que quelqu'un puisse lui infliger ça, lui causer du mal lui avait fait perdre la tête.

Resserrant son étreinte, Eagle fit le serment silencieux de continuer avec Silverstone aussi longtemps qu'il le pourrait. Il souhaitait garder les gens comme sa Taylor en sécurité, et la seule façon d'y parvenir était de s'assurer que ceux qui voulaient s'en prendre aux autres n'en aient jamais l'occasion.

CHAPITRE 7

La relation entre Taylor et Eagle était différente depuis le soir où elle était allée chez lui. Elle s'était réveillée le lendemain matin, et la première chose qu'il avait prononcée était « Bonjour, Fleur ». Puis ils avaient continué comme avant, et aucun des deux n'avait mentionné qu'elle avait dormi sur lui toute la nuit.

Mais autre chose avait également changé, dans le bon sens du terme. Eagle n'avait plus arrêté de l'appeler. Ils parlaient de moins en moins de sujets superficiels. Même s'il voulait toujours savoir ce qu'elle faisait au quotidien.

— Comment s'est passée ta journée ? s'enquit-il une fois qu'elle eut décroché le téléphone cet après-midi-là, peu de temps après cette fameuse nuit.

— Bien, je crois. Je suis allée à la bibliothèque pour me relire, pour changer d'air, et j'y ai eu une longue conversation avec un type.

— À propos de quoi ? l'interrogea Eagle.

— De l'histoire américaine. Il a vu le manuel que je corrigeais, et on a commencé à parler de la guerre de Sécession. C'était intéressant, et il était sympa.

— C'est chouette. Tu veux venir chez moi ce soir ?

— Oui, répondit-elle sans hésiter.

— Parfait. Je devrais être à la maison vers 4 h 30. Je peux prendre quelque chose pour le dîner en chemin, lui proposa-t-il.

— C'est pas nécessaire, contesta-t-elle. Je peux préparer le repas.

— Non. Tu nous as fait à manger les deux dernières fois.

— Ce n'est pas un gros problème, lui indiqua Taylor. *J'aime* cuisiner.

— Laisse-moi te gâter, protesta Eagle.

Que pouvait-elle répondre à ça ?

— OK. Ça marche.

— Tu veux que je vienne te chercher ? demanda-t-il.

— Non. Je peux prendre ma voiture. Je termine ce dernier chapitre, puis je m'arrête là pour aujourd'hui. Je souhaite quand même finaliser quelques petits travaux avant de filer.

— OK. Mais envoie-moi un message quand tu pars pour que je sache quand t'attendre.

— D'accord. Eagle ?

— Oui ?

— Tout s'est bien passé aujourd'hui... tu sais, vu qu'on a parlé des missions et tout ça ?

Sa mini-dépression remontait à une semaine, et elle voulait s'assurer qu'il se sentait vraiment bien.

— Oui. Je te raconterai quand tu seras là. On dirait qu'on va devoir partir assez vite.

Le cœur de Taylor manqua un battement. Elle essaya de garder sa voix aussi nonchalante que possible.

— Ah ouais ?

— Ne panique pas, reprit-il doucement, et elle comprit

qu'il lisait en elle mieux que quiconque n'avait jamais réussi dans sa vie, même au téléphone.

— Impossible, rétorqua-t-elle. Je sais que tes amis et toi êtes des surhommes et tout ça, mais je vais m'inquiéter à chaque seconde de ton absence. Il va falloir que tu t'y habitues.

— Je déteste te causer des soucis, mais je dois admettre que ça fait du bien, confia Eagle.

Là. Ça. Eagle prononçant des mots comme *ça* lui donnait l'impression que quelque chose de vital avait changé entre eux. Mais ensuite, il redevenait le copain qu'il avait toujours été. C'était terriblement déroutant.

— Et, pour info, il y avait deux fautes de frappe dans les textos que tu m'as envoyés aujourd'hui. Je pensais qu'en tant que correctrice, tu étais immunisée contre ce genre d'erreurs.

Oui. Retour à la taquinerie.

— Oui, eh bien, tu sais, je dois te garder attentif, rétorqua-t-elle.

Il ricana.

— Tu y arrives parfaitement. Je te verrai plus tard, Fleur. Conduis prudemment.

— Toujours, lui lança-t-elle, faisant écho à ce qu'il lui avait répondu quand elle lui avait dit la même chose.

Elle raccrocha le téléphone et ferma les yeux.

Elle était tombée amoureuse de son meilleur ami, et elle ne savait pas comment agir.

Devait-elle lui annoncer qu'elle était prête pour aller plus loin et risquer de rendre leur relation plus difficile ?

Non. Elle ne le pouvait pas. Elle devait simplement surmonter son béguin, ou son entichement, ou peu importe ce que c'était. La dernière chose qu'elle voulait était de le perdre complètement dans sa vie.

S'obligeant à se concentrer sur le manuel devant elle, Taylor s'efforça d'oublier Eagle, au moins pour un temps.

* * *

À 5 h 10, Taylor sortit de son complexe d'appartements et se dirigea vers la maison d'Eagle. Elle était arrêtée à un feu rouge quand sa voiture fit soudainement un bond en avant, la ceinture de sécurité se resserrant douloureusement contre sa poitrine pendant une fraction de seconde.

Elle fut confuse le temps d'un battement de cœur, puis comprit que quelqu'un l'avait tamponnée par-derrière.

— Merde ! marmonna-t-elle.

En se retournant, elle vit un homme dans un vieux modèle de Cadillac. Elle était marron foncé et semblait en fin de vie. Elle n'était pas une fan de voitures, donc elle ne pouvait même pas deviner de quelle année elle était.

Il sortit du côté conducteur et courut vers elle.

— Je suis désolé ! s'écria-t-il en se penchant pour regarder à l'intérieur de la voiture. J'ai une assurance ! Si vous voulez vous arrêter sur ce parking – il désigna un centre commercial à droite de l'endroit où ils se trouvaient –, nous pourrons échanger nos coordonnées. Encore une fois, je suis vraiment désolé, j'ai regardé ailleurs pour baisser ma musique et j'ai mal jugé la distance qui nous séparait.

Soupirant, Taylor hocha la tête, et lorsque le feu devint vert, elle s'engagea sur la voie de droite et entra dans le centre commercial.

En regardant autour d'elle, elle remarqua qu'il y avait plusieurs personnes dans la zone. Elle n'était pas en danger là où elle était. Elle sortit de sa Kia Rio et examina les dégâts.

Merde ! Son pare-chocs arrière tenait à peine sur le

châssis. Elle vit la Cadillac s'arrêter derrière elle et remarqua qu'elle avait une éraflure sur le pare-chocs avant, mais elle ne pouvait honnêtement pas déterminer si c'était à cause de cet accident ou si c'était déjà là.

L'homme sauta de nouveau et s'approcha d'elle.

— Je suis sincèrement désolé, répéta-t-il en secouant la tête. Je me sens très mal. Surtout que ma voiture n'a même pas une égratignure.

— Ce n'est pas parce que vous m'avez percutée ? demanda Taylor en montrant les légers dégâts sur son pare-chocs avant.

Il grimaça.

— Non. C'est la Cadillac de ma mère, et elle a fait ça il n'y a pas si longtemps. Je jure que cette caisse porte malheur. Je ne l'ai prise qu'aujourd'hui parce que la mienne est au garage. J'aurais dû rester à la maison.

Taylor se sentait mal pour lui. Il avait l'air complètement déprimé.

— C'est bon. Je suis sûre que les dégâts ne sont pas aussi graves qu'ils en ont l'air. Les pare-chocs servent à ça. Je veux dire, leur but est de prendre un impact, n'est-ce pas ?

Le visage de l'homme s'éclaira.

— Oui, je pense que oui. Si vous me donnez les coordonnées de votre assurance, je les appellerai cet après-midi pour arranger ça.

— Ne devrions-nous pas appeler la police ? s'étonna Taylor.

— Nous pourrions, convint l'homme. Et vous en auriez tout à fait le droit. Mais j'apprécierais vraiment que nous réglions ça entre nous. J'ai le pied un peu lourd... Il faut vraiment que j'apprenne à ralentir, et j'ai assez de points sur mon permis pour être cité à comparaître et le perdre à coup sûr. Ma mère est malade, et je suis le seul qui puisse la conduire à ses rendez-vous chez le médecin.

Taylor savait que l'homme la culpabilisait, mais elle devait admettre que ça marchait.

— Je suis désolée pour votre mère.

— Merci. Oh ! au fait, je suis Thanatos.

— Excusez-moi ? demanda Taylor.

— C'est mon prénom. Thanatos. Mais je préfère Than, parce que c'est moins long à prononcer.

Taylor lui lança un petit sourire.

— Je m'appelle Taylor.

— Je suis ravi de vous rencontrer, Taylor, mais bien sûr pas dans ces circonstances. Je suis sérieux, si vous me donnez les infos, je contacterai votre compagnie d'assurance et je m'occuperai de ça pour vous. Je vous donnerais bien de l'argent pour que ça ne remonte pas jusqu'à mon assurance, mais je n'en ai pas. Le coût des médicaments de ma mère est exorbitant. Mais je vous jure que je suis à jour dans mes cotisations.

Soupirant, Taylor hocha la tête.

— OK. Donnez-moi une seconde.

Elle se dirigea vers le côté passager de sa voiture et ouvrit la portière. Than commençait à l'irriter. Il lui racontait des histoires à faire pleurer. Elle se pencha pour fouiller dans sa boîte à gants afin de trouver ses papiers. À ce stade, elle souhaitait seulement sortir de cette situation.

Après avoir trouvé ce qu'elle cherchait, elle se leva et se retourna en sursautant quand elle faillit tomber sur Than. Il se tenait à environ un mètre de sa voiture.

— Désolé. Je ne voulais pas vous effrayer.

Taylor aurait aimé être meilleure pour lire les expressions faciales. Elle ne pouvait pas déterminer s'il était sincère ou non, et son ton ne l'aidait pas non plus. Elle fit un pas de côté pour se mettre entre lui et sa voiture.

— Avez-vous de quoi noter ? questionna-t-elle.

— Oh ! je peux simplement le photographier, ce sera plus facile, éluda Than, en tendant la main vers son certificat d'assurance.

Taylor hésita une seconde, puis le lui tendit. Il prit rapidement une photo avec son téléphone portable et lui rendit le papier.

— J'appellerai demain à la première heure, lui confirma-t-il. Je vais tout arranger.

— Je vous en remercie.

— Je vous ai mise en retard ? s'enquit-il.

Taylor se sentait un peu mal à l'aise maintenant. Elle n'était pas sûre d'avoir envie de faire la conversation avec le type qui lui était tombé dessus, mais elle ne voulait pas non plus être impolie.

— Je suis en route pour aller chez mon ami, lui indiqua-t-elle.

Puis elle mentit en précisant :

— Mon petit ami.

Peut-être que si Than savait qu'elle sortait avec quelqu'un, il se calmerait un peu.

— Oh ! bien, je suis vraiment désolé de vous avoir croisée. J'espère qu'il ne sera pas fâché.

C'était bizarre de suggérer une telle chose.

— Il ne le sera pas. Je veux dire, ça peut arriver, lâcha Taylor en haussant les épaules.

— J'apprécie que vous soyez si compréhensive. Vous avez un bon tempérament, observa Than.

— Merci, répondit Taylor, se sentant de plus en plus mal à l'aise.

— Mince, je ne voulais pas vous mettre dans l'embarras, ajouta Than avec perspicacité, en prenant un peu de recul.

— C'est bon, souffla Taylor.

— Votre petit ami n'est pas un gros bodybuilder qui va me traquer et me casser la gueule, n'est-ce pas ?

Taylor sourit à cette évocation.

— Non. En réalité, il travaille à Silverstone Towing, donc je suis sûre qu'il connaît un garage où je peux apporter ma voiture pour qu'elle soit réparée le plus tôt possible.

— Ah, c'est bien, alors. On ne peut faire confiance à personne de nos jours.

Taylor hocha la tête.

— Sur ce, je vais vous laisser partir. Je vais m'assurer d'être plus prudent à partir de maintenant. Quelqu'un d'autre n'aurait pas été aussi indulgent que vous, Taylor.

Than lui adressa un signe de tête poli, puis pivota vers sa Cadillac. Elle contourna l'avant de sa Kia et lui répondit par un hochement de tête alors qu'il continuait son chemin.

Après qu'il fut parti, Taylor se rendit compte qu'elle aurait dû noter son numéro d'immatriculation... ou au moins obtenir son nom complet et son numéro, afin qu'elle puisse le contacter si elle n'avait pas de nouvelles de sa compagnie d'assurance. Avec un soupir, et soulagée que cette rencontre soit terminée, elle remonta dans sa voiture.

Elle allait appeler Eagle pour lui raconter ce qui s'était passé, mais elle se dit qu'elle le verrait dans une dizaine de minutes de toute façon. D'ailleurs, il n'y avait rien qu'il puisse faire à ce stade. Sa voiture était en état de rouler, et elle n'était pas blessée.

Taylor arriva au complexe d'appartements d'Eagle et entra dans le hall. Un homme se tenait là, et, alors qu'elle s'avançait vers lui, il l'interpella :

— Hé, Fleur !

Surprise, mais heureuse de voir Eagle dans l'entrée, elle sourit.

— Salut.

— Tu vas bien ? s'inquiéta-t-il.

— Oui, pourquoi ?

— Tu aurais dû être ici il y a environ quinze minutes. J'étais inquiet. J'ai envoyé un texto, mais je n'ai pas eu de réponse.

Taylor fut étonnée. Il la dirigea vers la cage d'escalier pendant qu'ils parlaient.

— Je suis vraiment désolée. Je n'ai pas entendu ton message, sinon je t'aurais écrit. Et je suis en retard parce que quelqu'un m'est rentré dedans quand j'étais à un feu rouge.

Ils venaient d'atteindre le palier du deuxième étage quand Eagle s'arrêta dans son élan.

— Quoi ?

— Quelqu'un m'est rentré...

— Je t'ai entendue, la coupa-t-il.

Il posa ses mains sur ses épaules.

— Tu vas bien ?

— Oui, je vais bien.

— Merde, Taylor ! Pourquoi tu ne m'as pas appelé ?

Taylor fronça les sourcils.

— Parce que c'était seulement un petit accrochage. Pas un gros problème.

— Allez, je ne vais pas parler de ça dans la cage d'escalier, dit Eagle, et il attrapa sa main, la traînant pratiquement dans le couloir vers son appartement.

Elle voulait faire remarquer que ce n'était pas elle qui s'était arrêtée et avait insisté pour discuter de la raison de son retard avant même qu'ils soient chez lui. Mais elle se tut pendant qu'il déverrouillait sa porte et lui indiquait de le précéder à l'intérieur.

Un peu irritée par sa réaction et qu'il ait suggéré qu'elle ne pouvait pas s'occuper d'une simple collision, Taylor s'efforça de contrôler sa colère.

À la seconde où la porte se referma derrière lui, Eagle prit la parole.

— Tu es sûre que tu vas bien ? Tu as mal au cou ? Devons-nous aller aux urgences ? Que s'est-il passé ? Y a-t-il eu un rapport de police ?

Taylor leva une main.

— Une question à la fois, putain, répondit-elle sur un ton qu'elle espérait léger. Je vais bien. Mon cou sera probablement un peu douloureux demain, mais ce n'est rien de plus que quelques aspirines ne puissent arranger. J'étais à l'arrêt, et le type ne roulait qu'à quinze kilomètres-heure, si peu. Comme je l'ai dit, j'étais à un feu rouge, et il m'est rentré dedans avec sa grosse Cadillac. On s'est garés sur un parking, et il a pris les coordonnées de mon assurance, puisque sa voiture n'était pas endommagée.

Eagle la regarda fixement pendant une seconde, un muscle de sa mâchoire se contractant.

— Quoi ? l'interrogea Taylor.

— Tu sais que c'est une technique de certains hommes pour mettre le grappin sur des femmes, non ?

Taylor sentit sa frustration monter.

— Qu'est-ce que j'étais censée faire, Eagle ? Ignorer l'accident ? C'est contraire à la loi. En plus, on n'était pas au milieu de nulle part. Il y avait beaucoup de monde et de commerces autour.

— Donne-moi ses coordonnées, et je vais vérifier, rebondit Eagle en tendant la main.

Taylor croisa les bras. Elle se sentait sur la défensive qu'il soit aussi désagréable à propos d'un simple accident.

— Je ne les ai pas.

— Quoi ? Pourquoi ? Ce n'est pas sur le rapport de police ?

— Il *n'y a pas* de rapport de police parce que nous ne l'avons pas appelée. Ma voiture n'était pas trop endommagée, seulement le pare-chocs. Il va falloir le remplacer. Il a noté le numéro de mon assurance et a dit qu'il les contacterait pour s'en occuper. Je n'ai pas eu *besoin* de prendre ses coordonnées.

— Pour l'amour de Dieu ! explosa Eagle, lui tournant le dos et s'enfonçant plus loin dans son appartement.

Taylor le suivit lentement, le regardant faire les cent pas. Quand il se tourna vers elle, elle se crispa.

— As-tu au moins son nom ?

— Oui, acquiesça-t-elle. C'était Thanatos. On l'appelle Than pour faire court.

— Quel est son nom de famille ?

Elle marqua une pause.

— Merde ! Tu ne le connais pas, hein ? Thanatos pourrait même être un prénom inventé. C'est trop stupide pour être vrai, lâcha Eagle avec dégoût. Putain, Taylor, il ne va pas prévenir ta compagnie d'assurance – et tu as donné tes infos personnelles à un *parfait inconnu* sans la moindre hésitation. Ton adresse était sur tes papiers ?

Maintenant, Taylor se sentait idiote... et elle n'aimait pas qu'Eagle la fasse se sentir encore plus mal qu'elle ne l'était déjà. Elle serra ses lèvres.

— Et tu ne pourrais pas le reconnaître si tu le revoyais, poursuivit Eagle. Il est probablement en train de rire à gorge déployée en ce moment même. Ravi d'avoir floué une personne si crédule qu'elle n'a même pas appelé la police. Et il pourrait se rendre à ton appartement, puisque tu lui as donné ton adresse, et tu ne saurais pas que c'est lui. Il pourrait te blesser ou te voler impunément, et tu ne pourras jamais rien déclarer à la police ! Mon Dieu, comment as-tu pu être aussi stupide ?

La douleur de ses mots mit une seconde à s'imprimer. Et quand ce fut le cas, Taylor eut envie de vomir.

Pour la première fois depuis qu'elle l'avait rencontré, Eagle lui avait donné l'impression d'être une moins que rien. Il lui avait jeté sa condition à la figure et avait insinué qu'elle ne faisait pas le poids. Et c'était d'autant plus douloureux qu'elle était convaincue qu'il était son ami. Qu'il ne la jugerait jamais, quoi qu'il arrive.

De nouveau, elle s'était ouverte dans l'espoir que *cette fois*, les choses seraient différentes, pour se voir rappeler que sa prosopagnosie l'exclurait toujours, qu'elle serait ridiculisée et se sentirait comme un paria.

Consciente que si elle essayait de dire quelque chose, elle éclaterait en sanglots, Taylor tourna les talons et se dirigea vers la porte.

— Où vas-tu ? demanda Eagle.

Taylor ne répondit pas, elle ouvrit simplement la porte et commença à sortir dans le hall.

Eagle l'arrêta en lui prenant le bras.

— Taylor ? Nous n'avons pas fini de parler.

Et cela l'énerva suffisamment pour qu'elle repousse son chagrin, la colère montant rapidement.

— *On* ne parlait pas. C'était *toi*. J'ai compris, Eagle, je suis *stupide*. En plus de ça, je vais apparemment être assassinée dans mon lit parce que je ne reconnais un méchant que lorsqu'il est trop tard. Merci d'avoir foi en moi et de m'avoir montré ce que tu ressens *vraiment*.

Elle arracha son bras de sa prise et fit quelques pas dans le couloir, puis se retourna brusquement.

— Je pensais que tu étais différent. Que tu *me* voyais. Mais tu es comme tous les autres, tu ne peux pas me considérer au-delà de ma condition. Certes, je ne suis peut-être pas capable de reconnaître les visages, mais je sais distinguer un trou du cul quand j'en croise un !

Et sur cette phrase d'adieu, Taylor pivota et marcha aussi vite qu'elle le pouvait sans courir dans le couloir.

Mais son cœur se brisa quand elle arriva dans la cage d'escalier… et qu'il ne vint pas la chercher.

La porte se referma derrière elle, et la première larme coula.

Eagle venait de l'anéantir, et elle n'était pas sûre de pouvoir s'en remettre. Venant de *lui*.

* * *

Eagle fixa la porte fermée, l'adrénaline toujours présente, et se passa une main dans les cheveux.

Que s'était-il passé ?

Quand il avait entendu que Taylor avait eu un accident, il avait presque perdu la tête. Il détestait ne pas avoir été là, qu'elle ne l'ait pas appelé.

Il se souvenait à peine de ce qu'il avait dit, mais il n'oublierait jamais les mots qu'elle *lui* avait adressés.

Il *avait été* un connard, mais il était tellement inquiet pour elle. Il avait vu trop de photos de scènes de crime montrant les conséquences d'une négligence des femmes quant à leur sécurité. Des images de filles mutilées et torturées qui avaient fait confiance à la mauvaise personne. Et l'idée que Taylor puisse finir comme ça lui avait retourné le cerveau.

Il devait aller la chercher, s'excuser, essayer de s'expliquer, mais s'il la poursuivait maintenant, elle ne l'écouterait pas. Non pas qu'il puisse lui en vouloir.

— Putain ! jura-t-il, se sentant malade à l'intérieur.

Il avait merdé. Et pas qu'un peu. Ce n'était peut-être pas le meilleur moment pour lui parler, mais il ne pouvait pas attendre demain pour lui demander pardon.

Il se dirigea vers le comptoir de la cuisine, où il prit le téléphone qu'il y avait laissé plus tôt après avoir envoyé un message à Taylor.

Il tapa rapidement un SMS. Il souhaitait qu'il soit court, mais une fois qu'il commença à écrire, il ne put s'arrêter. Il y avait des fautes, mais il ne prit pas la peine de les corriger.

Eagle : Je suis désolé. Je ne voulais rien dire de ce qui est sorti de ma bouche. J'étais inquiet pour toi. J'ai manifestement merdé pour te le faire savoir. J'aurais dû te serrer dans mes bras et te dire que j'étais content que tu ailles bien. Tu n'es pas stupide. Merde, tu es plus intelligente que tous ceux que je connais. C'est moi qui suis stupide. S'il te plaît, pardonne-moi, laisse-moi faire ça bien. Je te vois, Fleur, est la personne que je vois est la plus forte que je connaisse. Je SUIS un connard. S'il te plaît, dis-moi que tu es bien rentré chez toi.

Il appuya sur « envoyer » et ferma les yeux. Il se sentait littéralement malade au niveau de l'estomac. Il connaissait le passé de Taylor. Il savait ce qu'elle ressentait quand on la rabaissait à cause de sa pathologie, et il avait commis cette erreur. Pour sa défense, il avait été effrayé et inquiet, mais ce n'était certainement pas l'impression qu'il avait donnée.

Il se remit à faire les cent pas. Et si elle refusait de lui parler à nouveau ? Et si elle décidait qu'elle ne voulait plus du tout de lui dans sa vie ?

Eagle n'était normalement pas un homme susceptible de paniquer. Son expérience en tant que Delta l'avait plutôt débarrassé de cette émotion, mais il s'affolait maintenant.

Il *avait besoin* de Taylor dans sa vie. Il ne pouvait pas imaginer ne pas discuter avec elle tous les jours.

D'une manière ou d'une autre, il devait arranger les choses, mais pour l'instant, il ignorait comment.

— *Merde* ! cria-t-il, et il s'affala dans l'un de ses fauteuils.

Il s'accrocha à son téléphone en priant pour qu'elle lui envoie bientôt un message, pour lui indiquer qu'elle était bien rentrée.

* * *

Brett s'assit dans son sous-sol et fixa la photo du certificat d'assurance de Taylor Cardin. Il s'était tellement amusé ce soir. Il ricana en repensant au nom qu'il lui avait donné. Thanatos. Elle n'avait probablement aucune idée que cela signifiait « celui qui apporte la mort ». Brett trouvait que c'était approprié.

Il était temps d'intensifier son jeu.

Il avait en tête bien d'autres rencontres « aléatoires » pour sa Taylor.

Il n'était pas content qu'elle ait un petit ami. Cela rendrait les choses un peu plus difficiles pour lui. Il avait supposé que personne ne remarquerait sa disparition. Qu'il aurait tout le temps de s'amuser avec elle, puis d'enterrer son corps dans l'un des nombreux parcs nationaux de l'Indiana. Mais si le gars qu'elle fréquentait allait voir la police, ça pourrait considérablement réduire ses possibilités de lui infliger tout ce qu'il voulait.

Non. On s'en foutait.

Taylor était *à lui*.

Personne ne saurait qu'il avait eu à faire à elle. Elle ne serait pas capable de le décrire à son petit ami. Il l'avait aperçue avec un homme une ou deux fois, mais pour une raison idiote, il n'avait jamais soupçonné qu'ils sortaient ensemble. Il devait simplement être plus prudent, s'assurer qu'il n'était jamais vu par l'homme et que ses interactions avec Taylor se limitaient aux moments où elle était seule.

Brett ira bien.

Il savait qu'il n'y aurait pas de problème ce week-end quand il se présenterait au centre de soins pour personnes âgées atteintes de démence où elle se rendait tous les dimanches. Elle n'était jamais accompagnée. Elle restait trois heures, puis repartait. Il avait déjà visité cet endroit dégoûtant plus tôt dans la semaine et s'était fait une idée du terrain.

Ce n'était qu'une étape de plus pour embrouiller la tête de la petite Taylor. Il était impatient, une fois qu'elle serait entre ses griffes, de lui apprendre toutes les fois où leurs chemins s'étaient croisés.

En regardant derrière lui le lit de camp qu'il avait installé pour elle, Brett sourit. Il pouvait l'imaginer là, avec ses chaînes. Elle pleurerait et le supplierait de la laisser partir – comme toutes les autres –, et il lui ferait croire que c'était son plan, mais elle n'irait nulle part.

Il pouvait presque sentir ses mains s'enrouler autour de son cou, sa respiration s'arrêter. Ses yeux s'écarquilleraient pendant qu'il l'étoufferait, elle se trémousserait sous son corps, mais elle ne pourrait pas s'échapper. Il lui ôterait la vie, puis la lui rendrait. Il s'assurerait qu'elle comprenne qu'il avait le contrôle total et absolu. Elle serait terrifiée... et ce serait délicieux.

Le sexe de Brett durcit. Il se leva de son bureau et alla s'allonger sur le lit de camp. Il détacha la fermeture de son pantalon et sortit son membre, tournant la tête pour regarder ses photos pendant qu'il se masturbait. Les onze visages des autres femmes avec lesquelles il avait joué le regardaient depuis le mur. Bientôt, il aurait la chanceuse numéro douze. Taylor. Elle saurait ce qui l'attendait en voyant ces clichés, et il se délecterait de sa frayeur.

Il prenait son pied dans la terreur qu'éprouvaient ses invitées. *Il* décidait combien de temps elles allaient vivre et quand elles allaient mourir. Rien n'était plus jouissif que d'avoir ce contrôle. Il n'en avait aucun dans sa vie réelle, alors il le prenait ici, dans son monde souterrain.

L'excitation de ce qui allait arriver était trop forte pour y penser, et Brett explosa sur sa main.

— Donald ? appela sa mère depuis le rez-de-chaussée.

Il se renfrogna avec dégoût. Donald était son père, qui était mort depuis plus de deux décennies. Il détestait que sa mère soit si pathétique. Mais il ne pouvait pas la tuer. D'abord, cela ne lui apporterait aucune satisfaction, elle ne comprendrait même pas ce qui se passe. Et de deux, il avait besoin de sa sécurité sociale et de ses chèques d'invalidité.

Il garderait la vieille salope en vie aussi longtemps que possible et, en attendant, il prendrait son pied où il pourrait.

Après avoir remonté son pantalon, Brett s'essuya la main sur le lit de camp puis se leva. Il aimait l'idée que sa Taylor soit allongée sur son sperme. Avec un sourire satisfait, il monta les escaliers pour s'occuper de sa mère. Il lui donnerait des médicaments pour l'assommer, puis il pourrait redescendre et fantasmer à la perspective de revoir Taylor.

CHAPITRE 8

Taylor pouvait à peine ouvrir ses yeux le lendemain matin. Ils étaient gonflés d'avoir pleuré toute la nuit. Elle n'avait dormi que par bribes, les cauchemars la réveillant sans cesse.

Elle se pencha pour prendre son téléphone et relire le message d'Eagle... puis comprit qu'elle avait réagi de façon excessive. Oui, ses mots l'avaient bouleversée, mais au lieu de l'admettre et de parler avec Eagle comme une adulte, elle avait dit des choses qu'elle ne pensait pas, puis s'était enfuie comme si elle avait 10 ans.

Elle avait aussi refusé de lui envoyer un texto pour lui annoncer qu'elle était bien rentrée. Mais maintenant, à la lumière du jour, au lieu de se sentir comme si elle avait en quelque sorte « gagné », elle se considérait simplement comme une merde. Coupable qu'il se soit inquiété pour elle toute la nuit, et honteuse d'avoir réagi ainsi plutôt que d'expliquer à quel point il l'avait blessée.

Elle avait mal à la tête, et elle savait qu'elle n'allait pas pouvoir finir son travail tant qu'elle n'aurait pas fait tout son possible pour arranger les choses avec Eagle. Elle se tira du lit et se dirigea vers la douche. Elle pouvait lui répondre par texto, mais elle voulait lui parler en face à face. Elle voulait lui dire en personne à quel point ses mots l'avaient affectée, mais aussi qu'elle lui pardonnait.

Elle avait besoin d'Eagle dans sa vie. Elle lui donnerait une seconde chance parce qu'elle croyait vraiment qu'il était désolé pour ce qu'il avait balancé.

Après sa douche, Taylor se sentit un peu mieux. Elle enfila un jean et un vieux sweat-shirt confortable. Elle se brossa les cheveux et ne se soucia pas de ses boucles qui semblaient être plus incontrôlables que jamais.

Elle se dirigea vers la cuisine et ramassa son téléphone en chemin. Son plan était de prendre le petit-déjeuner, puis de se traîner jusqu'à l'appartement d'Eagle. S'il n'était pas là, elle irait le chercher à Silverstone.

Elle venait d'ouvrir son réfrigérateur quand on frappa à sa porte.

Figée sur place et osant à peine respirer, elle ne pouvait s'empêcher de songer aux paroles d'Eagle la nuit précédente. Était-ce le type qui se faisait appeler Thanatos, venu pour lui faire du mal comme Eagle l'avait supposé ? C'était une pensée absurde, mais maintenant que la graine avait été semée et qu'elle pouvait admettre à quel point elle *avait* agi bêtement hier, Taylor ne pouvait plus bouger.

Il était trop tôt pour une visite. À six heures et demie du matin, la plupart des gens normaux ne se présentaient pas à l'appartement de quelqu'un.

Fixant la porte à l'autre bout de la pièce comme si elle allait disparaître par magie et qu'elle allait se retrouver face à un meurtrier armé d'une hache, Taylor sursauta lorsque le téléphone qu'elle tenait toujours dans sa main vibra.

Elle baissa rapidement les yeux, prête à le mettre en

silencieux, craignant que la personne sur le palier soit inexplicablement capable d'entendre les vibrations.

Au lieu de cela, elle cligna des yeux de surprise en voyant le texto qui venait d'arriver.

Eagle : C'est moi, Fleur. Je suis à ta porte. Es-tu réveillée ? Laisse-moi entrer. S'il te plaît.

Qu'est-ce qu'Eagle faisait là si tôt le matin ? Merde, quelque chose n'allait pas ? Était-il sur le point de partir en mission ? Taylor ne se pardonnerait jamais si c'était le cas alors qu'elle refusait puérilement de le voir. Elle avait déjà décidé de le trouver et de lui parler de toute façon.

Elle ferma le réfrigérateur, se précipita vers l'entrée et regarda par le judas. C'était une habitude stupide – bien sûr, elle n'aurait pas reconnu quelqu'un qui se tenait là. Mais l'homme ne portait pas de hache sanglante, et il continuait à se passer la main dans les cheveux, exactement comme Eagle en avait l'habitude.

Elle garda la chaîne sur la porte et l'ouvrit en la claquant.

— Eagle ?

— Oui, Fleur, c'est moi. On peut parler ?

Sans un mot, elle ferma la porte, enleva la chaîne et la rouvrit, invitant Eagle à entrer.

Ses épaules étaient affaissées, et il semblait aussi fatigué qu'elle.

À la seconde où la porte fut close, Taylor lâcha :

— Je suis désolée.

Il lança la même chose exactement au même moment.

Ils se regardèrent pendant un instant, puis, comme s'ils l'avaient anticipé, ils se rapprochèrent et s'enlacèrent.

Se retrouver dans les bras d'Eagle était si bon, surtout parce qu'elle était consciente du fait qu'elle avait failli le perdre.

— Je suis désolé, répéta-t-il contre ses cheveux. J'ai été un con, et tu avais tous les droits de me le reprocher.

Taylor secoua la tête, mais ne se dégagea pas de son étreinte. Elle se sentait trop bien contre lui.

— Non, j'aurais dû rester et te parler. Pas agir comme une enfant gâtée en t'insultant et en m'enfuyant en courant.

Ce fut Eagle qui se retira en premier.

— Non, tu avais raison. N'accepte plus jamais ce genre de conneries de ma part. Traite-moi de salopard, éloigne-toi, agis comme bon te semble, mais ne reste pas là à me laisser te blesser avec mes mots.

Après avoir dégluti de toutes ses forces, Taylor admit :

— Tu *m'as* fait mal.

— Je sais, répondit Eagle sans hésitation. Et c'est pourquoi je n'ai pas fermé l'œil de la nuit. Je n'ai pas arrêté de repenser à mes paroles et à l'expression de ton visage. J'aurais tout aussi bien pu te frapper. Je ne me le pardonnerai jamais.

— Eh bien, tu vas devoir y arriver, dit fermement Taylor. Parce que tu avais raison. J'ai été stupide. J'ai donné à ce type l'adresse de mon domicile, je n'ai pas pris son nom de famille, son numéro d'immatriculation ni rien d'autre sur lui. C'est idiot pour une femme normale, mais pour moi, ça l'est doublement.

— Tu *es* une femme normale, insista Eagle.

Taylor secoua la tête.

— Absolument pas. Et ce n'est pas grave. Je suis diffé-rente, et il m'a fallu beaucoup de temps pour l'accepter, mais c'est comme ça. Mon cerveau ne va pas se réparer tout seul comme par magie. Je ne vais pas me réveiller un jour et te reconnaître, toi ou n'importe qui d'autre. J'ai suivi beau-coup de thérapies quand j'étais petite, et rien n'a jamais marché. J'ai besoin d'être plus consciente de ce qui m'entoure. Tout le monde n'est pas aussi gentil que tes amis et toi. Je vais essayer de faire mieux.

Il la regarda fixement pendant si longtemps que Taylor commença à être nerveuse.

— Eagle ?

Il secoua simplement la tête.

— J'essaie seulement de comprendre comment tu peux être aussi indulgente. Je m'attendais à devoir ramper pendant des heures pour que tu m'ouvres la porte.

— Tu m'as blessée, répéta Taylor, mais nous allons de l'avant. C'est ce que font les amis, non ?

Il fronça légèrement les sourcils, puis cet air disparut.

— C'est vrai, confirma-t-il sur un ton que Taylor ne put interpréter.

— Je ne veux pas te perdre, admit-elle. J'aime t'avoir dans ma vie. J'adore te parler et te battre au flipper. J'apprécie tes amis, et j'admire ce que tu fais. Si je tournais le dos à tous ceux qui m'ont causé du tort, je serais encore plus seule que je ne le suis maintenant. Je dois commencer à pardonner et arrêter d'être rancunière.

— Comme tu n'as pas répondu à mon message, j'ai conduit jusqu'ici cette nuit, avoua Eagle. Je devais m'assurer que tu étais bien rentrée chez toi. J'ai vu ta voiture sur le parking et une lumière allumée dans ton appartement. Ce n'est qu'à ce moment-là que j'ai cru que je pourrais m'endormir, mais au lieu de cela, je n'arrêtais pas de visionner ton visage, et savoir à quel point je t'avais blessée m'a tenu éveillé.

— Tu as roulé jusqu'ici ? demanda Taylor avec incrédulité.

— Oui, c'est la vérité.

— Waouh, OK, c'est probablement l'une des choses les plus gentilles que quelqu'un ait jamais faites pour moi.

Il souffla un peu.

— Si c'est la plus gentille, alors je dois travailler plus dur.

Ils se sourirent, et Taylor eut l'impression qu'on lui avait enlevé un poids de cinq kilos des épaules.

— Comment te sens-tu ce matin ? s'enquit-il. Mis à part la fatigue et le mal de tête ?

— Comment sais-tu que j'ai mal à la tête ?

— Parce que tu grimaces à la lumière de la cuisine. Et tes yeux sont gonflés, donc c'est évident que je t'ai fait pleurer la nuit dernière.

C'était incroyable comme il pouvait lire en elle.

— J'ai pris des cachets, lui confia-t-elle. Ça va aller.

— Ton cou est douloureux ?

— Pas autant que je le pensais, répondit Taylor honnêtement. Je suis affamée, cependant. Je n'ai pas mangé hier soir.

— Moi non plus. C'est pourquoi je me suis arrêté au Dancing Donut en venant ici.

Taylor sourit joyeusement.

— Sérieux ? J'adore cet endroit !

— Je sais, lança Eagle. Donne-moi deux minutes pour descendre à ma voiture et récupérer la boîte. Je reviens tout de suite.

Et avant qu'elle ait pu lui proposer de l'accompagner, Eagle était parti.

Soupirant de bonheur, et plus soulagée qu'elle ne pourrait le décrire, Taylor alla dans la cuisine et prit deux verres. Elle leur versa du jus d'orange et prépara du café. Le temps qu'elle termine, Eagle était de retour.

Il n'avait pas seulement une boîte, mais deux, et les yeux de Taylor s'écarquillèrent quand il les déposa.

— Putain, Eagle, combien de donuts as-tu achetés ?

— Deux douzaines. Je me suis dit que si tu n'en aimais

aucun, je pourrais les apporter à Silverstone plus tard.

— Oh non ! Je vais *tous* les garder, contesta Taylor.

Elle adorait les beignets. Elle essayait d'en rester éloignée parce qu'elle ne pouvait littéralement pas se contrôler. Et le Dancing Donut était sa pâtisserie préférée.

Eagle pouffa et s'éloigna des boîtes, les mains levées en signe de reddition.

— Loin de moi l'idée de me mettre entre une femme et ses beignets.

— Et ne l'oublie pas, taquina Taylor en pointant un doigt sur lui.

Eagle tendit la main et la tira vers lui une fois de plus. Il enroula un bras autour de sa taille, et l'autre s'enfonça dans les cheveux de sa nuque. Elle leva les yeux vers lui.

— Merci de m'avoir pardonné, reprit Eagle sérieusement. Je chéris ton amitié, et j'ai été fou d'avoir balancé des choses aussi horribles.

Taylor se lécha les lèvres, et elle vit son regard papillonner sur le mouvement avant de revenir à ses yeux. Elle désirait tellement qu'il l'embrasse, mais elle ne voulait pas non plus tenter quoi que ce soit qui pourrait nuire à leur trêve.

— Tu n'es pas un connard, lui souffla-t-elle.

— Si, mais je suis heureux que tu penses le contraire, rétorqua-t-il.

— Est-ce que tu... tu veux rester ici un moment ? proposa-t-elle timidement. Je pense que maintenant que tout va bien entre nous, je pourrai travailler. J'allais passer la matinée à te chercher pour m'excuser et arranger les choses. Mais maintenant, je peux bosser un peu, et peut-être que nous pourrons aller jouer au flipper plus tard si tu n'es pas de service ?

Elle était consciente qu'elle bafouillait, mais elle ne

pouvait pas s'en empêcher. Être dans ses bras la rendait nerveuse à l'idée de trahir son désir d'être plus qu'une amie, par un acte ou une parole.

— Tu allais me traquer ? lui demanda-t-il.

Taylor acquiesça.

— J'aimerais rester, confirma-t-il. Je peux faire une sieste sur ton canapé pendant que tu travailles, si ça te va.

— C'est plus que bien, lui répondit-elle.

— Tu vas au centre de soins ce week-end ? interrogea Eagle sans transition.

Taylor cligna des yeux. Il ne l'avait pas lâchée, alors elle ne pouvait pas cacher sa confusion.

— C'est prévu. Pourquoi ?

— Je pensais que je pourrais peut-être t'accompagner.

Taylor fronça les sourcils, et son estomac roula de nervosité.

— Hum... Je ne suis pas sûre. C'est... c'est vraiment personnel, Eagle.

Elle détestait lui dire non, mais pour une raison quelconque, elle n'était pas prête à baisser sa garde avec lui comme ça. Les hommes et les femmes à qui elle rendait visite lui ressemblaient, et elle se sentait d'autant plus vulnérable.

— C'est bon, lâcha-t-il, ce qui la culpabilisa davantage parce qu'il était si compréhensif.

— J'ai seulement... Je ne prétends pas que tu ne pourras jamais venir, mais...

Sa voix s'éteignit. Elle ignorait pourquoi elle était si réticente à ce qu'il l'accompagne ce week-end.

— Je comprends. Je t'ai fait douter de moi hier soir. Je vais me rattraper pour ce que j'ai dit, Fleur. Je le jure. Je vais m'employer à ce que tu aies de nouveau confiance en moi, comme si c'était la dernière chose que je pourrais réaliser.

Puis il se pencha en avant, embrassa son front doucement, et la laissa partir. Il souleva le couvercle de la boîte de beignets du dessus, en attrapa un, croqua une grosse bouchée et se dirigea vers le canapé.

Taylor prit une profonde inspiration. Elle ne voulait pas s'attarder sur le sujet. Eagle était là, ils s'étaient pardonnés, ils allaient de l'avant. Elle avait des donuts. Et une journée qui commençait avec des beignets était toujours bonne.

Elle apporta le verre de jus d'orange et la tasse de café à Eagle, qui les accepta avec un sourire.

— Merci.

— De rien.

— Si ma présence ici te gêne, dis-le-moi.

— Non ! Ça ne me dérange pas, répliqua Taylor immédiatement. J'aime bien t'avoir ici. Quand tu as frappé ce matin, j'ai eu peur en imaginant qu'un homme avec une énorme hache était de l'autre côté de la porte.

Eagle grimaça.

— Je suis désolé.

— Non, ne t'excuse pas. Tu avais raison, lâcha fermement Taylor. Donner à ce type l'adresse de mon domicile était ridiculement stupide. Par conséquent, je vais devoir être très prudente pendant un certain temps. C'était bien de ta part de le signaler... et nous allons passer à autre chose. Je suis contente que tu sois là, Eagle. Je te le jure.

— D'accord. Je vais fermer les yeux. Relis ton texte, et, quand tu voudras que je parte, dis-le-moi.

— Je n'ai pas envie que tu partes, lui confirma-t-elle, certaine qu'il serait capable de détecter la nostalgie dans son ton, mais il hocha simplement la tête, jeta la dernière bouchée de beignet dans sa bouche et s'installa sur le canapé, reposant sa tête sur le coussin arrière.

Rassérénée grâce à la présence d'Eagle, Taylor alla à la

table de la salle à manger et ouvrit le manuel d'histoire américaine. Elle approchait de la fin. Heureusement, puisqu'elle avait reçu son prochain projet, un manuscrit de trois cents pages qu'un client essayait de faire publier.

Elle souriait comme une idiote, mais ne pouvait pas s'arrêter. Elle s'était réveillée en se sentant vraiment mal, mais maintenant elle s'imaginait sur le toit du monde. Eagle et elle étaient bien, tout le reste lui semblait insignifiant.

* * *

Plus tard dans l'après-midi, Eagle emmena Taylor à Silverstone Towing. Archer avait préparé un pain de viande pour que tout le monde puisse le manger ce week-end. Ils avaient donc pris un excellent déjeuner tardif et étaient en train de jouer au flipper quand Bull, Smoke et Gramps apparurent.

— Il faut qu'on parle, lança Bull sur un ton qui indiquait clairement à Eagle que les choses avaient mal tourné.

Il se tourna vers Taylor, mais elle lui faisait déjà signe de se diriger vers la chambre forte.

— Vas-y. Ça va aller.

— Tu es sûre ?

— Eagle, oui. Je vais bien. Je vais monter voir qui est encore là et traîner. Si tout le monde est au travail, je regarderai la télé ou autre chose. Je tenterais bien une sieste, car je n'ai pas bien dormi la nuit dernière. Le fait est que tu n'es pas obligé de me divertir vingt-quatre heures sur vingt-quatre. Vous avez du travail, alors au boulot.

Eagle ne put s'empêcher de passer son bras autour de ses épaules et de la serrer contre lui pendant un instant.

— Merci de ta compréhension, Tay.

— Hé, je ne me mettrai jamais en travers du chemin des

superhéros qui sauvent le monde. Allez accomplir votre truc.

Et sur ce, Eagle hocha la tête et se dirigea vers ses amis. Une fois la porte de la salle sécurisée fermée, il demanda :

— Quoi de neuf ?

Bull prit une chaise, s'assit et saisit une liasse de papiers.

— Vous savez la situation au Timor-Leste que nous suivons de près ?

— Oui, qu'est-ce qu'il y a ? s'enquit Eagle alors que lui et les autres prenaient place autour de la table.

— Il est temps de passer à l'action, informa Gramps.

— Le chef des rebelles à l'origine du coup d'État de l'année dernière est une épine dans le pied du gouvernement du Timor-Leste depuis des mois, commença Bull. Tout le monde pensait qu'après la capture, la mort ou l'abandon de la plupart des rebelles, la résistance s'éteindrait. Mais il y a une faction qui *n'a pas* abandonné. Et ils ont changé leur tactique dans la capitale. Maintenant, au lieu de harceler les officiels du gouvernement, ils ciblent les civils.

— Que veux-tu dire par *cibler* ? questionna Eagle. Ils les ont toujours persécutés, non ?

— Oui, mais tu te souviens de cette Américaine qu'ils retenaient en otage et qu'ils forçaient à se battre pour eux ? La volontaire du Corps de la paix, précisa Gramps.

— Oui. Un jour, elle est réapparue en Californie du Sud, et les spéculations sur la façon dont elle avait échappé aux rebelles allaient bon train. Nous avons tous supposé qu'un groupe de forces spéciales était entré et l'avait libérée, répondit Eagle.

— Exact. Parce qu'elle ne l'a jamais expliqué publiquement. Dans l'interview qu'elle a donnée au FBI – dont Willis nous a fourni des copies –, elle a raconté exactement ce qu'ils lui ont demandé de faire, et ce qu'ils lui ont infligé. Mais c'était un groupe relativement petit, et nous pensions tous que les rebelles finiraient par abandonner et se retirer dans la campagne. Apparemment, ils essaient de reconstruire leur armée. Ils massacrent des familles et forcent les femmes et les enfants à se battre. Les histoires qui nous parviennent de cette région sont horribles, expliqua Bull.

— Et Willis veut que nous entrions et que nous coupions la tête du serpent, conclut Eagle.

Ses trois amis acquiescèrent.

— Le chef est à Dili, la capitale. Nous avons des informations sur l'endroit où il se cache. Willis pense que si nous l'éliminons, ses partisans perdront la volonté de se battre. Je suis d'accord, dit Smoke.

— Nous le sommes tous, confirma Gramps en hochant la tête.

— Quand est-ce qu'on part ? questionna Eagle, la colère lui parcourant le corps à l'idée de tous ces hommes, femmes et enfants innocents soient pris dans une lutte pour le pouvoir que les rebelles étaient toujours destinés à perdre.

— Nous voulions simplement nous assurer que tu étais d'accord pour qu'on y aille, rebondit Smoke. Nous devons étudier un peu plus la disposition de la ville et mettre au point la logistique pour entrer et sortir du pays, mais je pense que nous pouvons décoller dans deux jours.

Dimanche. C'était une bonne chose que Taylor n'ait pas souhaité qu'il l'accompagne au centre de soins. Eagle devait admettre... que ça faisait mal de savoir qu'elle ne voulait pas de lui avec elle, mais il comprenait. Maintenant, il était content qu'elle n'ait pas accepté, puisqu'il n'aurait pas à revenir sur sa parole et la décevoir en annonçant qu'il ne pouvait finalement pas s'y rendre.

— Je serai prêt, informa-t-il avec confiance.

— Bien. Maintenant, étudions le plan de la ville, lança Gramps en étalant une grande carte sur la table.

* * *

Trois heures plus tard, Eagle et le reste de son équipe quittèrent la salle des coffres et montèrent au rez-de-chaussée. Le soleil se couchait, et il y avait eu un changement d'équipe chez Silverstone Towing. En regardant autour de lui, il ne vit pas Taylor dans la grande pièce.

— Elle dort, confia Leigh. Je jure que cette femme ne serait même pas réveillée par une tornade. Personne n'était tranquille quand les autres étaient ici tout à l'heure, mais même avec la porte de la chambre où elle s'est affalée ouverte, elle n'a pas bougé.

Eagle savait que c'était parce qu'elle était épuisée après une nuit blanche. Il avait fait une bonne sieste ce matin-là pendant qu'elle travaillait, mais elle avait manifestement fini par se coucher après une longue journée.

— Merci, Leigh, lui dit-il, heureux de voir qu'elle portait le badge que Skylar lui avait apporté.

Elle en avait préparé pour tous les employés, et personne ne s'était plaint de les porter. Même quand Taylor n'était pas là, tout le monde avait pris l'habitude de le mettre en passant la porte.

Il marcha silencieusement dans le couloir et trouva la chambre où Taylor se reposait. Elle était sur le côté, avec un bras tendu, comme pour attraper quelque chose. L'autre était replié sous l'oreiller.

Eagle détestait la réveiller, mais il voulait la ramener chez elle. Il avait envie de la conduire à *son* appartement, dans son lit, mais comme ils venaient de se réconcilier après leur première dispute, il se dit qu'il devait avancer à son rythme.

Il l'aimait tellement. Le fait de l'avoir presque perdue avec ses paroles imprudentes l'avait affecté encore plus qu'il ne l'aurait cru.

— Taylor, murmura-t-il en s'asseyant dans le creux de ses jambes.

Elle roula un peu vers lui, mais ne bougea pas.

— Fleur, réveille-toi, souffla-t-il en posant sa main sur son épaule et en la secouant légèrement.

Ses yeux papillonnèrent, puis s'ouvrirent en fentes.

— Hé, Fleur, je dois te ramener.

— Tu as fini ta réunion ? demanda-t-elle, la voix endormie.

— Oui.

— Ça s'est bien passé ?

— Aussi bien que possible, répondit Eagle honnêtement.

— Tu pars ?

Il cligna des yeux devant sa perspicacité, puis hocha la tête.

— Oui.

— Quand ? questionna-t-elle.

— Dimanche. Probablement tôt.

— C'est seulement dans deux jours, se plaignit-elle.

Avec l'envie de sourire, parce qu'il était évident qu'elle était encore assoupie, Eagle opina simplement du chef.

— C'est vrai.

— Eh bien, fonce. Je sais que j'ai dit non tout à l'heure, mais tu m'as prise au dépourvu. Ça ne me dérangerait pas si tu visitais le centre de démence avec moi, lui déclara-t-elle. Je pense que je me sentirais probablement moins vulnérable si tu étais là. Il me faut toujours le reste du dimanche pour me sentir à nouveau normale. Enfin, normale pour moi. Mais je crois que si tu étais avec moi, j'arriverais plus vite à surmonter ce sentiment de décalage.

Ses mots étaient très importants pour lui.

— Je peux avoir une autre chance ? se risqua-t-il.

— Bien sûr.

Taylor se souleva sur une main. Il était toujours assis à côté d'elle, l'empêchant de déplacer ses jambes sur le côté du matelas.

— Je suis prêt à partir si tu l'es.

Eagle brossa doucement ses cheveux sur son visage.

— Eagle ? interpella-t-elle timidement.

Prenant une profonde inspiration, il se força à bouger. Debout, il tendit la main.

— Viens, Fleur, on va te ramener chez toi.

Elle attrapa sa main et le laissa l'aider à se relever.

— J'ai parlé à certains de tes employés, et ils ont dit que je devrais confier ma voiture à Stanley Automotive. Qu'il est le meilleur dans le coin.

— C'est exact. Je m'en occuperai demain pour toi.

— Ce n'est pas nécessaire. Je peux m'en charger, déclina-t-elle. Tu as sûrement beaucoup de préparatifs avant ton voyage.

Elle avait raison. Ils avaient effectivement beaucoup à faire, mais il pouvait prendre le temps d'apporter sa voiture à Stan.

— Ce n'est pas un problème, Tay.

— OK. Merci, j'apprécie.

— Stan te prêtera un véhicule de courtoisie que tu pourras utiliser durant la réparation. Je ne pense pas que le remplacement du pare-chocs prendra trop de temps... à condition que rien d'autre n'ait été endommagé. Si je ne suis pas de retour quand il aura fini, il t'appellera et tu pourras aller la chercher. As-tu assez d'argent pour couvrir les frais ? demanda-t-il un peu hésitant.

— Oui. Je suppose que tu penses que Thanatos ne va pas s'en occuper ?

Eagle grimaça.

— Non, ne dis rien, lâcha-t-elle avant qu'il ne puisse répondre. Il ne le fera pas. J'ai eu une bonne leçon.

— Je suis désolé que tu aies dû l'apprendre à tes dépens.

Taylor haussa les épaules.

— Sais-tu combien de temps tu vas être absent ? questionna-t-elle.

— Malheureusement, non. Je ne veux même pas te donner une estimation, parce que je refuse que tu t'inquiètes si nous ne rentrons pas d'ici là.

— Je comprends. Je n'aime pas ça, mais je comprends, ajouta Taylor. Tu seras en sécurité ?

— Oui, la rassura-t-il. Nous le sommes toujours. Nous ne prenons jamais de risques inutiles. La dernière chose dont nous avons envie, c'est que l'un de nous soit blessé ou tué. Nous sommes prudents, Taylor. Promis.

— Bien.

Puis elle s'avança vers lui, reposa sa tête sur sa poitrine et le serra fort dans ses bras.

— Je vais m'inquiéter pour toi, quoi que tu dises, déclara-t-elle.

Eagle lui rendit son étreinte, savourant ce qu'elle ressentait dans ses bras. Ils s'étaient beaucoup touchés ces derniers temps, et depuis qu'ils s'étaient disputés et réconciliés ce matin, ils étaient encore plus tactiles. Il ne s'en plaignait pas.

— Je te contacterai à la seconde où nous rentrerons, lui confirma-t-il.

— Parfait.

Elle s'éloigna.

— Très bien, allons-y. Il y a un beignet dans mon appartement qui m'appelle.

— Je n'arrive pas à croire que tu en as mangé autant ce matin, taquina Eagle.

— C'est mon péché mignon, je ne peux pas m'en empêcher. Et si tu continues à m'en apporter par douzaines comme ce matin, je vais peser trois cents kilos, alors garde ça en tête.

Eagle la suivit dans le couloir et ne put s'empêcher de poser ses yeux sur ses fesses. Elles étaient rondes et magnifiques… et il avait déjà fantasmé sur la sensation qu'il aurait dans ses mains quand elle le chevaucherait.

Si elle pensait qu'elle n'était pas parfaite, elle se trompait lourdement. Il lui apporterait des beignets jusqu'à la fin de sa vie si ça lui permettait de garder son postérieur exactement comme maintenant.

— Tu m'as entendue ? l'interrompit-elle alors qu'ils traversaient la grande salle.

— Je t'ai entendue, lui assura Eagle.

— Ce sourire sur ton visage me rend nerveuse, lui avoua Taylor.

— Il ne devrait pas. Je n'ai que tes meilleurs intérêts à cœur, répondit-il.

Taylor roula des yeux, mais gloussa.

Après l'avoir raccompagnée à son appartement et l'avoir conduite chez lui, Eagle commença à réfléchir à la façon dont il pourrait sortir de la zone d'amis. Rien d'infaillible ne lui venait à l'esprit, mais il avait du temps pour y songer.

Il allait s'efforcer de maintenir son amitié avec Taylor, même en faisant passer leur relation à l'étape suivante. Il avait le sentiment que ce serait la meilleure chose qu'il ait jamais accomplie dans sa vie. Et il ne pouvait pas attendre.

CHAPITRE 9

Taylor ne voulait pas penser à l'endroit où Eagle et ses amis allaient ni à ce qu'ils comptaient y faire. Enfin... Elle connaissait leur objectif, mais cela ne contribuait qu'à la rendre plus nerveuse. Dans son esprit, elle se dit qu'ils devaient être très doués pour se faufiler dans des pays étrangers et éliminer les ordures, mais dans son cœur, l'idée même l'effrayait.

Plus tôt, elle avait hésité à donner de son temps au centre de soins pour personnes âgées atteintes de démence. Ce qu'elle souhaitait vraiment, c'était rester au lit avec les couvertures sur la tête, mais si elle ne daignait pas tenir compagnie aux résidents, qui le ferait ? Il y avait un homme qui ne recevait aucun visiteur à part elle. Et une femme ne pouvait voir ses enfants qu'une fois par mois. D'accord, les deux n'avaient aucun souvenir de leurs familles – ni d'elle, d'ailleurs –, mais Taylor savait qu'elle se sentirait coupable si elle ne s'y rendait pas.

Pour la centième fois, elle voulait qu'Eagle soit là. Elle ignorait à quoi elle pensait en refusant sa compagnie. Elle avait le sentiment qu'il aurait rendu sa visite tellement plus facile. Il avait une façon de passer outre ses conneries et de lui faire croire que sa condition n'avait pas d'importance à l'échelle d'une vie. Elle essayait de le croire.

Donc elle était là. À l'extérieur du centre, assise dans la voiture de courtoisie qu'on lui avait prêtée en attendant que la sienne soit réparée.

Affronter ce à quoi son avenir pourrait ressembler était toujours effrayant. Il y a un mois, *c'était* son destin. Quand elle serait vieille, elle devrait aller dans une maison et être soignée par des inconnus. Parce que les infirmières et les médecins qui travaillaient dans cet établissement *seraient* des étrangers. Chaque personne qui entrerait dans sa chambre le serait toujours.

Mais maintenant qu'elle avait rencontré Eagle, elle commençait à caresser l'espoir que peut-être, seulement peut-être, elle *l'*aurait à ses côtés quand elle serait âgée... et ce futur ne semblait pas si redoutable. Bien sûr, c'était ridicule ; ce n'était pas parce que quelqu'un était votre ami qu'il le resterait. Ou qu'il se tiendrait à vos côtés quand vous en auriez le plus besoin. Elle l'avait appris plus d'une fois.

Mais elle ne doutait aucunement que si Eagle disait qu'il ferait quelque chose pour elle, il tiendrait ses engagements. C'était simplement sa façon d'être. *Qui* il était.

Prenant une profonde inspiration, Taylor ouvrit sa porte et sortit. Elle avait besoin de rentrer. Elle avait du travail qui l'attendait à la maison ; se plonger dans un manuel ennuyeux serait exactement ce dont elle avait besoin pour ne plus penser à Eagle et se demander s'il allait bien.

Taylor pénétra dans le centre de soins, et l'odeur qui y régnait la frappa en plein visage. Ce n'était pas horrible... elle s'était rendue dans des endroits qui sentaient encore plus mauvais que ça, mais c'était quand même fort. Antiseptique, eau de Javel pour désinfecter les sols et les surfaces, et un léger parfum d'urine. Certains des résidents ne se déplaçaient pas et salissaient inévitablement leurs draps.

Elle s'approcha du bureau.

— Bonjour, je suis Taylor Cardin, et je suis ici en tant que bénévole.

La jeune femme assise leva les yeux de son téléphone.

— Bonjour. Je sais que c'est vous, Taylor. Vous venez ici chaque semaine.

Elle avait l'air irritée. Taylor avait parlé à l'employée de sa prosopagnosie, mais celle-ci ne semblait pas se souvenir, ou se soucier, du fait qu'elle ne pouvait pas la reconnaître.

La réceptionniste prit un badge de visiteur et le lui remit.

— Voilà pour vous. Vous connaissez les règles.

Et c'était tout.

Taylor était ennuyée. Pour la sécurité des résidents, la personne qui travaillait à l'accueil devrait se préoccuper un peu plus des gens qu'elle laissait entrer et un peu moins des ragots sur les réseaux sociaux. Sachant qu'il ne servait à rien de dire quoi que ce soit, Taylor accrocha l'étiquette sur sa chemise et se dirigea vers le couloir à sa droite. Elle allait d'abord s'enquérir de M. Clarkson, l'homme sans famille qui ne recevait jamais de visites.

Elle lisait les noms sur chaque porte et fut soulagée de constater qu'il n'avait pas été déplacé depuis la semaine dernière, lors de sa précédente venue. Cela arrivait parfois, et elle devait alors partir à la recherche de ses résidents préférés. Une fois, elle avait aussi commis l'erreur de ne pas vérifier les étiquettes des chambres et avait passé trente minutes à parler à une femme, la prenant pour quelqu'un d'autre. Ça avait été comme une comédie de quiproquos – Taylor pensant qu'elle était une autre résidente, et la femme croyant que Taylor était quelqu'un de son passé.

En poussant la porte, Taylor avala de travers quand

l'odeur la frappa. Elle était toujours plus forte dans les chambres individuelles. Elle s'y était habituée, cependant. M. Clarkson était assis sur le côté de son lit et fixait le sol. Il portait une blouse d'hôpital au lieu de son pantalon de flanelle et son tee-shirt habituels.

— Bonjour, monsieur Clarkson, prononça-t-elle doucement. C'est bon de vous voir.

— Ellen ? s'étonna-t-il, ses yeux s'illuminant en regardant la porte.

Taylor savait qu'Ellen avait été sa femme. Elle était morte quelques années auparavant, mais M. Clarkson croyait que tous ceux qui entraient dans sa chambre étaient son amour perdu.

— Que fais-tu assis là ? demanda Taylor, sachant qu'il était préférable de ne pas nier qu'elle était son épouse et qu'il ne saurait pas qui elle était de toute façon si elle révélait son identité.

— Ellen, où étais-tu ? Tu m'as manqué ! clama M. Clarkson en tendant la main.

Taylor s'approcha et le prit dans ses bras. Sa peau était tachetée par l'âge, et son étreinte était faible, mais elle ne le remarquait pas. Elle *nota* que le dos de sa main était couvert de bleus, et cela lui fendit le cœur. Il était évident qu'on avait dû lui poser une perfusion depuis la dernière fois qu'elle l'avait vu. Il semblait encore plus fragile que d'habitude. Et le fait qu'il ne porte pas ses vêtements habituels était une autre cause d'inquiétude.

— Pourquoi ne pas t'allonger ? suggéra Taylor.

— Ne me laisse pas ! lança-t-il, resserrant son emprise sur elle et ses yeux s'agrandissant.

— Promis, le rassura Taylor. Allez, allonge-toi pour moi.

Il s'exécuta, réussissant à garder la main de la jeune femme tout le temps.

Taylor tira une chaise près du lit et appuya ses coudes sur le matelas.

— Comment vas-tu ? demanda-t-elle.

— Pas bien, pas bien, répondit M. Clarkson.

Puis il continua à expliquer à quel point le travail avait été terrible ces derniers temps et comment leurs enfants s'étaient comportés. Taylor se contenta de s'asseoir et d'écouter, en émettant de temps en temps les bruits compatissants appropriés pour qu'il sache qu'elle était là.

Au cours des mois où elle lui avait rendu visite, elle avait appris qu'il avait un passé plutôt tragique. L'un de ses enfants avait été tué dans un accident de voiture, et l'autre, une fille, était éloignée. Elle était devenue accro aux analgésiques et était actuellement sans abri, quelque part à Los Angeles. Il n'avait pas de frère ni de sœur, et, depuis la mort de sa femme, il n'y avait personne pour s'occuper de lui à la maison. Il était littéralement seul au monde, et Taylor avait mal au cœur.

Une heure plus tard, elle retira sa main des doigts mous de M. Clarkson et se pencha vers lui pour l'embrasser sur son front ridé pendant qu'il dormait. Elle n'était pas sûre de faire une différence dans la vie des gens qu'elle allait voir, mais elle aimait le penser.

Ses autres visites furent plus courtes. Mme Allen n'était pas d'humeur à discuter, M. Lloyd était trop agité pour recevoir du monde, et une petite femme surnommée par sa famille Little Mama ne s'intéressait qu'aux chocolats que Taylor avait apportés et n'avait pas le temps de parler.

Ses venues au centre étaient toujours épuisantes, alors, avant de rentrer chez elle, Taylor alla s'asseoir dans un petit espace extérieur. L'établissement était un immense carré avec de longs couloirs de chambres, et, au milieu, les promoteurs avaient construit une jolie cour, un jardin où les résidents pouvaient s'installer sans qu'aucun risque de sortie du bâtiment puisse inquiéter le personnel. Il y avait quelques gens âgés qui profitaient du soleil, mais Taylor s'assura de se poser loin d'eux. Elle avait besoin d'un peu de temps pour se remettre les idées en place avant de retourner dans son appartement isolé.

Souhaitant qu'Eagle soit chez lui pour pouvoir l'appeler, Taylor soupira en s'asseyant sur un banc.

Elle n'était là que depuis quelques minutes quand quelqu'un lui demanda à côté :

— C'est dur, n'est-ce pas ?

Levant les yeux, elle vit un homme qui se tenait près d'elle. Surprise parce qu'elle ne l'avait pas entendu approcher, Taylor hocha la tête.

— Je suis Jim. Jim Warton, se présenta-t-il en lui tendant la main pour qu'elle la serre.

Pour ne pas être impolie, Taylor s'exécuta. C'était peut-être son imagination, mais elle aurait pu jurer que le type tenait sa main un peu trop longtemps pour être courtois. Quand il la lâcha, elle essuya subrepticement sa paume sur son jean et essaya de trouver un moyen d'éviter la conversation.

— Puis-je m'asseoir ? questionna Jim.

Avec un soupir mental, et sachant qu'elle allait être obligée de parler à cet homme, elle acquiesça.

Il s'installa à côté d'elle, et ce fut seulement à ce moment-là que Taylor se rendit compte à quel point le banc était étroit. Elle pouvait sentir la chaleur de sa hanche contre la sienne... et cela la mettait extrêmement mal à l'aise.

— C'est dur de voir des êtres chers dans cet état, n'est-ce pas ? s'enquit-il.

Taylor approuva.

— Vous êtes ici pour rendre visite à un parent ? interrogea-t-il.

— Non, je suis seulement bénévole, lui révéla Taylor.

— Vraiment ? Waouh, c'est bon de votre part. La plupart des gens ne veulent pas avoir à faire à un endroit comme celui-ci. Ils ont peur des vieux qui agissent bizarrement et ne se souviennent de rien.

Pour une raison quelconque, ses mots la choquèrent.

— Ils ne sont pas bizarres, les défendit-elle. La plupart sont simplement coincés dans le passé, ignorent où ils sont et pourquoi ils ne peuvent pas être avec leur famille.

— Vous avez raison, admit Jim immédiatement. Je suis désolé, je ne voulais pas insinuer le contraire.

Il n'avait pas l'air tellement sincère, mais Taylor ne l'interpella pas. Au lieu de cela, elle demanda :

— Pourquoi êtes-vous ici ?

— Je cherche un endroit pour ma mère, lui confia-t-il. Je m'en occupe à la maison, mais ça devient de plus en plus difficile, pour elle comme pour moi. C'est nous deux depuis longtemps, et je n'ai vraiment pas envie de m'y résoudre, mais elle n'est pas heureuse chez nous.

— Je suis désolée, répondit Taylor, et elle l'était.

Elle ressentait toujours des vibrations étranges émanant de cet homme, mais elle compatissait avec tous ceux qui essayaient de s'occuper d'un être cher atteint de démence ou d'Alzheimer.

— Merci. C'est une vagabonde. Elle essaie constamment de sortir de la maison, et ça me fait très peur. Elle pense qu'elle est prisonnière. La dernière fois qu'elle s'est enfuie, elle disait à tous ceux qu'elle croisait que j'étais un fils horrible et demandait si elle pouvait vivre avec eux à la place.

La chair de poule grimpa sur les bras de Taylor. Les résidents pouvaient raconter des choses assez farfelues, mais la plupart du temps, leurs divagations étaient enracinées dans des souvenirs réels de leur vie.

La raison pour laquelle Eagle avait été si en colère contre elle l'autre nuit était vraiment martelée à ce moment-là. Il avait craint pour sa sécurité. Parce qu'elle avait donné l'adresse de son appartement à un parfait inconnu. Ça avait fait mal quand il l'avait traitée de stupide, mais c'était ce qu'elle avait été. Et elle se rendit compte qu'elle s'était mise dans une autre situation potentiellement dangereuse.

Oh ! elle n'imaginait pas que l'homme à côté d'elle allait l'attraper et essayer de la kidnapper ; ce serait impossible, puisque la cour n'avait aucun accès extérieur. Elle était entourée sur les quatre côtés par les murs du bâtiment. Mais quand même.

Elle était assise avec un inconnu qu'elle n'aurait jamais pu identifier. Il portait un jean ordinaire et un indéfinissable tee-shirt blanc. Il pourrait littéralement être n'importe qui. Il n'avait aucun signe distinctif. Quand elle inhala par le nez pour essayer de se calmer, elle se rendit compte qu'il sentait comme le centre de soins. L'eau de Javel et l'urine. Elle se demanda si c'était parce qu'il était en visite ou à cause de sa mère dont il s'occupait à la maison.

— Je suis désolée, ça a l'air très stressant, reprit-elle prudemment, s'efforçant de déplacer son corps vers la droite afin de ne plus le toucher.

— Ça l'est, confirma Jim. Donc je suis venu ici pour vérifier cet endroit. Vous êtes bénévole ici. Qu'en pensez-vous ? Comment est le personnel ? La sécurité ? Les résidents sont-ils heureux et bien entourés ?

Elle ne voulait plus parler. Elle avait envie de partir. Mais elle ne pouvait pas non plus être impolie. Ce n'était pas son genre.

— Certains membres de l'équipe soignante pourraient être plus attentifs, décrivit-elle honnêtement. Mais les résidents semblent être ravis.

— Hmmm, c'est bien. Qu'en est-il de vous ? Êtes-*vous* heureuse, Taylor ?

OK, c'était donc ça. Elle en avait fini avec cette conversation. Elle aurait dû le saluer poliment, puis partir immédiatement dès qu'elle avait ressenti des vibrations étranges.

— Je le suis, répondit-elle, puis elle se leva. Je suis désolée, mais je dois y aller. J'espère que vous trouverez ce dont vous avez besoin pour votre mère. J'ai été ravie de vous rencontrer.

Puis, sans lui laisser le temps de répliquer, elle se retourna et courut vers la porte la plus proche.

Elle jeta un coup d'œil en arrière lorsqu'elle l'atteignit et remarqua que Jim était debout près du banc. Il vit qu'elle le regardait et leva une main, lui adressant un petit signe.

Mais ce fut l'étrange petit sourire sur son visage qui la fit frissonner.

Taylor envisagea de rendre visite à un autre résident, rien que pour se cacher de Jim afin qu'il ne la surprenne pas dans le parking ou ailleurs, mais elle décida qu'elle voulait seulement rentrer chez elle. Elle se dirigea vers la réception et remit son laissez-passer de visiteur. Avec un autre regard par-dessus son épaule, et n'apercevant pas l'effrayant Jim, Taylor se précipita vers son véhicule de prêt et s'y enferma. Elle ne décela aucun signe du gars en sortant du parking et soupira de soulagement en s'engageant sur la route.

— L'absence d'Eagle t'a rendue paranoïaque, dit Taylor à voix haute en conduisant un peu trop vite pour retourner à son appartement. Tu vas bien. Le type était simplement amical.

Comme d'habitude, lorsqu'elle essayait de faire

ressortir les traits de l'homme, elle ne parvenait pas à les pointer en même temps pour discerner un visage cohérent.

Quand elle était petite et en thérapie, un de ses médecins lui avait demandé de dessiner ce qu'elle voyait quand elle regardait les autres. Elle s'était donc exécutée et avait représenté sa dernière mère adoptive. Elle l'avait faite très grande et lui avait mis une robe rose vif, car la femme aimait porter des vêtements très voyants. Elle avait ajouté de longs cheveux noirs et de longs ongles rouges sur chaque main. Mais à l'intérieur du cercle qu'elle avait tracé pour représenter sa tête, il n'y avait rien. Pas d'yeux. Pas de nez. Pas de bouche. C'était plus facile comme ça, parce que rassembler tous les traits qu'elle voyait individuellement était trop difficile.

Et c'était ce qu'elle avait vu dans son esprit à ce moment-là, en essayant de se souvenir de Jim. Une grande silhouette menaçante sans visage. C'était effrayant quand elle avait 5 ans, et ça l'était tout autant maintenant.

Après s'être garée sur une place dans son complexe d'appartements, Taylor ferma les yeux et ramena Eagle au premier plan de son esprit. Sa figure était également vide, mais elle se concentra sur d'autres caractéristiques. Son odeur fraîche et propre. La façon dont les muscles de ses bras se gonflaient lorsqu'il jouait au flipper. La manière dont il se passait toujours la main dans les cheveux quand il était frustré ou qu'il pensait intensément. La tonalité de son rire quand il la taquinait. Comment il émettait ce petit bruit sexy dans le fond de sa gorge quand il mangeait quelque chose qu'il appréciait.

Elle ne serait peut-être pas capable de le retrouver sur une photo, mais Taylor ne doutait pas que si elle passait cinq minutes avec des hommes de la même taille et du même gabarit qu'Eagle, elle saurait qui il était par ses manières et son odeur.

Mais cinq minutes, c'était trop long. Elle détestait ne pas être capable de le reconnaître immédiatement. Comment pouvait-elle ne pas identifier quelqu'un qui comptait autant pour elle ?

Comprenant que ses pensées devenaient moroses, elle prit une profonde inspiration et sortit de sa voiture. Elle était à mi-chemin de son immeuble lorsqu'elle s'arrêta soudainement dans son élan, un détail lui revenant.

Jim l'avait appelée Taylor.

Elle ne s'était sciemment pas présentée quand elle lui avait serré la main. La crise d'Eagle lui avait fait comprendre qu'il n'était pas judicieux de donner autant d'informations sur elle-même lors d'une rencontre, et elle n'avait donc pas indiqué son nom à l'homme.

Alors, comment l'avait-il su ?

Le badge de visiteur était générique, il n'y avait pas l'identité dessus.

Il aurait pu entendre un des employés le dire quand elle était à l'intérieur, mais elle n'avait pas vraiment parlé au personnel soignant ce jour-là.

Un frisson la parcourut, et elle regarda autour d'elle nerveusement. Elle ne vit personne rôder dans le parking, mais elle ne pouvait pas se débarrasser du sentiment d'être observée. Elle n'avait aucune idée du type de voiture que Jim conduisait. Il pouvait être n'importe qui à ce stade. L'espionner. La traquer.

Secouant la tête, Taylor se rendit compte qu'elle se tenait stupidement au milieu du parking, devenant une cible facile pour quiconque souhaiterait s'en prendre à elle. Détestant la paranoïa dont elle faisait preuve, elle se dirigea calmement vers la porte.

Elle en avait fini pour aujourd'hui. Elle allait passer le reste de la journée enfermée dans son appartement, à l'abri de toute menace extérieure. Même si elle ne voyait pas une seule raison pour laquelle quelqu'un *voudrait* lui faire du mal. Elle n'était personne.

Ce ne fut que lorsqu'elle se cloîtra chez elle que Taylor put prendre une profonde inspiration. Elle se sentait en sécurité ici. Et normalement, elle appréciait de vivre seule, depuis toujours. Mais pour la première fois, elle n'aimait pas ça. Elle voulait être capable de prendre le téléphone et d'appeler Eagle. Le simple fait d'entendre sa voix l'aurait rassurée sur sa paranoïa.

Mais au fond d'elle, elle avait le sentiment qu'il ne rejetterait pas ses craintes. Il les prendrait au sérieux. Elle détestait qu'il soit parti et priait pour que la mission à laquelle lui et ses amis participaient soit bientôt terminée.

Brett regarda Taylor s'arrêter au milieu de son parking et scruter autour d'elle, comme si elle pouvait repérer ce qui l'avait visiblement rendue nerveuse.

Il s'arrêta derrière elle et se gara plusieurs rangées plus loin. Leur conversation s'était déroulée exactement comme il l'avait prévu. Il avait même pu la toucher.

Sa peau était extrêmement douce, et il avait hâte de la marquer. Passer son couteau sur ses paumes et regarder le sang s'y accumuler. Il avait aussi aimé sentir la chaleur de sa jambe contre la sienne, bien qu'il n'ait eu aucune envie de la toucher sexuellement. Il appréciait seulement la sensation quand l'épiderme de son jouet passait du chaud au froid.

Il la désirait sous son corps, ses mains autour de sa

gorge, étouffant la vie en elle, puis la ramenant à lui. Encore et encore.

Son record était de huit. Il avait tué une même femme huit fois, en l'étranglant et en la réanimant.

Il allait battre ce record avec Taylor. Il devenait dur rien qu'en y pensant.

Il souhaitait la garder le plus longtemps possible. Il avait hâte de voir la vie fuir dans ses yeux, puis de la ressusciter et de lire la peur et la panique qui reviendraient lorsqu'elle se rappellerait où elle était et ce qui se déroulait. Et il avait hâte de se faire passer pour un tas de types différents. L'un serait sadique, utilisant son couteau pour marquer sa jolie peau. Un autre serait celui qui l'étranglerait. Un autre encore serait le gentil.

Brett voulait l'entendre implorer sa pitié, jurer au « gentil » qu'elle ne dirait à personne ce qui s'était produit s'il l'aidait à échapper aux « autres hommes ».

Elle ignorerait totalement qu'il était son seul et unique ravisseur.

Les possibilités de la torturer étaient infinies, et il était plus que reconnaissant de l'avoir trouvée. Brett savait que Taylor ne serait pas suffisante. Il devait en repérer d'autres comme elle.

Il avait enfin déniché la victime parfaite... et son heure de gloire approchait.

CHAPITRE 10

Le téléphone de Taylor vibra avec un message, et, espérant que ce serait Eagle qui lui annoncerait qu'il était de retour, elle l'attrapa rapidement. Elle avait du mal à se concentrer sur le manuscrit qu'elle essayait de relire et accueillait toute distraction.

Skylar : Salut, Taylor, c'est Skylar. Je me demandais si tu voulais déjeuner avec moi.

Taylor fut surprise d'avoir de ses nouvelles. D'une part, ce n'était pas le week-end et Skylar devrait être au travail. Deuxièmement, même si elle aimait vraiment cette femme et qu'elles avaient échangé leurs numéros de téléphone, elles n'avaient jamais véritablement traîné ailleurs qu'à Silverstone Towing.

Bien qu'elle soit nerveuse à l'idée d'essayer de se rapprocher de Skylar, tout était préférable à ce qu'elle faisait maintenant... assise dans son appartement à s'inquiéter pour Eagle.

Taylor : Bien sûr !

Skylar : Génial. Pourquoi pas le Rosie's Diner ? C'est près de Silverstone.

Taylor : Je suis passée devant, ça a l'air génial. À quelle heure ?

Skylar : Maintenant ? :) Je suis affamée. Mais si tu es occupée, on peut y aller plus tard.

Taylor : Maintenant, c'est bien. Il me faut environ 15 minutes pour y être.

Skylar : Pas de problème. Je vais nous trouver un siège.

Taylor détestait aborder le sujet, mais savait qu'elle ne pouvait pas y couper.

Taylor : Ça me va, mais souviens-toi que je ne te reconnaîtrai pas.

Skylar : J'ai prévu de venir te chercher quand tu entreras dans le restaurant.

Taylor soupira de soulagement.

Taylor : Merci.

Skylar : Il n'y a pas de quoi. À tout de suite !

Taylor tapa un émoji pouce levé et s'écarta de la table de la salle à manger, puis se précipita dans sa chambre pour enfiler un jean et une chemise plus sympa. Quand elle travaillait, elle avait tendance à porter des pantalons extensibles et des tee-shirts. Elle ramena ses boucles indisciplinées en un chignon désordonné sur sa nuque et attrapa son sac à main avant de sortir.

Tout au long du trajet jusqu'au restaurant, Taylor espérait que Skylar viendrait vraiment à sa rencontre lorsqu'elle entrerait dans le restaurant. C'était toujours stressant d'avoir un rendez-vous avec quelqu'un, car elle ignorait totalement si la personne était déjà là ou si elle était arrivée la première. C'était gênant pour tout le monde. Du moins, c'était ce que ressentait Taylor.

Après s'être garée, elle prit une grande inspiration et se dirigea vers la porte de l'établissement. Elle n'eut même pas le temps de regarder autour d'elle qu'elle vit une femme avancer vers elle. Taylor savait que ce n'était pas Skylar, car cette dame était plus âgée.

— Vous êtes Taylor ? interrogea celle-ci.

Taylor acquiesça.

— Super ! Je m'appelle Rosie. Je suis la propriétaire des lieux. Skylar m'a demandé de garder un œil sur vous. Elle a dit que je vous reconnaîtrais au premier coup d'œil grâce à vos incroyables cheveux bouclés. Et elle a raison, c'est charmant. Venez, elle est par là.

Taylor se détendit. Quelque chose chez Rosie la mettait immédiatement à l'aise, ce qui constituait un exploit, car elle ne l'était pas avec beaucoup de gens en général.

Rosie la guida vers une table au fond du petit restaurant, et une femme se leva et sourit quand elles s'approchèrent.

— Salut, Taylor, c'est Skylar, lança-t-elle avec éclat.

Taylor apprécia la manière simple de se présenter sans en faire tout un plat. Se surprenant elle-même, Taylor lui donna une courte accolade.

— Merci de m'avoir invitée.

— Merci d'être venue, répliqua Skylar.

— Ça sent très bon ici, releva Taylor.

— C'est parce que Rosie est un génie, informa Skylar, souriant à la femme plus âgée qui se tenait toujours à côté d'elles. Bien que, je dois le reconnaître, Shawn lui donne du fil à retordre.

— C'est le gars qu'ils ont engagé pour cuisiner pour Silverstone, non ? questionna Rosie.

— Oui. Et sérieusement, il devrait ouvrir son propre restaurant, il est si doué.

— Alors, pourquoi il ne le fait pas ? rétorqua Rosie.

Skylar haussa les épaules.

— Je ne sais pas.

— Eh bien, dis-lui que s'il veut des conseils ou s'il a des

questions sur la création de son propre établissement, je serai heureuse d'y répondre pour lui.

— Je n'y manquerai pas, répondit Skylar, radieuse.

— Bien. Comment vont Bull et les autres ?

Le sourire facile de Skylar s'effaça un peu, mais Taylor eut l'impression d'être la seule à l'avoir remarqué.

— Ils vont tous bien. Occupés comme d'habitude.

— Rappelle-leur que je ne les ai pas vus depuis trop longtemps et qu'ils doivent ramener leurs fesses ici, requit Rosie.

Il était aisé de déceler l'affection sincère qu'elle portait pour les hommes de Silverstone. Taylor ne pouvait pas la blâmer.

— Je le ferai, assura Skylar.

— Bien. Je vous laisse à votre déjeuner, alors, finit Rosie. Bon appétit.

— Merci, lancèrent en même temps Taylor et Skylar.

Puis elles s'assirent toutes les deux.

— Désolée, je ne t'ai pas rejointe à la porte. Quand je suis arrivée, Rosie voulait savoir pourquoi j'étais seule et où était Bull. Elle posait tellement de questions que je me suis servie de toi comme excuse pour la distraire. Elle m'a proposé de t'accompagner à la table, alors j'ai accepté.

— C'est plus que bien. Elle a l'air très gentille.

— Elle l'est, confirma Skylar. Bull m'a emmenée ici pour notre premier rendez-vous.

— Vraiment ? s'étonna Taylor.

— Oui. Je préférais de loin cet endroit à tout autre lieu trop chic.

— Je suis d'accord, approuva Taylor.

Elles furent interrompues par l'arrivée de la serveuse à leur table. Elles lui indiquèrent leurs choix de boissons, et elle les prévint qu'elle reviendrait pour prendre leur commande. Taylor examina le menu, et Skylar lui donna quelques suggestions, mais précisa que tout était délicieux. Elle opta pour un simple sandwich bacon-laitue-tomates avec des frites, et Skylar pour un hamburger avec une salade.

Quand la serveuse fut repartie, Skylar s'appuya sur ses coudes et demanda en souriant :

— Alors... Qu'est-ce qui se passe entre Eagle et toi ?

Taylor faillit s'étouffer avec le thé glacé dont elle venait de boire une gorgée. Mais Skylar avait l'air si innocente et excitée qu'elle ne pouvait pas risquer d'être impolie et de lui dire de s'occuper de ses affaires. D'ailleurs, n'était-ce pas ce que les amies faisaient ? Bavarder et se confier sur leur vie amoureuse ? Taylor n'en était pas vraiment sûre, puisqu'elle n'en avait jamais eu de véritable, mais elle ne voulait pas chasser Skylar.

Elle posa lentement son verre et haussa les épaules.

— Nous sommes amis, lui répondit-elle.

Skylar avait l'air sceptique.

— Amis ?

— Oui.

— Mais il t'a parlé de Silverstone, releva Skylar d'une voix calme.

Taylor hocha la tête.

Skylar se redressa.

— Je ne comprends pas, alors. Je veux dire, je pensais que les gars étaient d'accord pour ne révéler à personne ce qu'ils font à moins d'être prêts à passer le reste de leur vie avec elle.

La chair de poule se dressa sur les bras de Taylor. Elle ignorait totalement ce détail.

— Eh bien, il m'a expliqué que ce n'était pas quelque chose qu'ils allaient annoncer au monde entier et que même sa famille n'en savait rien, mais qu'il avait confiance en moi.

Skylar la regarda fixement pendant un long moment avant d'opiner du chef.

— Je comprends.

— Tu comprends ? s'étonna Taylor. Parce que moi, non.

— Je ne sais évidemment pas tout sur eux, reprit Skylar, mais Bull m'en a dévoilé un peu. Je sais qu'Eagle n'a pas eu de rendez-vous sérieux depuis longtemps. Lui et les autres se sont concentrés sur la réussite de Silverstone et de Silverstone Towing. Mais je peux admettre qu'il puisse s'intéresser à toi et décider que tu es faite pour lui.

Taylor secoua la tête.

— Tu te trompes, protesta-t-elle, mais au fond d'elle-même, elle trouvait merveilleux que Skylar pense qu'Eagle l'aimait plus qu'un simple ami.

— Oh ? rebondit Skylar. Combien de fois l'as-tu vu ou lui as-tu parlé depuis que vous vous êtes rencontrés ?

Taylor rougit.

— Presque tous les jours.

— C'est vrai. Les gars comme Eagle – et Bull, Smoke, et Gramps, d'ailleurs – sont plutôt directs. Ils ne mènent pas les femmes en bateau, et ils disent ce qu'ils pensent. Si Eagle et toi communiquez quotidiennement, c'est que tu lui *plais*.

— Tu crois ça ? demanda Taylor timidement.

— J'en suis sûre, confirma-t-elle avec confiance. La question est, est-ce que tu l'aimes aussi ? En clair, est-ce que tu envisagerais de sortir avec lui ?

— Envisagerais ? Putain, j'en ai rêvé, admit Taylor.

Skylar rayonna.

— Qu'est-ce que tu attends ?

— Je veux seulement... Je ne veux pas le perdre en tant qu'ami.

— Tu ne le perdras pas.

— Tu ne peux pas en être certaine. Tout va vraiment bien entre nous en ce moment. C'est décontracté, détendu.

— Les préliminaires, indiqua Skylar avec une lueur dans les yeux.

— Quoi ?

— Ce sont les préliminaires. Vous vous apprivoisez l'un l'autre. Vous apprenez ce que l'autre aime et n'aime pas. Vous marchez sur la pointe des pieds. J'ai l'intuition que les choses vont évoluer dans votre relation quand vous vous y attendrez le moins.

Sa voix baissa, et elle sourit en ajoutant :

— Et ça va être *chaud*.

Taylor ne put s'empêcher de glousser.

— Je ne suis pas sûre d'être très douée pour le sexe.

— Ça n'a pas d'importance. Vous pourriez être tous les deux complètement vierges, quand tu es avec la bonne personne, l'expérience ne crée pas la moindre différence. La première fois que j'ai été avec Bull a été magique. Ce n'était pas du tout gênant, et Seigneur, la façon dont il m'a fait sentir...

Elle se tut et prit un air absent.

Taylor savait qu'elle devrait probablement être mal à l'aise qu'elle parle de sexe et de relations si tôt dans leur amitié, mais au lieu de cela, l'honnêteté de Skylar la rendit encore plus sympathique.

— J'aime ça chez toi, lâcha-t-elle.

— Merci. Moi aussi. Tout ce que je dis, c'est qu'Eagle qui te parle de Silverstone, ça *signifie* quelque chose. C'est important. Donc je me demandais si tu te contentais d'être son amie ou si tu désirais plus.

— Tu voulais t'assurer que j'étais là pour le long terme, n'est-ce pas ? questionna Taylor avec un petit sourire.

— Eh bien... en quelque sorte. J'aime bien Eagle et les autres. Je n'ai pas envie qu'ils soient blessés.

— Je les aime bien aussi, confirma Taylor. Si Eagle me proposait demain d'être sa petite amie, je serais ravie.

— Génial, lança Skylar.

— Et... Je dois avouer que... Je t'aime bien aussi, poursuivit Taylor, déterminée à aller jusqu'au bout, même si c'était un peu embarrassant. C'est difficile pour moi de me faire des amis, et j'apprécie ton idée de badges. Ça rend les choses plus faciles quand je suis au garage. Mais en plus, tu ne m'as pas posé un million de questions ennuyeuses sur mon état de santé et tu n'as pas rendu les choses gênantes aujourd'hui. Peu de gens sont aussi compréhensifs dès le départ.

— Ce qui est stupide, renchérit Skylar, une pointe d'irritation dans le ton. Je veux dire, sérieusement. Si tu étais aveugle, je t'aiderais à te déplacer. Si tu étais sourde, je ferais ce que je peux pour t'aider à comprendre ce que les gens racontent.

— Mais ma condition est différente. C'est plus difficile à comprendre parce que beaucoup de gens n'en ont jamais entendu parler. La plupart pensent que j'invente tout.

— J'ai travaillé avec beaucoup d'enfants souffrant d'une multitude de handicaps différents au fil des ans, expliqua Skylar. Et la plus grande leçon que j'ai apprise est de ne jamais les sous-estimer. Tout ce qu'ils veulent, c'est qu'on leur donne une chance d'accomplir les mêmes choses que tous les autres enfants. La société a un long chemin à parcourir en ce qui concerne la discrimination et le traitement équitable de tous.

Taylor hocha la tête.

— Je suis d'accord.

Les deux femmes se sourirent l'une à l'autre. Puis Skylar leva son verre.

— Aux amis.

— Aux amis, répéta Taylor en faisant tinter son verre avec celui de Skylar.

— Sauf quand il s'agit de nos hommes, ajouta Skylar.

Taylor rit.

— Je vais boire à ça.

La conversation pendant le reste du repas était facile et légère, et Taylor ne s'était jamais sentie aussi à l'aise avec une autre femme dans sa vie. Lorsque Skylar lui posa quelques questions sur sa pathologie, elle ne donna pas l'impression d'être à la pêche aux détails juteux ; elle voulait simplement comprendre. Elles parlèrent de Silverstone Towing et de l'excellent travail que les quatre hommes avaient accompli pour en faire l'une des meilleures entreprises de la région d'Indianapolis, tant pour les clients que pour les employés.

Elles finirent de manger, et, lorsque Skylar demanda l'addition, la serveuse les informa qu'elle avait déjà été prise en charge.

— Un homme qui était là plus tôt a déjà payé votre déjeuner.

Skylar eut l'air confuse.

— Qui était-ce ?

— Je ne sais pas, admit la serveuse. Je ne l'avais jamais vu avant. Mais il est arrivé ici peu de temps après vous. Il a pris deux tasses de café, puis a demandé à payer vos déjeuners.

— Waouh, c'est génial ! Il ne t'a pas chargée de nous transmettre quoi que ce soit ? demanda Skylar.

— Non. Il a seulement réglé la note et est parti.

— Eh bien, d'accord. Merci.

— De rien. Restez aussi longtemps que vous le souhaitez – nous ne sommes pas si occupés, donc vous ne retenez pas la table de quelqu'un d'autre, leur confia la serveuse.

— Merci, accepta Skylar avec un sourire.

Lorsque la jeune femme repartit, elle se tourna vers Taylor.

— Je ne suis pas sûre que cela me soit déjà arrivé auparavant.

— En temps normal, je serais d'accord, mais l'autre jour, quand je suis allée chercher un hamburger, le gars dans la voiture devant moi a payé mon déjeuner. J'ai lu que des choses comme ça arrivaient parfois, mais je ne l'avais jamais vécu.

— Cool, lâcha Skylar.

— Oui...

Mais Taylor se sentait étonnamment anxieuse maintenant.

Pourquoi un étranger choisirait-il de payer leur repas ? D'autres personnes mangeaient dans le restaurant. Pourquoi *elles* ? Et quelles étaient les chances que quelqu'un lui offre son repas deux fois en si peu de temps, surtout si cela ne s'était jamais produit auparavant ?

Et bien sûr, cela lui fit penser au type du centre de soins pour personnes atteintes de démence...

Il lui arrivait tellement de choses bizarres ces derniers temps qu'elle commença à se sentir mal à l'aise.

Elles bavardèrent un peu plus longtemps avant que Skylar déclare :

— Merci d'être venue avec moi. J'ai posé un jour de congé – un jour de santé mentale, si tu préfères – et je ne voulais pas le passer assise dans mon appartement à être triste.

— Combien de fois par an Silverstone part en mission ? demanda Taylor.

— Pas souvent, lui répondit Skylar. Heureusement qu'il n'y a pas beaucoup de dix dans le monde.

— De dix ? s'étonna Taylor.

— Oui. Bull m'a expliqué ce que fait Silverstone de cette façon. Sur une échelle des « méchants » d'un à dix, ils ne s'en prennent qu'aux neuf et aux dix. Ils laissent les autres à la police et aux différentes forces de l'ordre.

— Qu'est-ce qui définit un neuf ou un dix ? s'intéressa Taylor.

— Eh bien, je pensais que le type qui nous a kidnappées, Sandra et moi, devait être un dix. C'était un pédophile qui était déjà allé en prison pour agression. Et il observait Sandra depuis je ne sais combien de temps avant de la séquestrer.

Taylor se pencha en avant, fascinée. Elle avait entendu parler de l'enlèvement de Skylar, mais ne connaissait pas tous les détails et n'avait pas voulu demander.

— As-tu eu peur ? interrogea Taylor.

— J'étais terrifiée, confirma Skylar. Mais j'étais persuadée que Bull n'aurait de cesse de chercher où je me trouvais ou, si j'étais tuée avant qu'il ne puisse m'atteindre, de s'assurer que l'homme paie.

Taylor frissonna.

— Putain de merde.

— Oui. Heureusement pour moi, il est rentré de sa mission et a rallié les troupes. Mais Sandra a été le véritable héros de mon sauvetage. Si elle n'avait pas été assez courageuse pour s'enfuir de la maison toute seule, je sais que Jay Ricketts m'aurait assassinée. Mais revenons à nos moutons. Je considérais mon kidnappeur comme un dix. Mais Bull m'a dit qu'en réalité, il était plutôt considéré comme un trois ou un quatre sur l'échelle des « méchants ».

— Waouh, souffla Taylor, les yeux écarquillés.

— Oui, j'étais choquée aussi. Bull a expliqué que Silverstone ne s'occupe pas des trois et des quatre. Dans le cas contraire, ils ne seraient jamais chez eux et partiraient constamment en mission.

— C'est une assez bonne explication. Et raisonnable – sinon, ils attireraient trop l'attention, s'exposeraient à des poursuites judiciaires et seraient accusés d'être des justiciers ou quelque chose comme ça, songea tout haut Taylor.

— Je suppose. Est-ce que ça fait de moi une mauvaise personne d'admettre que je suis contente que mon kidnappeur ait été tué en prison dans l'attente de son procès ?

— Il a été tué ? répéta Taylor avec surprise.

— Oui. Je n'avais aucun problème à témoigner contre lui, même si ça aurait été dur. Mais nous avons appris il y a peu qu'il avait été abattu un jour dans la cour. Les gardes faisaient de leur mieux pour le tenir à l'écart de la population générale, mais un jour une bagarre a éclaté, et, dans l'émeute qui a suivi, il a été poignardé. Personne n'a reconnu en être l'auteur, et la vidéosurveillance n'a été d'aucune aide en raison du chaos total qui régnait dans la cour. Un grand groupe d'hommes étaient agglutinés, et, quand la poussière est retombée, Jay était mort dans la terre, révéla Skylar. Donc Silverstone ne l'a pas éliminé, mais quelqu'un d'autre a pris sur lui pour s'assurer qu'un malade comme Ricketts ne serait jamais libre de traquer et de blesser un autre enfant.

— Je suis contente, lâcha Taylor avec émotion.

— Moi aussi, chuchota Skylar.

— Est-ce que tu vas bien ? s'enquit Taylor, en tendant la main et en la posant sur l'avant-bras de Skylar.

Cette dernière sourit.

— Je vais bien. J'admets que je fais parfois un ou deux cauchemars, mais Bull est presque toujours là pour me rassurer et me distraire, si tu vois ce que je veux dire.

Taylor afficha un rictus.

— Je suis heureuse que tu aies ça.

— Moi aussi. Mais bon… J'ai une tonne de congés de maladie parce que je suis étonnamment en bonne santé, et mon directeur ne voit pas d'inconvénient à ce que les enseignants prennent des jours de congé pour raisons de santé mentale si nous en avons le temps et que nous avons vraiment besoin d'une pause. J'espère seulement que les gars rentreront bientôt à la maison. Bull me manque beaucoup.

— Tu penses que ça va s'arranger ? Que son absence te sera moins pénible au fil du temps ? questionna Taylor.

— Non, affirma Skylar sans hésiter. Bull me manquera toujours et je m'inquiéterai pour lui quand il ne sera pas là, mais je ne lui demanderai jamais d'arrêter. J'ai fini par comprendre que ce qu'il accomplit est important. Ça me met mal à l'aise, mais ça ne signifie pas que je ne suis pas fière de lui.

Taylor ne se sentait pas du tout incommodée par les missions d'Eagle. Elle était heureuse que son équipe et lui rendent le monde plus sûr. Elle avait vu la face cachée des gens depuis son plus jeune âge. Et même si les brutes et les ignorants n'entraient pas dans la même catégorie que les « dix » que Silverstone chassait, elle ne pouvait éprouver aucune sympathie pour ceux qui commettaient des actes pour lesquels le karma les obligeait à répondre plus tard dans leur vie.

Skylar sourit.

— C'était amusant. Merci encore d'être venue avec moi.

— Merci de m'avoir invitée, lui répondit Taylor.

— Il faut qu'on sorte plus souvent ensemble.

— J'aimerais bien.

— Super. Peut-être qu'on pourrait aller faire du shopping un jour ? Tu pourrais m'empêcher de remplir un panier chez Target alors que je n'ai besoin que d'un nettoyant pour sols ou autre.

Taylor éclata de rire.

— Toi aussi ? Je ne sais pas ce qu'il y a dans cet endroit qui me pousse à dépenser trop et à acheter des trucs inutiles. Je ne suis pas sûre d'être d'une grande aide.

Skylar sourit.

— Bien, alors nous pouvons errer dans le centre commercial comme si nous avions à nouveau 14 ans.

— Ça me botte.

Et c'était le cas. Taylor ne se rappelait pas quand elle s'était sentie aussi détendue avec une autre femme.

Elles se levèrent, et Skylar laissa un billet de vingt dollars sur la table.

— Je pensais que nos repas étaient payés ? s'étonna Taylor.

— C'est le cas, mais j'essaie toujours de laisser un gros pourboire. La première fois que Bull m'a emmenée ici, il en a donné un très généreux à la serveuse, et j'ai décidé que je le ferais aussi. Les serveurs et les serveuses travaillent très dur et doivent supporter beaucoup de conneries de la part des clients.

Taylor hocha la tête et attrapa son sac à main.

— Tu n'as plus besoin de payer, je nous couvre, protesta Skylar.

Taylor laissa tomber un autre billet de vingt sur la table.

— C'est bon. J'aime être bienveillante avec les gens. Il n'y a pas assez de bonté dans le monde, je le sais de source sûre.

Skylar acquiesça et lia son bras à celui de Taylor.

— J'étais persuadée que je t'apprécierais quand je t'ai rencontrée, et je suis ravie pour Eagle et toi.

Alors qu'elles se dirigeaient vers la sortie, Taylor resta silencieuse. Elle souhaitait en savoir plus sur la raison pour laquelle Skylar pensait qu'Eagle l'aimait bien, mais cela faisait un peu trop collégienne. Elle ignorait totalement si Skylar avait raison, mais elle l'espérait. Pour l'instant, elle allait improviser et peut-être, éventuellement, que l'un d'entre eux aurait le courage de faire le premier pas.

Rosie les salua, et, quand elles furent dehors, Skylar promit de rester en contact. Taylor était sur le chemin du retour avant même de s'en rendre compte, se sentant plus heureuse qu'elle ne l'avait été depuis longtemps. Eagle lui manquait toujours, et elle avait envie de lui parler, mais elle ne se sentait pas aussi seule qu'avant. Skylar était incroyable, et beaucoup plus forte qu'elle n'en avait l'air.

En pensant à ce à quoi son amie avait survécu, elle frissonna de nouveau. Elle n'imaginait pas pouvoir être aussi forte qu'elle si elle était confrontée à une situation de vie ou de mort. Mais heureusement, elle menait une vie ennuyeuse de correctrice et n'entrait pas en contact avec beaucoup de monde. Personne ne lui aurait certainement voulu du mal. N'est-ce pas ?

Ressentant le même sentiment de malaise qu'au restaurant, Taylor le repoussa. Elle avait passé une bonne journée, et aucune mauvaise pensée n'allait la gâcher. Elle rentrerait chez elle, finirait de corriger le manuscrit qu'elle avait commencé plus tôt, et prierait pour qu'Eagle revienne le plus rapidement possible.

CHAPITRE 11

— Putain ! jurait Eagle en se déplaçant dans le siège de l'avion.

— Tu vas bien ? s'enquit Gramps pour ce qui semblait être la centième fois.

— Oui, j'ai seulement mal bougé, répliqua Eagle.

— Tu veux que je regarde de nouveau ce bras ? demanda Smoke.

Non, il n'avait pas besoin que son ami examine encore son putain de bras.

Eagle était en colère. Furieux d'avoir réussi à se faire tirer dessus. La balle avait effleuré la partie charnue de son bras. Il avait saigné comme un porc, mais il avait eu de la chance. Quinze centimètres à gauche, et elle aurait traversé son cœur.

Un des rebelles au Timor-Leste avait eu un tir chanceux. *Lui* n'avait pas été aussi veinard, car la balle d'Eagle avait été la dernière chose qu'il avait vue dans ce monde. Mais maintenant, Eagle devait affronter un bras qui palpitait et ses amis qui rôdaient comme s'il allait y rester.

— Je vais bien, confirma-t-il à Bull, Smoke et Gramps.

Ce n'est pas ma première écorchure et ce ne sera pas la dernière. C'est douloureux. Mais je survivrai.

— Si tu veux plus d'antibiotiques ou d'analgésiques, dis-le-moi, lui intima Gramps. Je peux t'en trouver d'autres quand on sera à la maison.

— Je n'y manquerai pas, l'assura Eagle.

Il savait qu'il devrait consulter un médecin, mais une blessure par balle entraînerait un rapport de police, et Silverstone s'efforçait d'éviter ce genre d'attention. Son bras lui ferait mal pendant un moment, mais les bandages papillon agiraient, tout comme la tonne d'antibiotiques que Gramps lui avait sommé d'avaler.

La seule chose qu'Eagle souhaitait en ce moment était retrouver Taylor. Il ne l'avait pas vue ni ne lui avait parlé depuis huit jours. Il se sentait nerveux. Il avait besoin de découvrir ce qu'elle avait fait. Comment s'était passée sa semaine. Il voulait savoir si elle était allée à Silverstone ou si elle s'était terrée dans son appartement comme elle en avait l'habitude avant de le rencontrer.

Leur mission s'était bien déroulée. Ils avaient localisé le chef des rebelles, et, même s'ils n'avaient pas pu l'éliminer aussi discrètement qu'escompté, il avait tout de même reçu une balle dans la tête. Ils espéraient tous que les rebelles restants se désintéresseraient de leur combat manifestement futile et s'évanouiraient dans la nature. Il faudrait un peu de temps pour que cela se produise, mais Silverstone et Willis, au FBI, garderaient un œil sur la situation.

Dans l'ensemble, cette mission avait été un succès, mais au lieu de se sentir satisfait du travail accompli, Eagle était impatient de retrouver Taylor.

Est-ce que Bull ressentait la même chose avec Skylar ? Il n'avait pas encore parlé à son ami de ce qu'il éprouvait, mais il avait conscience qu'une conversation entre eux ne tarderait pas à avoir lieu.

Eagle aimait Taylor. Il n'en doutait pas. Mais il ignorait si c'était réciproque.

Trois longues heures plus tard, leur petit avion privé atterrit enfin à Indianapolis. Eagle sortit son téléphone, l'alluma et soupira de soulagement en voyant tous les textos que Taylor lui avait envoyés pendant son absence. Il lui avait précisé qu'il n'aurait pas de réseau et qu'il ne serait pas en mesure de lire ou de répondre aux messages, aux e-mails ou aux appels téléphoniques, mais elle avait quand même communiqué avec lui.

Taylor : Tu me manques et tu n'es parti que depuis un jour. Argh !

Taylor : Ma visite au centre de soins pour démence était agréable, mais pourquoi je semble attirer les gens effrayants ? Il ne s'est rien passé, mais pourquoi je ne peux pas rencontrer quelqu'un comme Chris Hemsworth un jour ? Mdr

Taylor : J'ai récupéré ma voiture chez Stan, et je dois avouer que ma Kia m'a manqué !

Taylor : Pourquoi est-ce que je peux penser à toutes sortes de choses spirituelles à dire quand tu n'es pas là pour les apprécier ?

Taylor : Je suis allée à Silverstone Towing aujourd'hui, et je déteste être celle qui te l'annonce... mais j'ai battu ton meilleur score :)

Taylor : Il est 2 heures du matin, et je me suis réveillée parce que j'ai fait un cauchemar où tu étais abattu et étendu sur le sol, en train de mourir. Tu as intérêt d'être en vie, Eagle, parce que je vais être furieuse sinon.

. . .

Clignant des yeux, Eagle vérifia la date de ce dernier message. Il soupira de soulagement en constatant qu'elle ne semblait pas avoir des capacités prémonitoires, celui-ci ayant été envoyé deux jours avant qu'on lui tire dessus. Il continua à lire.

Taylor : J'ai beaucoup pris sur moi depuis que tu es parti, parce que j'ai compris que tu me faisais me sentir en sécurité. Et maintenant que tu n'es plus là, je vois le croque-mitaine à chaque coin de rue. J'ai l'impression que ça me rend vraiment faible, et je déteste ça.

Taylor : Shawn a préparé le plus incroyable plat de poulet à la cocotte-minute ce soir. J'ai décidé que j'allais le voler à Silverstone et le garder dans mon appartement pour qu'il cuisine pour moi tous les soirs.

Taylor : Pourquoi le broyeur de canettes a quitté son travail ?

Taylor : Parce que c'était du soda pressé.

Taylor : HAHAHAHAHAHAHAHA !

Taylor : Si tu ne rentres pas bientôt, je vais devenir folle. Je ne m'étais pas rendu compte à quel point j'aimais discuter avec toi jusqu'à ce que tu ne sois plus là.

Taylor : Tu me manques, Eagle. J'espère que tu vas bien, où que tu sois.

Taylor : Merci d'avoir fait du monde un endroit plus sûr.

Eagle était amusé par ses textos aléatoires. Mais il remarquait avec joie qu'elle aimait manifestement autant lui parler tous les jours que lui. Ils avaient tellement accroché qu'il se sentait mal d'avoir cessé leurs conversations. Il n'avait jamais ressenti cela avec personne d'autre.

Il voulait la retrouver... *maintenant*.

Il envoya un SMS rapide.

Eagle : Je suis rentré, Fleur. Je suis en route vers chez toi. Je sais qu'il est tard, mais j'ai besoin de te voir.

· · ·

Il espérait qu'elle ne dormait pas et il fut ravi lorsqu'il aperçut trois points clignotants dans les messages, indiquant qu'elle était en train de taper.

Taylor : Oh, mon Dieu !! YOUPIIIIII !!! Il n'est jamais trop tard pour toi ! Je vais me lever !

Il rit à cause de tous les points d'exclamation qu'elle avait utilisés. Mais il ne pouvait pas nier l'enthousiasme de savoir qu'elle était aussi excitée que lui à l'idée de leurs retrouvailles. Après avoir promis d'appeler les autres demain pour prendre de leurs nouvelles et les informer de l'état de son bras, Eagle prit la navette jusqu'au parking où se trouvait sa voiture.

Il conduisit beaucoup trop vite jusqu'à l'appartement de Taylor, emprunta les escaliers deux par deux et se trouva devant sa porte avant même de s'en rendre compte. Deux secondes après qu'il eut frappé, il entendit Taylor demander qui était là.

— C'est moi, Fleur. Eagle.

Elle ouvrit la porte d'un coup sec, et il ne l'avait jamais vue aussi belle. Elle avait les cheveux en vrac sur la tête, des boucles qui dépassaient de partout. Elle portait un pantalon large rose et jaune, et un débardeur. Il savait qu'elle dormait uniquement avec le débardeur et ses sous-vêtements, car elle disait que tout ce qui était enroulé autour de ses jambes lui donnait l'impression d'être piégée pendant son sommeil. Ses pieds étaient nus, et Eagle remarqua qu'au cours de la semaine passée, elle avait verni ses ongles en rose clair.

— Viens là ! s'exclama-t-elle en tendant la main et en attrapant le devant de sa chemise.

Eagle sourit et la laissa le tirer dans l'appartement. Elle claqua sa porte, puis ferma le verrou et attacha la chaîne avant de se retourner vers lui.

— Est-ce que tu vas bien ? Comment s'est déroulée la mission ? Vous avez trouvé le type que vous cherchiez... ou c'était une femme ? Dans tous les cas, je suppose que vous avez réussi, ce qui est génial, un trou du cul de moins duquel s'inquiéter. Comment s'est passé votre voyage ? Vous avez pris l'avion ou la voiture ? Tu ressens le décalage horaire ? Tu veux une tasse de café ? Ou peut-être as-tu simplement envie de dormir. Vous êtes-vous arrêtés à Silverstone Towing ? As-tu faim ?

Eagle partit d'un petit rire.

— Respire, Taylor. Je ne peux pas répondre à tes questions si tu ne respires pas et si tu ne me laisses pas une seconde entre chacune d'elles.

Elle rougit.

— Désolée, je suis seulement tellement soulagée que tu sois à la maison. Je sais que tu m'as dit de ne pas m'inquiéter, que les autres et toi savez ce que vous faites, mais je n'ai pas pu m'en empêcher. Et tu m'as manqué. Je te jure que j'ignorais totalement à quel point je m'étais habituée à ta présence pour pouvoir babiller.

— Tu m'as manqué aussi, lui confia Eagle.

Le surprenant, elle se jeta contre sa poitrine et l'entoura de ses bras.

Eagle ne put retenir le grognement de douleur qui sortit de sa bouche à cause de son geste impulsif.

Bien sûr, elle l'entendit. Se retirant avec angoisse, elle leva les yeux vers lui.

— Qu'est-ce qu'il y a ? Je t'ai fait mal ?

— Je vais bien, lâcha-t-il doucement.

Les yeux de Taylor se promenèrent sur son visage, sur sa poitrine et s'arrêtèrent sur son bras gauche. Il le tenait avec précaution pour essayer d'éviter qu'il ne soit de nouveau heurté.

Elle attrapa sa veste. Lentement et prudemment, elle la fit tomber de ses épaules, ignorant le bruit sourd qu'elle émit en atterrissant sur le sol. Il portait une chemisette, et le bandage était clairement visible sous la manche gauche.

Sans un mot, elle attrapa sa main droite et le traîna dans son appartement, dans le couloir puis dans sa chambre. Eagle n'était jamais allé dans son espace personnel auparavant, et il inspira profondément, séduit par la senteur vanille omniprésente.

Elle ne lui laissa pas le temps d'examiner cette pièce avant de l'entraîner dans la salle de bains. Il n'y avait rien de spécial, simplement un combiné baignoire/douche et un lavabo, avec une quantité surprenante d'étagères à gauche de celui-ci. Les toilettes se trouvaient à droite du lavabo.

Elle le tourna pour qu'il soit dos au miroir et appuya une main sur sa poitrine.

— Ne bouge pas, ordonna-t-elle.

Eagle sourit à son côté autoritaire.

Elle s'accroupit pour regarder dans l'armoire sous le lavabo, et Eagle s'efforça d'ignorer sa position et le fait que, si elle se mettait à genoux, elle serait à la hauteur parfaite pour enlever son pantalon et...

Secouant la tête, il répéta :

— Je vais bien, Taylor. Je te le promets.

— Peu importe, marmonna-t-elle. Tu étais probablement dans les contrées sauvages d'un pays inconnu où il y a plus de germes que de gens. Et je suis sûre que vous ne vous êtes pas arrêtés pour bénéficier de soins médicaux appropriés.

Elle se leva, une trousse de premiers secours à la main.

— Je veux voir, dit-elle en le regardant sévèrement.

— Ce n'est pas nécessaire, répliqua-t-il. Gramps est pire qu'une mère poule. Et Smoke est plus compétent que la plupart des médecins que j'ai rencontrés. Ils m'ont nettoyé et m'ont fait avaler un million d'antibiotiques.

— Bien. Je veux quand même vérifier.

— C'est moche, prévint Eagle, touché qu'elle s'inquiète autant pour lui.

Son angoisse était différente de celle de son équipe.

— Que s'est-il passé ?

— Une balle m'a frôlé, avoua Eagle sans ambages.

Toute la couleur disparut instantanément du visage de Taylor.

Eagle jura et agit rapidement avant qu'elle s'évanouisse sur lui. Il l'attrapa par la taille, se retourna et la souleva pour qu'elle soit assise sur le comptoir, ignorant la douleur dans son bras. Il poussa entre ses jambes et enfonça ses mains dans les cheveux de chaque côté de sa tête.

— Respire, Fleur. *Frôlé.* C'est passé juste à côté. Elle n'a pas touché d'os ou quoi que ce soit d'important.

— On t'a *tiré dessus*, chuchota-t-elle, ses yeux bruns s'écarquillant sur son visage.

— Frôlé, répéta-t-il.

— Tu l'as tué ? s'enquit-elle.

Les lèvres d'Eagle tressaillirent.

— Oui.

— Bien ! lâcha-t-elle férocement.

Il ne put s'empêcher de fixer ses lèvres lorsqu'elle les lécha.

— Eagle ? interpella-t-elle.

Sachant qu'il commettait probablement une erreur, mais ne pouvant s'en empêcher, Eagle baissa la tête.

Il lui laissa le temps de comprendre ses intentions, et, comme elle ne se retira pas ni ne lui demanda ce qu'il envisageait – au contraire, elle leva la main et la passa derrière son cou –, Eagle ferma les yeux et effectua ce qu'il désirait depuis des semaines.

Il l'embrassa.

Puissamment.

Il avait voulu y aller doucement. Pour la convaincre qu'il pouvait être plus qu'un ami. La rassurer sur le fait qu'ils seraient bien ensemble. Mais Taylor avait ruiné toutes les chances qu'il avait de se contrôler quand elle l'avait presque dévoré des yeux. Sa main se resserra sur sa nuque, et elle inclina sa tête pour le recevoir plus facilement. Le gémissement au fond de sa gorge rendit son membre immédiatement prêt à l'action.

Pour un premier baiser, ce n'était pas parfait. Leurs dents s'entrechoquèrent, et ils manifestèrent plus d'enthousiasme que de délicatesse, tous deux désespérés. Mais il n'avait jamais rien ressenti de plus pur que les lèvres de Taylor sur les siennes.

Il l'attira vers le bord du comptoir, jusqu'à ce que son sexe se presse avec insistance entre ses cuisses. Taylor geignit de nouveau et enroula ses jambes autour de ses fesses, puis accrocha ses chevilles ensemble, comme si elle n'allait jamais le laisser partir.

Leurs langues s'affrontèrent, goûtant et apprenant la bouche de l'autre. Mon Dieu, Eagle n'avait jamais été excité aussi vite auparavant. Taylor s'illuminait dans ses bras, comme si elle voulait fusionner son corps avec le sien.

Sans même penser à sa blessure, Eagle la souleva avec

son bras valide sous ses fesses et l'autre enroulé autour de son dos.

Elle arracha sa bouche de la sienne et haleta :

— Eagle ! Ton bras !

— C'est bon, souffla-t-il, puis il reposa ses lèvres sur les siennes.

Il ne pouvait pas s'arrêter de l'embrasser. Il ne le *voulait pas*. Maintenant qu'ils avaient franchi cette ligne, il ne souhaitait plus jamais revenir à une simple amitié.

Il n'avait pas fallu beaucoup de pas pour être dans son lit. Conscient que son bras ne lui permettrait pas de se placer au-dessus d'elle, il se tourna et s'assit. Taylor le chevaucha, et, quand il se recula pour s'allonger, elle était juste à côté de lui, l'embrassant sur toute sa hauteur.

Elle se retira finalement légèrement et baissa les yeux vers Eagle. Ses lèvres étaient gonflées, et ses joues étaient rouges. Il n'avait envie de rien de plus que de la ravager complètement.

— Est-ce qu'on est stupides ? demanda-t-elle, incertaine.

— Non, répondit-il immédiatement. Je peux dire honnêtement que je n'ai jamais rien désiré aussi fort que d'être profondément en toi.

— Je ne veux pas te perdre, susurra-t-elle.

— Tu ne vas pas me perdre, affirma-t-il.

Ses tétons étaient serrés sous son débardeur, et Eagle voulait enlever le haut et observer son corps. Il avait fantasmé sur ce à quoi elle ressemblait, mais il n'entreprendrait rien si elle n'était pas à cent pour cent d'accord.

Il ramena ses mains vers son visage et passa ses pouces sur ses joues.

— Ma première pensée quand la balle de ce connard m'a frôlé fut pour toi. Je me suis inquiété de ce qui allait t'arriver si je ne rentrais pas à la maison. La douleur était si intense, pas celle de ma blessure, mais celle que j'imaginais que tu ressentirais. J'ai su à ce moment-là que je devais arrêter de déconner et t'avouer ce que j'éprouvais pour toi.

Il marqua une pause.

— Et ? murmura-t-elle.

— Je suis fou de toi. Je le suis depuis très longtemps. J'aime tout chez toi, Taylor.

— Je ne vais pas aller mieux, Eagle. Je ne te reconnaîtrai jamais.

— Je n'ai pas besoin que tu m'identifies dans la foule, Fleur. Je viendrai toujours vers toi. Tu sauras que c'est moi par la façon dont je te regarde. Tu sauras que c'est moi par mon odeur. Ne crois pas que je n'ai pas remarqué que tu me sens dès que tu en as l'occasion, la taquina-t-il. Tu sauras que c'est moi parce que je te le *dirai*. Je ne m'en lasserai pas, et je ne te ferai pas culpabiliser pour quelque chose que tu ne contrôles pas.

Ses yeux se remplirent de larmes.

— Es-tu vraiment réel ?

— Oui. Et je suis à toi... si tu veux de moi.

— Je te veux, confirma doucement Taylor. Je te désire depuis longtemps, mais je croyais que tu avais décidé qu'on serait seulement amis.

— Je ne voulais pas te presser, admit Eagle.

— Tu m'as manqué, rebondit Taylor. Tant de fois j'ai eu envie de décrocher le téléphone et te parler.

— Tu m'as manqué aussi. Mais maintenant je suis de retour, et nous pouvons rattraper le temps perdu... demain.

Elle sourit.

— Oh, parce que tu es fatigué et que tu préfères dormir maintenant, hein ?

Eagle renâcla.

— Je ne suis pas fatigué. Et je n'ai pas envie de dormir.

Mais avec mon bras en moins... ça va devoir se passer différemment de ce que j'aurais aimé.

Et alors, l'inquiétude revint dans son regard.

— Oh ! Je n'ai pas pu voir ton bras. Peut-être qu'on devrait...

— Tu pourras l'examiner plus tard. Pour l'instant, j'ai besoin que tu prennes ce que tu veux, lui avoua Eagle sans détour. Je ne peux pas me tenir au-dessus de toi et te faire l'amour, alors tu vas devoir diriger notre première fois.

Il pouvait remarquer que Taylor n'était pas sûre d'elle... mais il distingua aussi la lueur d'excitation dans ses yeux.

— Tu aimes ça, conclut-il.

Ce n'était pas une question.

— Oui, admit-elle.

— Et si tu commençais par enlever ton débardeur pour que je puisse voir ce à quoi j'ai pensé plus de nuits que je ne peux en compter ? suggéra-t-il.

Taylor rit.

— Je pensais que c'était moi qui commandais, répondit-elle en attrapant l'ourlet de son haut.

Eagle voulait riposter, mais c'était comme s'il avait avalé sa langue.

Comme elle était en pyjama lorsqu'il avait frappé à sa porte, elle ne portait pas de soutien-gorge, et, à la seconde où le tissu quitta sa tête, ses mains étaient là, prenant et pressant ses magnifiques seins.

Elle avait de petites aréoles et de petits tétons, mais les globes charnus représentaient plus qu'une poignée.

— Merde, jura-t-il doucement.

En réponse, Taylor arqua son dos et se pressa contre ses paumes. Les doigts d'Eagle allèrent vers ses tétons et les pincèrent légèrement. Il fut récompensé par un gémissement plus fort entre ses lèvres. Taylor se redressa sur lui et cambra encore plus sa colonne vertébrale.

— Eagle, chuchota-t-elle.

Il ne savait pas si c'était une protestation ou un encouragement à continuer.

— Putain, c'est parfait, souffla-t-il.

Puis il enroula son bras droit autour de son dos et la tira vers le bas. Il baissa la tête, prit un de ses tétons dans sa bouche et le suça fort.

— Oh, merde ! lâcha Taylor, lançant une main pour se rattraper.

Elle se pencha sur lui, ses superbes seins pendant alors qu'il aspirait un téton, puis l'autre.

Quand Eagle sentit qu'elle commençait à se tortiller, il comprit qu'aucun d'eux n'allait survivre aux préliminaires. Il la lécha une fois de plus avant d'incliner son menton en arrière pour regarder son visage.

— Enlève ton pantalon, ordonna-t-il.

Il avait l'intention de la laisser imposer le rythme, de prendre le contrôle, mais ce n'était pas dans son ADN de rester allongé et de laisser quelqu'un d'autre dicter tous leurs mouvements. Il désirait plus d'elle. Il devait sentir son corps nu contre le sien. Il avait simplement besoin *d'elle*.

Elle se dégagea de lui et se tint debout sur des jambes flageolantes en faisant glisser son pantalon et ses sous-vêtements en coton le long de ses jambes. Eagle défit son jean et l'enleva tandis qu'elle se tenait à côté de son lit, le regardant se révéler à elle. Il voulait arracher sa chemise, mais dut prendre le temps de sortir délicatement son bras gauche de la manche avant de la retirer par-dessus sa tête.

Ils restèrent tous les deux là où ils étaient, se contemplant l'un l'autre pendant un long moment.

Taylor était parfaite en tout point. Parfaite pour *lui*.

Eagle savait que, selon les critères de *beauté* de la société, elle ne ferait pas l'affaire, mais il s'en fichait. Ses cuisses étaient un peu épaisses, et son ventre n'était pas plat. Elle avait coupé ses poils pubiens, ce qui était très sexy. Ses seins bougeaient à chaque respiration excitée, et il ne pouvait pas attendre de la sentir contre lui. De la goûter. De la sentir avaler son membre dans ses plis chauds et humides.

Eagle n'était pas un homme vaniteux, mais il était conscient de sa bonne mine. Il travaillait dur pour garder son corps en excellente forme physique. Il le devait ; sa vie, et celle de ses amis, dépendait de sa capacité à courir, à sauter, à se battre, et tout simplement à être plus fort que les autres.

Et il aimait le désir sur le visage de Taylor alors qu'elle le regardait lentement. En ce moment, ses yeux étaient rivés sur son sexe, et il ne pouvait s'empêcher de la caresser, excité par ce que la nuit allait leur apporter à tous les deux.

— Viens ici, intima-t-il après un moment, en lui tendant sa main droite.

Taylor se lécha encore les lèvres et se glissa lentement sur le lit. Elle se traîna jusqu'à son côté gauche, et il sourit. Utilisant la force de son bras valide, il la ramena sur lui jusqu'à ce qu'elle soit de nouveau à cheval sur son ventre. Il sentit le bout de son sexe frôler ses fesses, et ils gémirent tous les deux.

— Tu es magnifique, chuchota-t-elle.

Eagle savait qu'il souriait comme un fou, mais il s'en fichait.

— Tu me voles ma réplique.

Elle haussa les épaules.

— J'aime trop les beignets.

— En ce qui me concerne, tu peux continuer à en

manger. J'adore ton apparence, tout comme la façon dont tu es à l'aise contre moi.

Elle se déplaça, et le plus délicieux des parfums monta jusqu'à son nez. Eagle inspira profondément et afficha un rictus quand elle rougit de nouveau.

— Tu sens super bon, lui dit-il.

Puis, sans la prévenir, il fit glisser son corps vers le haut, vers son visage, sa main sur son postérieur.

— Oh ! s'exclama-t-elle en se traînant sur ses genoux pour ne pas tomber sur lui.

— C'est ça. Viens ici, intima-t-il, le regard fixé entre ses jambes.

Il pouvait sentir son humidité contre sa poitrine alors qu'elle remontait le long de son corps.

Eagle installa son bras gauche avec précaution et saisit l'arrière de sa cuisse. Avec le droit, il s'empara d'une fesse et la tira jusqu'à l'endroit où il la désirait. Au-dessus de sa bouche.

Son odeur était plus forte maintenant, et il ne pouvait pas attendre pour la dévorer. Pour voir s'il pouvait la faire jouir sur son visage. Il n'avait jamais tenté ça avant, pas dans cette position, et il était si excité qu'il pouvait sentir le liquide pré-séminal couler de son sexe dur comme l'ongle.

— Je... Je ne sais pas si j'en suis capable, avoua-t-elle.

Eagle aurait reculé si elle l'avait vraiment voulu, mais il ne pensait pas que c'était le cas. Elle était seulement nerveuse. Il joua la carte de la sympathie.

— J'ai peur de me blesser le bras si je m'y prends autrement, lui confia-t-il.

C'était un putain de mensonge. Il ne pouvait même pas sentir son bras en ce moment, mais ses mots firent l'affaire, parce que Taylor hocha la tête.

Mais il souhaitait vraiment s'assurer qu'elle était d'accord. Il ne se pardonnerait jamais si elle le laissait agir alors qu'elle ne le voulait pas vraiment.

— J'arrêterai si tu le demandes, dit tranquillement Eagle.

Ses yeux s'écarquillèrent.

— Vraiment ?

Eagle serra les dents et se força à lever les yeux vers elle, plutôt que vers les doux plis roses qui n'attendaient que lui pour s'y plonger.

— Oui.

— Je devrai te faire mal si tu t'arrêtes, souffla finalement Taylor avec un petit sourire. Mais ne m'en veux pas si tu t'étouffes là-dedans.

Il s'esclaffa.

— Quelle façon de commencer ! plaisanta-t-il, puis il la tira vers le bas et la lécha une première fois.

Son goût explosa sur sa langue.

— Merde, marmonna-t-il, se sentant submergé par le désir qu'il avait d'elle.

Puis il ferma les yeux et se mit à l'œuvre, s'assurant que sa femme appréciait autant que lui.

CHAPITRE 12

L'expérience de Taylor avec un homme posant ses lèvres à cet endroit n'était pas vaste. Un seul. Une seule fois. Et ils étaient tous les deux nerveux à ce sujet. Le gars avec qui elle sortait n'avait clairement pas apprécié son goût ou quoi que ce soit d'autre dans cette expérience, ce qui l'avait franchement incommodée.

Mais à la seconde où Eagle avait mis sa bouche entre ses jambes, il était plus qu'évident qu'il aimait tout de ce qu'il entreprenait. Il n'était pas timide, il n'y allait pas à tâtons. Après le premier léchage, il agit comme s'il était un homme affamé et qu'elle était son seul moyen de subsistance. Il lécha entre ses plis, poussa sa langue à l'intérieur, puis aspira le jus qu'elle savait couler sur son visage.

Puis il recouvrit son clitoris de ses lèvres et le suça.

Taylor sursauta, et elle sentit sa main sur ses fesses se resserrer pour la stabiliser. Elle leva les bras et s'appuya contre le mur en gémissant. Elle cessa de penser que tout cela était bizarre et en profita simplement. Il alterna entre lécher son clito et enfoncer sa langue. Au moment où elle pensait qu'elle allait avoir un orgasme, il variait ses mouvements. C'était exaspérant, et Taylor avait l'impression qu'elle allait sortir de ses gonds.

Ses hanches commencèrent à bouger inconsciemment, essayant de suivre sa langue, pour obtenir plus de pression sur son clitoris.

— Tu aimes ça ? demanda Eagle, et Taylor put sentir la chaleur de son souffle contre elle.

Pratiquement haletante, elle opina du chef.

— Bien. Parce que j'adore ça, putain, marmonna Eagle. Je pourrais continuer toute la nuit.

— S'il te plaît, lâcha-t-elle dans un long soupir.

— Tu veux venir ?

— Mon Dieu, oui ! S'il te plaît !

— J'aime t'entendre supplier, Fleur, mais tu n'auras jamais à implorer pour quoi que ce soit de ma part.

Puis il leva la tête et s'accrocha à son clito une fois de plus. Taylor se rendit compte qu'il l'avait taquinée pendant tout ce temps. Sa langue était comme un vibromasseur contre sa chair sensible, et elle voulait à la fois qu'il s'arrête et qu'il se serre plus fort contre elle.

— Eagle..., gémit-elle.

En réponse, il suça plus fort.

Il n'en fallut pas moins à Taylor pour atteindre un orgasme qu'elle n'avait jamais connu auparavant. C'était comme si tous les muscles de son corps se bloquaient. Elle frémit et trembla, et elle était sûre de s'être évanouie pendant une seconde.

Quand elle revint à elle, elle était assise sur la poitrine d'Eagle. Elle ne se souvenait pas d'avoir bougé, mais peut-être qu'il l'avait tirée vers le bas pour qu'elle ne l'étouffe pas. Pendant un moment, elle fut embarrassée, jusqu'à ce qu'il parle.

— Putain, elle est si belle, avoua-t-il en se léchant les lèvres.

Taylor vit que son menton et ses joues brillaient de son jus, et elle se sentit de nouveau gênée. Mais alors, Eagle attrapa sa hanche dans sa main et commença à la faire glisser le long de son corps.

— J'ai besoin de toi, dit-il doucement.

Oui. Elle avait besoin de lui aussi. Tendant la main entre ses jambes, Taylor saisit son sexe. À son contact, il prit une vive inspiration.

— Préservatif, souffla-t-il.

— Où ? interrogea Taylor.

— Dans mon portefeuille, dans mon pantalon.

C'était ridicule qu'elle soit découragée de constater qu'il était si bien préparé. Elle devrait être ravie qu'il veuille la protéger. Elle ne prenait pas la pilule, et ils n'avaient pas discuté des maladies sexuellement transmissibles.

Elle se pencha vers lui et attrapa son jean, qui n'avait pas tout à fait atterri sur le sol lorsqu'il l'avait enlevé plus tôt, le laissant à portée de main.

Elle ouvrit son portefeuille et trouva le préservatif à l'intérieur. Elle étudia l'emballage, essayant de retrouver le sentiment d'euphorie qu'elle avait eu quelques instants auparavant, après avoir joui.

Mais Eagle le lui prit des mains et la tira vers lui. Taylor posa ses mains sur le matelas de chaque côté de ses épaules pour se tenir en équilibre.

— Regarde-moi, Tay, ordonna-t-il.

À contrecœur, elle s'exécuta.

— Il est dans mon portefeuille depuis deux semaines. Et c'est tout. Je n'ai pas l'habitude d'en avoir sur moi comme un étudiant excité. Mais je me connais. Je te désire depuis un sacré bout de temps, et même si je n'avais aucune idée que ça allait arriver ce soir, je sais que je le *voulais*. Je n'ai été avec personne depuis des années. C'était mon choix. Jusqu'à ce que je te rencontre.

Taylor ferma les yeux de soulagement.

— Taylor, reprit-il.

Elle ouvrit les yeux une fois de plus.

— Je ne peux pas promettre de ne jamais me comporter comme un con. Je vais probablement beaucoup t'énerver. J'ai tendance à passer trop de temps à penser au travail, et j'oublie d'exécuter certaines tâches comme sortir la poubelle et ramasser mon courrier. Mais je *peux* te certifier que je n'agirai jamais délibérément dans le but de te blesser. Ou de te mettre en danger. Et te faire l'amour sans protection avant de parler de contraception ou d'enfants pourrait être préjudiciable. Sans compter que je veux me faire tester pour que tu puisses avoir la preuve que je suis clean.

Taylor avala de travers.

— Je le suis aussi. Et je ne prends pas la pilule.

Il hocha la tête.

— Ce préservatif a toujours été destiné à être utilisé avec toi. Je te le jure.

— Je te crois.

Et c'était vrai.

— Bien. Maintenant, lève-toi.

Obéissante, Taylor s'assit.

— À genoux, ordonna Eagle. Et recule un peu.

Elle décida qu'elle aimait bien qu'il soit autoritaire comme ça. Elle s'exécuta et rougit en constatant combien l'intérieur de ses cuisses était humide. Elle n'avait jamais été aussi mouillée auparavant.

Il l'observa lentement, de la tête à son entrejambe, en passant par ses seins et son ventre. Puis elle sentit ses mains effleurer ses plis, et elle frissonna. Elle était consciente qu'il était en train de mettre la capote, mais elle ne pouvait pas détourner le regard de ses yeux.

Il saisit sa hanche une fois de plus.

— Guide-moi, lui intima-t-il.

En regardant vers le bas, Taylor vit son membre dur, recouvert du préservatif, s'arquer vers son nombril. Elle le prit dans sa main et il tressaillit à son contact.

— Putain, jura Eagle.

Taylor avança sur ses genoux jusqu'à planer au-dessus de lui. Elle utilisa son gland pour se caresser pendant une seconde et pour répandre sa mouille sur lui. Elle aima la taille de son membre. Il n'était pas si épais, mais elle avait le sentiment qu'il serait difficile de le prendre tout entier à cause de sa longueur.

— Vas-y, insista Eagle.

Taylor approcha son sexe de son entrée et commença à l'enfoncer lentement en elle.

Ils gémirent tous deux à la sensation.

Elle s'arrêta quand il n'était plus qu'à mi-chemin. Cela faisait un moment qu'elle n'avait pas été avec quelqu'un, et le frottement de son membre au fond d'elle était légèrement douloureux.

— Doucement, chantonna Eagle, et elle fut reconnaissante qu'il ne prenne pas le dessus et ne s'introduise pas à fond.

Sa main se déplaça entre eux, et il utilisa son pouce pour caresser son clitoris encore sensible.

Taylor eut une secousse, prenant un peu plus de lui dans son corps.

— C'est ça, dit Eagle. Prends ton temps. Je peux rester allongé ici toute la nuit et contempler ton magnifique corps. Ton sexe est tellement serré autour de ma queue, et je n'ai jamais rien vu de plus érotique de ma vie.

Ça marcha. Taylor gémit à ses mots sales et s'enfonça complètement, prenant tout de lui.

— Putain, c'est trop bon ! lâcha Eagle. Tu es si chaude et tendue, tu étrangles pratiquement ma queue.

Taylor se sentait extrêmement pleine, mais dans le bon sens du terme. Elle jurait qu'elle pouvait le sentir tout au fond d'elle. C'était légèrement inconfortable, mais pas assez pour avoir envie de se retirer.

Elle n'allait pas s'arrêter maintenant, pas question. C'était presque incroyable qu'Eagle soit en elle. Elle n'avait pas prévu cela quand elle avait ouvert sa porte plus tôt, mais elle ne pouvait pas être plus heureuse.

— Prends le temps qu'il te faut, répéta Eagle.

Clignant des yeux, Taylor se rendit compte qu'elle était restée assise sur Eagle alors qu'elle était perdue dans ses pensées. Lentement, elle se souleva de lui, puis redescendit.

Eagle ne parla pas, mais le regard intense d'extase sur son visage en disait assez. Taylor souhaitait le flatter. Il l'avait fait jouir, et maintenant c'était son tour. Elle n'avait jamais eu d'orgasme pendant une pénétration, et elle doutait qu'elle en ait maintenant. Mais elle voulait qu'Eagle en profite.

Alors, elle commença à bouger. De haut en bas, en contractant ses muscles internes pour se soulever, mettant tout en œuvre pour que leur première fois soit bonne pour lui.

— Tu en fais trop, gronda Eagle.

Taylor arrêta de bouger, le regardant sous son corps.

— Quoi ?

— Tu en fais trop, répéta Eagle. Laisse-toi aller. Concentre-toi sur ton propre plaisir.

— Tout est bon, protesta-t-elle.

— Tu as confiance en moi ? demanda Eagle.

Taylor comprit qu'elle devait mal s'y prendre s'il pouvait avoir l'air si normal en plein milieu de l'acte. Elle se mordit la lèvre et hocha la tête.

— Penche-toi un peu en avant et place tes mains sur ma poitrine, ordonna Eagle.

Dubitative, Taylor s'exécuta.

— Maintenant, soulève tes hanches, juste un peu. Là, stop. Parfait. Tu es à l'aise ?

— Oui.

— Bien. Ne bouge pas. Quoi qu'il arrive. Compris ?

— Mais...

— Pas de mais... Ne bouge pas, l'interrompit Eagle.

Taylor n'avait aucune idée de ce à quoi il pensait. Comment allait-elle pouvoir le faire jouir si elle ne se déhanchait pas ?

Mais elle n'eut pas le temps de se demander ce qui se passait, car elle sentit ses doigts sur son clito une fois de plus.

Haletante, elle s'agita de nouveau.

— Ne bouge pas, Fleur. Je te l'ai dit, tança Eagle.

Elle se figea.

Ses doigts ne s'arrêtèrent pas. Ils frottèrent brutalement contre son clitoris... et, en quelques secondes, elle était encore sur le point de jouir.

— Eagle ! gémit-elle.

— C'est ça. Putain, j'adore quand tu te serres contre ma queue. C'est tellement bon, bordel. Viens sur moi, Tay. Je veux le sentir.

Elle n'aurait pas pu empêcher un orgasme d'arriver si sa vie en avait dépendu. Elle enserra violemment le bord alors qu'il manipulait son corps de manière experte.

À la seconde où elle commença à jouir, Eagle saisit ses hanches et se jeta sur elle. Le choc de son corps contre le sien lui déclencha un cri. Mais il ne s'arrêta pas. La tenant toujours au-dessus de lui, Eagle lui fit l'amour vite et fort. Son long sexe s'enfonçant en elle encore et encore.

Taylor ne put s'empêcher d'élargir sa position, en désirant plus. Le nouvel angle lui permettait d'aller encore plus profondément, et son orgasme n'en finissait pas pendant qu'il la pénétrait. Rien n'avait *jamais* été ressenti comme ça avant.

Il ne fallut pas longtemps à Eagle pour geindre. Il attrapa ses hanches encore plus énergiquement, et, après une poussée extrêmement dure, la tira vers le bas, la tenant fermement contre lui.

Fascinée, Taylor le regarda déglutir, puis sa bouche s'ouvrit, et il jouit dans un long gémissement. Ils étaient tous les deux en sueur, et Taylor pouvait le sentir se contracter et se tordre dans son corps.

Cela prit un moment, mais Eagle laissa finalement échapper un grand souffle, comme s'il l'avait retenu. Taylor s'effondra sur lui comme si elle était désossée. Elle pouvait voir sa poitrine bouger de haut en bas à chaque respiration laborieuse, et son cœur battait vite sous sa joue.

— Putain de merde, chuchota-t-elle.

Eagle ricana. Elle sentit une main passer sur ses cheveux.

— Tu m'as tué, plaisanta-t-il.

Taylor releva la tête.

— Je croyais que tu avais dit que je pouvais être la cheffe ?

Il sourit d'un air penaud.

— Je l'avais prévu, mais je ne pouvais pas supporter l'idée que tu hésites. Et une fois que je t'ai sentie jouir sur ma queue, je n'ai pas pu me retenir. Désolé.

— Ne le sois pas, lui répondit-elle immédiatement, en

reposant sa joue sur sa poitrine. C'était incroyable. Je n'ai jamais...

Sa voix s'éteignit.

— Jamais quoi ? lui demanda-t-il doucement.

Décidant qu'elle voulait être aussi honnête que possible avec lui, elle lui avoua :

— Je n'ai jamais eu d'orgasme pendant une pénétration.

— Vraiment ? s'étonna-t-il.

Taylor acquiesça.

— Eh bien, ça craint. Mais je te promets que je m'impliquerai le plus possible pour te faire jouir avant *et* pendant, et peut-être même *après* le sexe à partir de maintenant.

— Après ? répéta-t-elle en somnolant.

— Oui, qui a dit que les moments amusants devaient se terminer après l'amour ? questionna-t-il.

— Eh bien, personne, je suppose. C'est seulement que je n'ai jamais eu de mec qui avait envie d'autre chose que de dormir ensuite.

— S'il te plaît, ne parle pas d'autres hommes dans ton lit pendant que tu es allongée nue et satisfaite dans mes bras, plaida Eagle.

Taylor opina du chef.

— Désolée. Mais tu as posé la question, alors j'ai répondu.

— C'est vrai. De toute façon, il se peut qu'après l'amour, je prenne trop de plaisir à t'achever. Je serais capable de te dévorer une nouvelle fois, ou peut-être que j'utiliserais un vibromasseur sur toi. Te voir jouir est sacrément sexy, Taylor, et je pense que je pourrais devenir accro.

Taylor rougit. Elle sentit son membre tressaillir en elle et se rendit compte qu'il ne l'avait pas retiré. Elle releva la tête et dit :

— Hum... tu es toujours en moi.

— En effet, confirma-t-il. Et ça fait un bien fou.

— Comment est-ce possible ? s'étonna-t-elle.

Il sourit.

— Tu as peut-être remarqué qu'il est assez long.

Résistant à l'envie de rouler des yeux et de lui demander s'il avait mesuré son sexe quand il était adolescent et s'était vanté de sa taille, elle opina simplement du chef.

— Tant qu'aucun de nous ne bouge, je peux rester en toi toute la nuit, même mollement, l'informa-t-il.

Les yeux de Taylor s'écarquillèrent.

— Je ne mens pas, lui déclara Eagle. Mais malheureusement, je dois m'occuper du préservatif.

Elle fronça les sourcils.

— Je sais. Je ne veux pas me déplacer non plus. Il n'y a rien que je désire plus que de m'endormir en toi et de me réveiller dans le même état.

Elle le souhaitait aussi.

— Merde, j'ai senti tes muscles internes se contracter. Tu aimes cette idée, n'est-ce pas ?

Ce serait idiot de mentir. Taylor hocha la tête.

— Alors, c'est ce que tu auras. Après avoir passé des tests et prouvé que tu peux me faire confiance. Tu devras prendre une contraception si tu ne veux pas tomber enceinte. J'ai le sentiment qu'une fois que je t'aurai eue à nu, je ne voudrai plus utiliser de préservatifs.

Puis il la déplaça lentement de sa poitrine vers sa droite, et ils gémirent tous deux quand il glissa finalement hors de son corps.

— Je reviens tout de suite, souffla Eagle, en se penchant vers elle et en l'embrassant sur le front. Ne bouge pas.

Comme si elle en était capable. Taylor resta sur le dos et regarda Eagle se diriger d'un pas assuré vers la salle de bains attenante. Elle entendit l'eau couler, et bientôt, il revenait vers elle. Il était toujours nu et aussi beau que la première fois qu'elle l'avait vu sur son lit.

Mais le bandage blanc sur sa blessure était un rappel brutal qu'elle avait failli le perdre.

Il éteignit la lumière de la chambre en retournant s'allonger, et, quand il se glissa sous le drap, Taylor se tourna immédiatement vers lui.

— J'avais oublié ton bras. On lui a fait mal ?

— Non, répondit-il facilement.

— Est-ce que tu me mens ? demanda-t-elle, sceptique.

Eagle rit tout bas.

— Non. Je te promets que la seule chose à laquelle je pensais était ce que tu ressentais au-dessus de moi, autour de moi, sur moi.

Étonnamment, Taylor ne se sentait pas si fatiguée que ça. Il y a une seconde, elle était prête à s'écrouler, mais maintenant qu'elle était allongée avec sa tête sur l'épaule d'Eagle, dans son lit, quelque chose qu'elle n'aurait jamais imaginé pouvoir arriver un jour, elle voulait rester éveillée et s'imprégner de tout ça.

— Ta mission a été un succès ? interrogea-t-elle.

— Oui.

— Et les autres vont bien ? Ils n'ont pas été blessés ?

— Non, ils sont tous sains et saufs. Merci de m'avoir envoyé des textos pendant mon absence, lui dit Eagle. Je ne peux pas exprimer ce que cela a signifié d'allumer mon téléphone et de constater que tu pensais à moi.

— C'était le cas. C'était bizarre de ne pas discuter avec toi tous les jours, admit Taylor. Je m'y suis vraiment habituée au cours des deux derniers mois.

— Moi aussi, renchérit Eagle. Il y a eu tellement de fois où j'ai voulu prendre le téléphone, avant de me rappeler que je ne pouvais pas. Parle-moi du type effrayant au centre de soins.

Taylor soupira. Elle n'aurait pas dû le mentionner dans ses SMS. Elle n'avait pas vraiment envie de parler de lui. Pas quand Eagle et elle étaient nus dans son lit. Mais elle s'y résolut.

— Il n'a rien fait à vrai dire. Il a simplement bavardé, mais j'ai eu une sensation bizarre à son sujet. Et après qu'il a prononcé mon prénom, alors que je ne lui avais pas donné, c'était fini.

— Tu n'as pas évoqué cette partie. Il connaissait ton nom ? demanda Eagle.

Taylor pouvait entendre l'inquiétude dans son ton, et cela lui confirma qu'elle n'avait pas réagi de manière excessive à son malaise. Eagle aurait pu immédiatement l'écarter, mais il s'abstint.

— Oui. Peut-être qu'un des employés a pu lui révéler à son arrivée, ou un résident dans une conversation, mais ça m'a paru étrange.

— En effet, convint Eagle. Et l'équipe du centre n'a pas le droit de parler de toi à d'autres personnes.

— Ça arrive, lança Taylor, sans trop savoir pourquoi elle essayait de convaincre Eagle que le fait que le gars connaisse son nom n'était pas un problème alors qu'au fond d'elle-même, elle pensait le contraire. Bref, je suis partie juste après et n'y suis pas retournée cette semaine. J'ai supposé que, peut-être... peut-être tu viendrais avec moi le week-end prochain ?

— Bien sûr que oui, affirma Eagle immédiatement.

— Merci.

— Tu n'as pas à me remercier pour ça. Tu sais que je veux t'y accompagner depuis un moment. J'attendais que tu aies confiance en moi et que tu me laisses entrer avec toi.

— Eh bien, je t'ai certainement « laissé entrer » ce soir, plaisanta Taylor.

Il renâcla.

— Tu comprends ce que je veux dire.

— Oui, confirma-t-elle sérieusement. J'ignore pourquoi j'étais réticente avant. Je suppose que c'est seulement parce que la démence me rappelle un peu trop ma condition. Je sais ce qu'ils ressentent. Ils ne peuvent pas exprimer leurs pensées avec des mots, pas vraiment, mais je *sais*. Et ça me fout la trouille. En plus, beaucoup de résidents n'ont pas de famille qui leur rend visite très souvent. Ils sont seuls, comme moi.

Eagle resserra son bras autour d'elle.

— Tu n'es plus seule, lui opposa-t-il sévèrement.

— Tu n'as pas de boule de cristal, Eagle. Tu n'as aucune idée de ce que l'avenir te réserve.

— Tu veux des enfants ?

La question fit sursauter Taylor. Elle ne s'y attendait pas... et la douleur qu'elle ressentait chaque fois qu'elle pensait à sa propre enfance remonta dans son ventre.

— Je serais une mère horrible, lâcha-t-elle.

— Tu as tort. Et tu n'as pas répondu à ma question, rebondit Eagle calmement.

Taylor se sentait tout *sauf* calme. Toutes les bonnes sensations des orgasmes précédents avaient disparu maintenant. Elle aurait dû s'endormir, après tout.

— Ça n'a pas d'importance que j'en veuille ou non, lui lança-t-elle. Le fait est que je ne serais même pas capable de reconnaître mes *propres* enfants. Si je les emmenais au parc, je ne saurais pas lesquels sont les miens. Quand j'irais les chercher à l'école, je devrais attendre qu'ils viennent à moi. Je serais une mère abominable.

— Faux, reprit Eagle avec véhémence. Tu serais une

maman formidable. Pour ce qui est du parc, tu saurais ce qu'ils portent et tu garderais un œil sur eux. Même constat pour l'école.

Taylor hocha simplement la tête.

— Mon enfance a été horrible, lui déclara-t-elle tranquillement. Tu te souviens que je ne pouvais pas me connecter émotionnellement avec ma propre mère, et elle m'a abandonnée. C'était le même problème avec les foyers d'accueil dans lesquels j'étais. Et les amis ? Oublie ça. J'ai été harcelée tous les jours, jusqu'à ma dernière année. La dernière chose dont j'ai envie est de transmettre ma pathologie à quelqu'un d'autre.

— La prosopagnosie est héréditaire ? questionna gentiment Eagle.

— Il semble que oui, lui annonça Taylor.

Elle sentit ses doigts sous son menton, le soulevant jusqu'à ce qu'elle n'ait d'autre choix que de le regarder.

— Je pense que tu serais une mère exceptionnelle... que ton enfant ait une prosopagnosie ou non. Tu apprendrais à le reconnaître à ta manière. Une inclinaison de la tête, la façon dont il ou elle marche, le son de sa voix. Tu l'as dit toi-même, ton sens de l'odorat est décuplé aussi. Je ne doute pas que tu trouverais un signe distinctif à ton enfant, même si cela signifie lui faire une crête ou laisser ta fille se teindre une mèche de ses cheveux en rose. Et je ne peux rien imaginer de mieux pour un gamin atteint de prosopagnosie que d'avoir un parent atteint du même trouble. Il ou elle pourrait toujours t'en parler... Pense à la grande ressource que tu serais. Tu comprendrais vraiment ce que vit ton enfant. Et... tu aurais aussi ton mari à tes côtés. Tu ne serais pas seule, pas une seconde.

Les yeux de Taylor se remplirent de larmes.

— Pourquoi n'ai-je pas pu te rencontrer il y a des années ? Avant de devenir si cynique ?

— Tout arrive pour une raison. Si tu m'avais connu il y a cinq ans, tu ne m'aurais pas aimé. J'étais amer à propos de tout ce qui s'est passé à l'armée, et j'étais un con. On était censés se croiser quand ça s'est produit. Je n'ai aucun doute là-dessus.

— Merci, prononça doucement Taylor.

— Tu n'as pas à me remercier de te trouver géniale, lui confia Eagle. Tu dois simplement le croire toi-même.

Taylor acquiesça. Eagle releva la tête et l'embrassa durement sur les lèvres, puis relâcha son menton.

— Que s'est-il passé d'autre pendant mon absence ? s'enquit-il.

Contente qu'il ait changé de sujet, mais se sentant mieux après ses encouragements et sa foi en elle, elle répondit :

— Je n'avais pas envie de cuisiner un soir, alors je suis sortie prendre un fast-food. Et, pour la première fois de ma vie, j'ai vécu une expérience étonnante. Après avoir fait la queue pour payer, le caissier m'a dit que la voiture devant moi avait déjà réglé pour moi. C'était génial, alors bien sûr, je me suis sentie obligée de m'acquitter de la note de la personne derrière *moi*.

— C'est génial, Tay. Quoi d'autre ?

— Je suis allée déjeuner peu après avec Skylar, et quelqu'un nous a offert nos repas... ce qui était une coïncidence folle juste après le coup du fast-food. Un autre jour, je me suis rendue à Silverstone Towing parce que tu me manquais et que je me suis dit que je me sentirais plus proche de toi si j'étais là-bas. Je t'ai déjà annoncé que j'avais battu ton meilleur score au flipper – désolée, je ne suis pas désolée –, et Skylar est arrivée. On a parlé un peu, et on a prévu d'aller au centre commercial.

On y est allés avant-hier, et je te jure que je me suis sentie comme une adolescente qui se promène à nouveau dans les magasins. Skylar est hilarante. Je l'aime vraiment bien.

— Je sais de source sûre qu'elle t'aime bien aussi, affirma Eagle avec un sourire.

— Je n'ai jamais vraiment eu de bonnes expériences avec des amis, admit Taylor. Mais Skylar est tellement terre à terre. J'espère vraiment que les choses vont marcher entre nous.

— Ça ira.

— J'ai beaucoup travaillé aussi. C'était une bonne distraction pour ne pas me soucier pour toi, continua-t-elle.

— Je suis désolé que tu te sois inquiétée, mais tu sais quoi ? Je n'ai jamais eu quelqu'un qui se soit préoccupé pour moi comme ça avant.

Taylor traça avec son doigt les quelques cicatrices apparues depuis longtemps sur sa poitrine. Elle n'avait aucune idée de leur origine, mais elle était consciente que la vie de soldat des forces spéciales, et maintenant de Silverstone, n'était pas exactement comme celle dans un bureau. C'était beaucoup plus dangereux.

Eagle poursuivit.

— Je ne suis pas proche de ma famille. Je veux dire, nous nous entendons bien, mais nous sommes simplement des personnes complètement différentes. Mon frère a dix ans de plus, et je ne le vois jamais. Mon père et ma mère veulent bien faire, mais ils n'ont jamais approuvé mon entrée dans l'armée. Ils n'ont aucune idée de ce que j'accomplis maintenant. Et je n'ai jamais eu quelqu'un qui m'attendait quand je rentrais de mission. Je crois que ça me plaît.

Taylor se blottit contre lui et fut récompensée par son bras qui se resserra autour d'elle.

— Tu sais ce que j'aime ? demanda-t-elle.

— Quoi ?

— Ça. Pouvoir te parler en personne juste avant de m'endormir, plutôt qu'au téléphone.

Il y avait un risque de se rendre vulnérable en admettant cela, mais il était trop tard pour revenir en arrière.

— Moi aussi, convint-il.

— Je vais vouloir voir ton bras demain matin. Tu ne m'as pas autorisée à le regarder.

Un gloussement gronda dans la poitrine d'Eagle.

— OK, Fleur. Je vais te laisser m'examiner et m'embrasser pour que ça aille mieux.

— Waouh, ça semble sale, lui dit-elle en secouant légèrement la tête.

— Eh bien, ton homme a l'esprit sale, rétorqua-t-il.

Son homme. Taylor aimait ça.

— Mais il est aussi épuisé, lui confia Eagle. Mon plan était de discuter un moment, puis de te refaire l'amour, mais je ne suis pas sûr de pouvoir garder les yeux ouverts aussi longtemps.

— C'est bon. Je suis un peu endolorie, admit Taylor.

— J'aurais dû te faire couler un bain, souffla Eagle en s'endormant.

Taylor fut touchée qu'il ait suggéré cette attention.

— Ne t'inquiète pas.

— Tu m'as manqué, Fleur, bredouilla-t-il.

Il était évident qu'il était presque inconscient.

— Tu m'as manqué aussi, répondit Taylor.

Puis elle n'entendit que ses respirations profondes alors qu'il sombrait dans un sommeil réparateur.

Inhalant son parfum dans ses poumons, Taylor ferma les yeux à son tour. La nuit ne s'était pas déroulée comme elle l'avait imaginé... mais tellement mieux.

CHAPITRE 13

Les derniers jours avaient été idylliques. Eagle était le petit ami dont Taylor avait toujours rêvé. Il était incroyablement attentif, et il s'assurait toujours qu'elle prenne son pied plusieurs fois.

Mais même en dehors de l'intimité, il était incroyable. Il ne s'attardait pas. Il la laissait faire ses relectures pendant qu'il allait pratiquer ses propres activités, et il ne la mettait jamais mal à l'aise si elle devait travailler au lieu d'être avec lui.

Il avait passé la journée entière à Silverstone Towing après son retour de mission, à débriefer avec ses amis. Et après avoir examiné son bras, Taylor avait constaté que ce n'était qu'une écorchure. Mais elle n'avait pas pour autant cessé de s'inquiéter pour lui et de se demander s'il souffrait.

Taylor était également allée dîner avec Skylar un soir, qui avait compris rien qu'en la regardant qu'Eagle et elle avaient franchi une étape dans leur relation. C'était toujours bizarre de parler de sa vie amoureuse avec une autre femme, mais c'était rassurant de voir que Skylar éprouvait la plupart des mêmes craintes au sujet de la sécurité des gars quand ils étaient en mission.

Elle n'avait pas été confrontée à d'autres hommes effrayants qui essayaient de discuter avec elle, et même la visite au centre de soins pour personnes âgées atteintes de démence avec Eagle s'était bien déroulée. Il était incroyable avec les résidents, restant en retrait quand il était évident que quelqu'un était mal à l'aise avec sa présence, et engageant une conversation de trente minutes avec l'un des vétérans.

Dans l'ensemble, Taylor ne se souvenait pas d'avoir été plus heureuse, ce qui la terrifiait au plus haut point. Parce qu'il semblait que, chaque fois qu'elle baissait sa garde, la vie lui envoyait une balle courbe.

Ce jour-là, elle était assise à la table de sa cuisine pour relire un nouveau livre qu'on lui avait envoyé. Il s'agissait d'un thriller écrit par un auteur à succès du *New York Times*, et elle avait du mal à se concentrer sur son travail et à ne pas se perdre dans l'histoire, quand on frappa à sa porte.

Surprise, Taylor baissa les yeux sur son téléphone. D'habitude, Eagle lui envoyait un SMS lorsqu'il était en chemin, mais elle n'avait pas eu de nouvelles de lui depuis quelques heures. Sentant les papillons dans son ventre s'envoler à l'idée d'avoir à faire à quelqu'un qu'elle pourrait ou non connaître, elle se dirigea vers l'entrée. En regardant par le judas, elle vit un homme. Il portait un tee-shirt gris et une salopette bleue, ainsi qu'une casquette de baseball.

— Qui est-ce ? cria-t-elle, refusant d'ouvrir à un étranger.

— Entretien, madame, lui répondit l'homme en levant les yeux à sa hauteur.

Elle put voir que ses iris étaient bruns et qu'il souriait. Il brandit le grand objet plat qu'il tenait dans sa main droite et un prospectus dans sa main gauche.

— Je suis ici pour changer votre filtre à air.

Soupirant de soulagement, Taylor se souvenait d'avoir aperçu les mêmes avis affichés dans le complexe. Les gérants faisaient toujours savoir aux résidents quand quelqu'un viendrait réaliser l'entretien de routine des logements ou la désinsectisation. Elle l'avait oublié jusqu'à cette seconde. Elle retira la chaîne, débloqua le verrou et ouvrit la porte.

— Bonjour, désolée pour ça, lui dit-elle.

L'homme haussa les épaules.

— On n'est jamais trop prudent de nos jours. Une jolie femme comme vous pourrait se retrouver dans une mauvaise situation si elle n'était pas sur ses gardes.

Sur ce, l'homme la déborda et pénétra dans son appartement.

L'apaisement qu'elle avait éprouvé disparut instantanément, et Taylor regretta d'avoir ouvert la porte. Mais il était trop tard maintenant.

Puis quelque chose d'autre la frappa. Alors que l'homme de maintenance était passé devant elle, sa forte odeur se répandit jusqu'à ses narines.

Javel, antiseptique et urine.

Il sentait exactement comme la maison de soins pour démence... et le type qu'elle y avait rencontré.

Taylor se creusa la tête, essayant de se remémorer le moindre détail sur celui qui l'avait effrayée ce fameux dimanche, mais bien sûr, rien ne ressortait. Elle se souvenait de ce qu'il portait, mais cela ne l'aidait pas en ce moment.

Comprenant qu'elle était toujours figée sur place, elle s'enfonça un peu plus loin dans son appartement, mais ne ferma pas la porte. Elle pourrait avoir besoin de s'échapper rapidement, et, si elle devait prendre le temps de l'ouvrir, il pourrait être en mesure de l'empêcher de partir. Comme c'était le milieu de la journée, la plupart de ses voisins étaient partis travailler. Il n'y avait probablement personne dans les environs qui aurait pu l'entendre crier à l'aide.

Elle détestait être aussi méfiante envers quelqu'un, mais elle n'avait aucune idée de la raison pour laquelle cet agent de maintenance sentait comme les résidents du centre de soins. Cela n'avait pas de sens, et peut-être que sortir avec Eagle l'avait rendue plus paranoïaque... mais quelque chose clochait.

Pour la première fois, Taylor se rendit compte qu'elle tenait toujours son téléphone. Dieu merci.

En levant les yeux pour voir où était l'homme, elle constata qu'il était à genoux dans le couloir, en train de bricoler la grille qui recouvrait le filtre de son climatiseur. Comme s'il sentait qu'elle le regardait, il leva les yeux.

— Alors... la plupart des résidents ne sont pas chez eux à cette heure de la journée. Vous travaillez à la maison ?

Refusant de discuter avec cet inconnu, et son intuition lui hurlant de s'éloigner de lui, elle cliqua sur le nom d'Eagle et porta son téléphone à son oreille.

— Hé, Tay, quoi de neuf ?

— Salut, Kellan. J'ai eu ton message. Tu es en route ?

Elle espérait qu'en utilisant son prénom, elle pourrait l'alerter immédiatement sur la situation. Ça, ajouté au fait qu'il ne lui avait pas envoyé de texto et n'était certainement pas sur le chemin de son appartement.

— Qu'est-ce qui ne va pas ? grogna Eagle.

— Super. Le gars de la maintenance est là pour changer mon filtre, mais on peut partir dès qu'il a fini.

— Il y a quelqu'un ? Dans ton appartement ? Tu vas bien ?

— Oui, il vient juste d'arriver. Mais je suis sûre que ça ne prendra pas longtemps, non ? demanda Taylor à l'homme toujours agenouillé dans son couloir.

Elle ne pouvait pas déterminer si c'était son imagination qui lui jouait des tours, mais il avait l'air irrité ou il était en train de paniquer, désormais.

— Bien sûr, marmonna-t-il, et il reporta son attention sur le filtre.

— Je suis en route, lui annonça Eagle, et Taylor put entendre le moteur de sa voiture démarrer. Reste près de la porte.

— C'est ce que je fais, lui confirma-t-elle.

— Et s'il entreprend quoi que ce soit qui te rende nerveuse, pars. Je me moque que tu le laisses dans ton appartement – *rien* n'est plus important que ta sécurité.

— OK, acquiesça-t-elle. Je pense que je suis d'humeur à manger des pâtes pour le déjeuner.

— Tu te débrouilles très bien, lui avoua Eagle. Continue à parler. Je ne raccrocherai pas avant qu'il parte ou que je sois là.

— Bien, approuva Taylor avec soulagement.

Elle maintenait une conversation à sens unique sur rien de particulier tout en gardant un œil sur l'homme de maintenance. Eagle ne cessait de l'encourager et de lui donner des nouvelles de l'endroit où il se trouvait et de l'heure à laquelle il arriverait.

— C'est bon, lâcha le type en se levant. Comme neuf.

— Merci, lui dit Taylor, sans retirer le téléphone de sa bouche.

Elle était consciente que c'était impoli, et si c'était vraiment un agent d'entretien, elle se sentirait coupable plus tard d'avoir douté de lui... mais elle ne pouvait pas enlever cette odeur de son nez.

Il s'avança vers elle, et Taylor s'efforça de ne pas reculer quand il s'approcha.

— Il s'en va ? lui demanda Eagle à l'oreille.

— Hum, hum !

— C'était sympa de vous voir, déclara l'homme. Passez une bonne journée.

Puis il lui adressa un signe de tête et se dirigea vers sa porte ouverte.

Après qu'il eut disparu, Taylor lui donna dix secondes supplémentaires pour s'assurer qu'il était suffisamment loin dans le couloir. Bien sûr, il pouvait être à l'affût juste derrière la porte, mais elle espérait que le fait qu'elle soit au téléphone avec quelqu'un l'empêcherait de commettre quelque chose de fou... si c'était bien son intention.

Ce ne fut qu'une fois la porte fermée et le verrou enclenché qu'elle osa respirer.

— Il est parti ? s'enquit Eagle.

— Oui, lâcha Taylor d'une voix tremblante.

— C'était sympa de vous *voir* ? C'était quoi ce bordel ? grogna Eagle.

Taylor n'avait même pas prêté attention à ce détail. La majorité des gens ne diraient-ils pas que c'était sympa d'avoir *rencontré* quelqu'un ? Merde, maintenant, elle était *vraiment* effrayée !

— Qu'est-ce qu'il portait ? aboya Eagle. J'y suis presque. Je vais voir si je peux le trouver sur le parking et discuter avec lui.

— Chemise grise, salopette, casquette de baseball, lui répondit Taylor.

Elle était soulagée qu'il ne lui ait pas demandé à quoi ressemblait l'homme. La plupart n'auraient pas réfléchi à deux fois à leur question, mais il était évident qu'Eagle y prêtait plus attention.

— Je pense qu'il avait les cheveux bruns, proposa-t-elle. Je n'ai pas pu en voir beaucoup à cause de la casquette. Et il avait des tennis blanches.

— OK, bébé. Je suis sur le point de rentrer sur le parking.

— Il sentait, chuchota-t-elle.

— Quoi ?

— Il sentait. Je l'ai reconnu. Comme au centre de soins. J'ai immédiatement pensé au type effrayant qui s'était assis à côté de moi dans la cour... mais ça ne peut pas être lui, n'est-ce pas ?

Mais au lieu de la rassurer, Eagle reprit :

— Je vais raccrocher maintenant. Je suis là, et je vais observer autour de moi avant de monter. Je t'enverrai un texto juste avant de frapper pour que tu saches que c'est moi. OK ?

— OK. Sois prudent.

— Toujours, affirma-t-il comme elle s'y attendait, puis il raccrocha.

Taylor s'éloigna de la porte et serra son téléphone contre sa poitrine. Son cœur battait à cent à l'heure.

Pourquoi l'homme du centre de soins serait-il venu ici ? Comment savait-il où elle vivait ? Y avait-il au moins un lien ? Peut-être qu'il *travaillait* vraiment pour le complexe d'appartements...

Rien n'avait de sens, et ça foutait la trouille à Taylor.

Elle fixait la porte de son appartement et priait pour qu'Eagle se dépêche.

* * *

Eagle n'était pas content que Taylor soit effrayée. Quand il l'avait quittée ce matin-là, elle était endormie et rassasiée. Elle n'avait aucun problème de mémoire, mais il était plus que disposé à lui rappeler chaque jour qu'*il* était l'homme dans son lit. Tous les matins, dès qu'ils étaient tous les deux réveillés, il disait immédiatement « Bonjour, Fleur », et le soulagement et l'amour dans ses yeux le faisaient presque craquer.

Il savait que c'était de l'amour. Parce qu'il éprouvait exactement la même chose. Aucun des deux ne l'avait déclaré clairement, mais il ne pouvait nier que le sentiment était là.

L'entendre prononcer son prénom l'avait extirpé de la douce humeur qu'il avait eue toute la matinée. Elle ne l'appelait *jamais* Kellan, et il avait su immédiatement que quelque chose n'allait pas. Il détestait la façon dont sa voix avait tremblé ; il avait bougé avant même d'y songer.

Les autres gars étaient au travail, donc il n'avait pas de renfort. Son obsession était de rejoindre Taylor. Mais maintenant qu'elle était de nouveau enfermée derrière sa porte, relativement en sécurité pour le moment, il prit le temps de téléphoner à Gramps tandis qu'il roulait lentement autour du parking, à la recherche de quelqu'un qui correspondait à la description que Taylor lui avait donnée.

— Hé, Eagle ! Quoi de neuf ? clama Gramps en décrochant.

— J'ai besoin de ton aide. Et des autres gars aussi.

— Pourquoi ? Qu'est-ce qui ne va pas ?

— Je ne sais pas. Peut-être rien, mais je ne suis pas prêt à risquer la vie de Taylor.

Il expliqua qu'elle l'avait appelé et qu'elle avait le sentiment que l'homme qui avait prétendu être de la maintenance était le même qui l'avait fait flipper au centre de soins.

— Je suis sur le parking, dit Eagle à son coéquipier. Je vais regarder autour de moi, mais j'aurais besoin d'aide.

— Tu gères. Je vais appeler Bull et Smoke, promit Gramps sans hésiter. Je termine une communication, mais je serai là dès que je pourrai. Ça va aller d'ici là ?

— Oui. Taylor est dans son appartement, donc elle est en sécurité pour le moment. Merci, Gramps.

— Tu n'as pas à me remercier, lui répondit Gramps. À bientôt.

Puis il raccrocha.

Eagle n'avait vu personne qui ressemblait de près ou de loin à l'agent de maintenance, ce qui était un indice en soi. S'il avait vraiment été un employé du complexe d'appartements, il aurait dû être quelque part. En train de frapper à la porte de quelqu'un d'autre, de récupérer des fournitures dans un véhicule ou un entrepôt, peu importe. Mais les seules personnes qu'il voyait se promener étaient manifestement des résidents.

Cependant, Eagle était également conscient que le type avait pu changer de vêtements pour se fondre dans la masse. Parce que Taylor ne pouvait pas l'identifier par ses traits, Eagle était vraiment désavantagé. Ce n'était pas une situation dans laquelle il se trouvait très souvent, et il n'aimait pas ça. Pas du tout.

Il envoya un rapide message à Taylor.

Eagle : Tout va bien. J'attends que mon équipe m'aide à mettre les choses au clair. Tu vas bien ?

Elle répondit immédiatement.

Taylor : Oui. Je vais bien. Je me sens un peu stupide, en réalité. Je suis sûre que c'était simplement l'homme de la maintenance. Je suis désolée de t'avoir fait venir ici pour une chasse aux fantômes.

· · ·

Le plan d'Eagle était d'attendre les gars et de fouiller chaque recoin du complexe d'appartements et des environs, mais il avait besoin de prendre une seconde pour parler à Taylor en face à face.

Eagle : J'arrive. Je serai là dans une minute ou deux.

Puis il se dirigea vers les escaliers, les gravissant deux par deux, et il était devant l'appartement de Taylor en quarante-cinq secondes. Il prit une profonde inspiration avant de frapper, essayant de se contrôler. Son appel paniqué l'avait secoué plus qu'il ne voulait l'admettre.

Il avait affronté des terroristes, des meurtriers et des personnes dont le seul but dans la vie était de tuer les autres… mais il ne pensait pas avoir été aussi effrayé que lorsqu'il avait compris que Taylor était seule dans son appartement avec quelqu'un qui lui voulait peut-être du mal. Il n'avait aucune idée de qui pouvait avoir envie d'attenter sur sa Taylor – si c'était le cas –, mais il allait faire tout ce qui était en son pouvoir pour la garder en sécurité.

Il était un Delta. Des forces spéciales. Lui et son équipe avaient l'entraînement et la capacité de tout mettre en œuvre pour s'assurer que personne ne la touche, mais… comment combattre un fantôme ? Taylor n'était pas en mesure de décrire l'homme, et savoir l'identifier par son odeur n'allait pas vraiment fonctionner dans une chasse à l'homme.

Eagle frappa trois fois à la porte de l'appartement de Taylor.

— Tay ? C'est moi, Eagle. Ouvre la porte, Fleur.

À la seconde où il prononça leur mot de passe, il entendit les serrures se déverrouiller. Puis elle était dans ses bras. Il la fit reculer, sans la lâcher, et ferma la porte d'un coup de pied. Il scruta autour de lui et ne vit rien qui semblait sortir de l'ordinaire. Il poussa un soupir de soulagement et enfouit son visage dans ses cheveux pendant un moment.

Comme d'habitude, ses boucles étaient en désordre, et, pendant une seconde, Eagle l'imagina étendue, blessée et immobile sur le sol, ses magnifiques frisons entourant son visage comme une sorte de halo macabre.

Branlant du chef, Eagle refusa de penser à la mort de Taylor. Non, il venait juste de la trouver. Il n'allait pas la perdre maintenant.

Il se retira et posa ses mains de chaque côté de sa tête. Elle leva les yeux vers lui, tenant ses poignets dans une prise serrée.

— Tu vas bien ? s'enquit-il, ayant besoin que ce soit réel.

Elle acquiesça.

— Raconte-moi ce qui s'est passé. Depuis le début.

— On a frappé à la porte. Je savais que ce n'était pas toi parce que tu me préviens toujours quand tu viens, et je ne pouvais pas imaginer qui d'autre cela pouvait être. J'ai regardé par le judas et demandé qui c'était. Il a dit qu'il était de la maintenance et qu'il venait pour changer mon filtre à air. Alors, je l'ai laissé entrer. Il avait la tête de l'emploi, Eagle. Et il avait l'un des prospectus affichés partout dans le quartier depuis quelques jours, nous informant que quelqu'un allait passer. Je n'aurais pas ouvert la porte si je ne l'avais pas cru.

— Je sais, continue, intima Eagle.

— Bon, alors, il avait un filtre à air dans la main, et quand il est passé devant moi après que j'ai ouvert la porte, je l'ai senti. Je ne suis pas folle, rebondit fermement Taylor. Il n'y a pas moyen qu'un homme d'entretien dégage cet effluve. Javel, désinfectant et urine. Je suis allée au centre de soins assez souvent pour connaître cette odeur.

— Je te crois, déclara Eagle.

Ces trois mots semblèrent la calmer.

— J'ai eu peur. Je me souviens du type au centre de soins qui s'était assis trop près de moi – il sentait aussi comme ça. Alors, j'ai gardé la porte ouverte au cas où j'aurais besoin de m'enfuir d'ici et je t'ai appelé. Je ne voulais pas vraiment lui faire savoir que j'étais mal à l'aise, bien que je pense qu'il l'avait deviné de toute façon. Pendant que je te parlais, il a fini de changer le filtre et est parti. Il n'a pas dit grand-chose, sincèrement.

— Tu as bien réagi, la rassura-t-il.

— Qu'est-ce qui se passe, Eagle ? demanda Taylor.

Il se pencha et embrassa son front avec respect.

— Je n'en sais rien. Mais je vais m'efforcer de le découvrir.

— OK.

Un mot n'avait jamais signifié autant. Taylor lui faisait confiance pour assurer sa sécurité. Pour découvrir si ce type était le même que celui du centre de soins. Pour mettre au jour son putain de problème. Il n'allait pas l'abandonner.

— J'ai appelé les gars. Ils sont en chemin. On va jeter un coup d'œil. Est-ce que je peux te laisser toute seule ici pendant un moment ?

— Bien sûr. Maintenant que tu es là, je sais que ce type ne reviendra pas.

Eagle voulait lui dire qu'il l'aimait, mais ce n'était ni le lieu ni le moment. Il n'allait pas pouvoir se taire longtemps, cependant. Tout en lui le suppliait de lui avouer à quel point elle comptait pour lui. Qu'il n'avait pas l'intention de la laisser partir. Jamais.

Mais… d'abord, il avait un mystère à résoudre.

* * *

Brett se renfrogna en se rappelant la façon dont l'homme avec qui Taylor sortait avait rôdé sur le parking, à sa recherche. La salope avait gâché son plaisir en téléphonant à ce gars. Il ignorait totalement comment elle avait pu se douter qu'il n'était pas celui qu'il prétendait. Elle n'aurait pas dû être alarmée du tout. Il savait qu'elle ne pouvait pas le reconnaître. Il avait dû lui fournir un indice malgré lui.

Mais même s'il n'était pas capable de lui faire tourner la tête aujourd'hui, il avait aimé les tremblements de sa voix pendant qu'elle parlait au téléphone. Il avait réussi à la toucher, et c'était aussi exaltant qu'il l'avait imaginé.

Brett ne pouvait s'empêcher de penser à la peur qu'elle allait ressentir lorsqu'il l'emmènerait dans sa cave et l'attacherait. Complètement à sa merci. Elle ne pourrait appeler personne pour la sauver.

Il était presque temps de mettre son plan à exécution. Il la suivait depuis des mois, et plus il apprenait à connaître sa Taylor, plus il était excité. Mais il avait prévu un autre rendez-vous pour elle...

Il l'avait entendue parler au téléphone quand il l'avait suivie dans une épicerie, il y a quelques jours. Il était évident qu'elle parlait à son petit ami... et qu'elle l'avait appelé Eagle.

C'était parfait pour sa dernière surprise. Utiliser le surnom de cet homme inciterait Taylor à lui faire confiance, puis elle paniquerait complètement en découvrant sa « livraison ».

Pour ce qui était de l'enlever, il devait encore attendre le bon moment. Quand il n'y aurait pas de témoins oculaires pour le décrire à la police. Quand ils ne seraient que tous les deux.

Lorsqu'il pourrait la maîtriser et la ramener à la maison.

— Donald ? entendit-il.

Sa mère l'appelait du haut de son repaire en sous-sol, et il soupira de frustration.

— Je me suis encore salie. J'ai besoin d'aide ! cria-t-elle d'une voix tremblante d'effroi.

— Putain ! jura Brett.

Ça ne le dérangeait pas que ses filles urinent de terreur. C'était marrant et excitant. Mais nettoyer les excréments de sa mère n'avait rien d'amusant.

Décidant qu'elle pouvait rester dans sa propre merde un peu plus longtemps, Brett retourna planifier sa dernière rencontre avec Taylor. Elle savait qu'il se passait quelque chose, ce qui rendait sa tâche plus difficile, mais comme il avait appris le nom de ce connard avec qui elle sortait, il serait plus facile de gagner sa confiance. Elle découvrirait qu'elle aurait dû être plus prudente, mais pas avant qu'il soit trop tard.

Oui, même si c'était plaisant de jouer avec ses nerfs, il fallait en finir. Il était temps que le *vrai* plaisir commence.

CHAPITRE 14

Eagle regarda Taylor et ne put s'empêcher de sourire. Ils traînaient dans le sous-sol de Silverstone Towing, et elle avait une ride sur le front alors qu'elle se concentrait sur le manuscrit qu'elle corrigeait. Il n'avait jamais pensé qu'il pourrait être amoureux de l'apparence d'une femme lorsqu'elle lisait.

Lui et les gars n'avaient rien trouvé sur le parking de son complexe ni autour. Il avait parlé au gestionnaire des lieux et vérifié que la maintenance *était* prévue, mais les filtres des appartements de l'étage de Taylor ne devaient pas être remplacés avant le lendemain. Eagle ne voulait pas songer à ce qui aurait pu se produire si elle n'avait pas eu la présence d'esprit de l'appeler alors que l'intrus était dans son appartement.

Taylor avait été très dure avec elle-même aussi, furieuse d'avoir laissé l'homme entrer chez elle. Il avait essayé de la rassurer en lui disant qu'elle n'avait rien fait de mal... mais cela ne signifiait pas qu'ils ne prenaient pas plus de précautions pour sa sécurité.

Elle passait la nuit chez lui depuis l'incident de l'agent d'entretien, comme ils l'appelaient. Eagle avait un peu craint de se sentir étouffé, que l'avoir dans son espace vingt-quatre heures sur vingt-quatre soit gênant. Mais en réalité, il appréciait ça. Il aimait vraiment l'avoir là. Ils ne semblaient jamais à court de sujets de conversation, et elle était tout aussi heureuse d'être assise à côté de lui sans prononcer un mot. C'était rafraîchissant, et ça le confortait dans sa décision de faire tout ce qu'il fallait pour qu'elle ait envie de rester avec lui pour toujours.

Pendant la journée, ils se rendaient à Silverstone Towing pour traîner. Elle travaillait pendant qu'il honorait quelques gardes. Avec l'équipe, ils discutaient de la destination de leur prochaine mission. Ça pourrait être l'Afrique, pour traiter avec le chef de Boko Haram, qui avait récemment attaqué une autre école de filles et pris de nouveaux otages. Ils avaient été informés que, lors de ce dernier incident, une Américaine avait aussi été kidnappée. Personne n'avait eu de nouvelles d'elle ou des autres gamines qui avaient été enlevées. C'était un désastre, et le leader devait être arrêté.

En plus de garder un œil sur l'actualité internationale, l'équipe s'efforçait de découvrir qui était l'homme dans l'appartement de Taylor. Ils n'avaient pas beaucoup de chance. Le centre de soins pour personnes atteintes de démence n'avait aucune information sur lui, et, dans les vidéos de surveillance du centre et de son complexe qu'ils avaient pu se procurer, le type gardait la tête baissée. Ils n'avaient donc aucune possibilité de l'identifier.

Le téléphone de Taylor sonna à l'heure du déjeuner. Eagle écouta sa partie de la conversation.

— Allô ? Oui, c'est elle. Oh... salut. Oui. Bien sûr que je m'en souviens, j'ai adoré cette histoire. Vraiment ? Waouh, c'est génial. Elle ferait ça ? Hum... oui, je suis intéressée. C'est pour quand ?

Les yeux de Taylor croisèrent ceux d'Eagle lorsqu'elle dit :

— Je vais devoir vérifier mon agenda et revenir vers vous. Bien sûr. Je comprends, et je suis flattée qu'elle ait pensé à moi. Un correcteur n'est généralement pas invité à une cérémonie de remise de prix. Je sais... mais quand même. Je vous recontacte dès que je peux. Probablement dans la journée. Merci de votre appel. D'accord, au revoir.

— Qu'est-ce qui se passe ? demanda Eagle dès qu'elle raccrocha le téléphone.

— C'était l'agent d'une de mes clientes. J'ai relu un livre l'année dernière qui s'est retrouvé sur la liste des best-sellers pendant quelques semaines d'affilée. L'auteure vit à Bloomington et travaille à l'université d'Indiana. L'école organise une cérémonie de remise de prix en son honneur, et elle voulait inviter tous ceux qui avaient un rapport avec son livre. Son agent, ses éditeurs, et moi, sa correctrice.

— C'est génial, Tay, rebondit Eagle, heureux qu'elle soit reconnue pour son dur labeur. C'est quand ?

Elle se mordit la lèvre.

— Le week-end prochain. Je sais que le délai est très court, et l'agent s'en est excusé, mais il s'est dit que puisque je suis si proche, je pourrais simplement m'y rendre en voiture. Mais avec tout ce qui se passe, je ne suis pas certaine...

— Accepte l'invitation, l'interrompit Eagle.

— Mais...

Il s'approcha d'elle.

— Tu devrais y aller. Tu travailles vraiment dur, et ce serait bien de sortir d'Indy pour un moment. De laisser tout le stress derrière toi.

— Tu es sûr ?

— Oui.

Elle leva les yeux vers lui, incertaine.

— Hum... Je peux amener un invité. Je ne suis pas persuadée que ce soit vraiment ta tasse de thé, mais j'adorerais t'avoir avec moi. Je peux demander à Skylar si tu ne veux pas y aller, cependant, seulement...

— Bien sûr que je veux venir avec toi, la coupa Eagle, choqué qu'elle puisse penser le contraire ne serait-ce qu'une seconde.

— Oh ! OK.

— Taylor, reprit Eagle tranquillement, je ne sais pas ce que tu penses qu'il y a entre nous, mais ce n'est pas éphémère pour moi. Je comptais déjà m'y inviter, mais je n'avais pas envie d'être présomptueux. Je suis très fier de toi et je veux soutenir ta carrière de toutes les manières possibles. Et le fait que tu sois conviée à une cérémonie de remise de prix pour l'une de tes clientes est définitivement un événement auquel je veux être impliqué.

— *Je* n'aurai pas le prix, répliqua-t-elle ironiquement.

— Ça n'a pas d'importance, éluda Eagle. Tu es invitée parce que tu as contribué à la réussite de quelqu'un d'autre. C'est génial.

Elle le regarda fixement pendant un long moment, puis dit :

— Parfois, je reste éveillée la nuit et je me demande pourquoi tu es avec moi. Ça n'a aucun sens. Je suis la fille qui n'a jamais eu de famille ni de véritable ami, et maintenant tu m'as donné les deux. Tes amis sont comme ta famille, et ils m'ont ouvert leur monde sans hésiter. C'est fou.

— C'est parce que tu es faite pour moi, déclara sérieusement Eagle. On s'équilibre l'un l'autre. Je peux reconnaître tout le monde, et toi personne. Ensemble, nous formons un couple parfait.

Il la vit déglutir difficilement et se mordre la lèvre. Il détestait la voir pleurer, même si elle était heureuse, alors Eagle demanda rapidement :

— Peux-tu obtenir une liste des personnes susceptibles d'être présentes ? Je l'étudierais, trouverais des photos des principaux auteurs et te donnerais un aperçu de qui est qui quand nous serons à la fête.

Elle cligna des yeux dans sa direction.

— Tu ferais ça ?

— Fleur, je me couperais en quatre pour toi, répondit Eagle sans hésiter.

— Je peux demander à l'agent qui sera là et te montrer leurs portraits quand nous serons à la maison.

À la maison. Il aimait le son de ces mots.

— Super.

Taylor se jeta dans ses bras, et Eagle ricana en reculant sur un pied, la serrant fort.

— Es-tu heureuse ? s'enquit-il.

— Oui. Tellement que j'ai peur que tout parte en vrille si je l'admets.

— Rien ne va dérailler, lâcha Eagle fermement.

Taylor prit du recul.

— Mais qu'en est-il du gars de la maintenance ? Nous ne savons rien de lui ni de ses motivations.

— Nous allons le trouver, déclara Eagle avec confiance.

— Comment ?

— S'il est vraiment obsédé par toi, j'ai le sentiment qu'il va de nouveau se mettre en rapport avec toi. Il voudra prendre contact. Tu es plus consciente des gens qui t'entourent maintenant, et tu es plus prudente. Si quelque chose d'inhabituel se produit, tu vas le remarquer.

— Je ne comprends pas *pourquoi*, cependant, s'étonna Taylor. Je ne suis personne. Je suis seulement moi !

— Tu n'es pas personne, rebondit Eagle. Tu es Taylor Cardin, et tu es géniale.

Elle sourit.

— Merci.

— De rien. Tu es à un bon chapitre pour faire une pause ? Tu veux monter et manger un morceau ?

Taylor tritura le badge qu'il avait mis sur sa poitrine lorsqu'il était entré à Silverstone Towing. Aucun des employés n'avait sourcillé à l'idée de devoir en porter, et en réalité, la plupart avaient été très intéressés à en apprendre plus sur la prosopagnosie.

— Oui, et oui. Je téléphonerai à l'agent plus tard. Je ne veux pas avoir l'air trop impatiente et le rappeler deux minutes après avoir raccroché.

Eagle eut un petit rire.

— Viens alors, allons te nourrir.

— *Me* nourrir ? Tu sais que c'est toi qui es le plus impatient de découvrir ce que Shawn a préparé pour le déjeuner aujourd'hui.

— C'est vrai. Tu m'as eu.

Alors qu'il montait les escaliers, la main de Taylor glissa dans la sienne. Eagle s'engagea une fois de plus mentalement à faire tout ce qui était nécessaire pour qu'elle se sente en sécurité, même si cela signifiait qu'elle souhaite finalement retourner dans son propre appartement. Il aimait l'avoir dans son espace, mais il refusait de la presser d'emménager. Il préférait qu'elle soit là parce qu'ils l'avaient tous les deux décidé, pas parce qu'elle avait peur et qu'elle avait l'impression de ne pas avoir le choix.

* * *

Taylor ne pouvait pas garder les yeux ouverts. Après un grand et délicieux déjeuner, après avoir rappelé l'agent pour lui dire qu'elle serait à Bloomington le week-end suivant avec Eagle, et après avoir lu trois fois le même paragraphe du manuscrit sans en voir un mot, elle se rendit compte qu'elle avait besoin d'une pause.

Elle pouvait monter à l'étage dans une des chambres avec un lit et faire une sieste, mais elle voulait vraiment du temps pour elle. Taylor était une introvertie. Elle aimait être seule. Elle avait appris au fil des ans qu'elle était à l'aise avec sa vie solitaire. Et la semaine dernière, elle en avait très peu eu l'occasion.

Elle adorait être avec Eagle. L'homme était l'incarnation même d'un hôte gracieux. Mais elle désirait s'asseoir en silence et être seule pendant un moment.

Toutefois, elle ne voulait pas retourner à son appartement. Elle ne s'y sentait plus vraiment en sécurité, et ça craignait.

— Eagle ?

— Oui ? héla-t-il, levant les yeux de l'ordinateur sur lequel il était depuis le déjeuner.

Taylor savait que ses amis et lui s'efforçaient de découvrir qui était l'homme mystérieux dans son appartement, et s'occupaient de leurs recherches pour Silverstone. Eagle avait cliqué intensément et fixé son écran pendant qu'elle travaillait.

— Je pense que je veux retourner à ton appartement.

Sans hésiter, Eagle ferma son ordinateur portable et commença à se lever.

— Non... Je veux dire... J'apprécierais que tu me ramènes, mais j'ai besoin d'être seule.

Il la regarda fixement.

— Ce n'est pas que je n'aime pas être avec toi. Bien sûr que j'aime ça. Mais je... J'ai l'habitude d'être isolée. Et même si la semaine dernière a été merveilleuse, il me faut quelques heures de solitude. Je n'irai nulle part, promis. Je ferai peut-être une petite sieste, puis je préparerai du café et travaillerai encore un peu.

Eagle s'approcha de l'endroit où elle était assise à la petite table et se pencha sur elle pour embrasser le sommet de sa tête.

— Tu n'as pas à te justifier, Taylor. Je comprends.

— Vraiment ?

— Bien sûr. J'ai vécu seul pendant longtemps. J'adore t'avoir avec moi, mais je sais que je peux être assez encombrant, et ce n'est pas un problème si tu as besoin d'une pause.

— Ce n'est pas toi, essaya-t-elle d'argumenter. C'est tout le monde. J'aime être à Silverstone. Je me sens en sécurité ici. Mais parfois... J'ai seulement envie d'un peu de calme et de solitude. Je ne peux pas l'expliquer.

— Tu te débrouilles bien. Tu te sentiras en sécurité chez moi, toute seule ?

— Oui, confirma-t-elle immédiatement. C'est stupide aussi, mais... ça sent comme toi. Et ton odeur m'apaise. J'ai l'impression que tu es là, avec moi. En fait, je pourrais voler un de tes tee-shirts et faire une sieste avec.

Eagle sourit.

— N'hésite pas à me piquer mes vêtements quand tu veux. J'adorerais te voir dans ma chemise et te balader avec dans mon appartement.

Taylor roula des yeux.

— Tu es vraiment un mec.

— Oui. Coupable, lui lança Eagle.

Puis il la tira vers le haut pour qu'elle soit debout à côté de lui.

— Tout ce dont tu as besoin, Tay, je me plierai en quatre pour te le donner. Si tu requiers du temps seule, tu l'auras. Mon complexe d'appartements est sûr.

— Merci. Et je ne suis peut-être pas un super-soldat, mais c'est pareil pour toi. Je ne veux jamais t'encombrer ou que tu te sentes étouffé. Je sais que j'ai emménagé la semaine dernière, mais je peux retourner à mon appartement si tu le désires. Je ne veux pas dépasser les bornes.

— Tu n'abuses aucunement, rétorqua Eagle. J'ai adoré t'avoir chez moi. Te tenir dans mes bras tous les soirs n'est pas une souffrance. Alors, ne t'inquiète pas pour ça.

— D'accord.

— OK. Emballe tes affaires, et nous allons te ramener à la maison. Tu souhaites que j'aille chercher quelque chose pour le dîner ?

— Eh bien... oui, si c'est possible. Je pourrais cuisiner, mais je ne suis pas sûre de ce qu'on a. Et ça pourrait empiéter sur mon temps de sieste.

Elle sourit.

— Parfait. Je vais réfléchir à quelque chose, alors. Taylor ?

— Oui ?

Il la regarda fixement pendant si longtemps qu'elle commença à être nerveuse. Puis il lui dit :

— Rien. Je suis simplement heureux que nous ayons sorti nos têtes de nos culs et admis que nous désirions plus qu'une amitié.

— Moi aussi, confirma Taylor.

* * *

Trois heures plus tard, Taylor se sentait beaucoup mieux. Eagle l'avait accompagnée jusqu'à son appartement, l'avait embrassée à pleine bouche, puis l'avait laissée seule. Elle s'était changée avec un de ses tee-shirts, avait fait une sieste de quarante-cinq minutes, avait travaillé un peu plus sur son manuscrit en cours, et elle était actuellement allongée sur le canapé, regardant une émission de cuisine à la télévision.

Elle avait faim, mais Eagle devait bientôt quitter Silverstone, et il apporterait le dîner à la maison.

Taylor ne savait pas quand elle avait commencé à considérer l'appartement d'Eagle comme sa maison, mais cela ne la dérangeait pas. À peu près partout où il se trouvait, elle avait l'impression d'être chez elle. Enfant, elle avait déménagé de foyer d'accueil en foyer d'accueil si souvent qu'elle ne s'était jamais sentie à sa place nulle part. Et son logement était bien pour dormir et travailler, mais elle n'y avait jamais été en harmonie.

Ici, partout où elle regardait, quelque chose lui rappelait Eagle. Sans parler de son odeur, qui imprégnait chaque coin et recoin.

Un coup soudain à la porte pétrifia Taylor.

Merde, pas encore !

Elle consulta son téléphone, espérant avoir manqué un texto d'Eagle, mais il ne lui avait envoyé aucun message. Il était temps qu'il rentre, mais pourquoi frapperait-il ? Il avait une clé.

Se dirigeant sur la pointe des pieds vers la porte pour qu'on ne remarque pas sa présence, elle observa par le judas. Un homme portant une chemise rouge et bleue se tenait sur le seuil, avec une grande boîte plate immédiatement reconnaissable. Une pizza.

— Qui est-ce ? interrogea-t-elle.

— Livraison de pizza, répondit l'homme.

Taylor ferma les yeux et essaya de déterminer si elle reconnaissait sa voix. C'était impossible d'en être certaine.

— Je n'ai pas commandé de pizza.

— C'est vrai. Le gars qui s'en est chargé me fait dire qu'Eagle l'a commandée.

La peur dans les tripes de Taylor se dissipa en entendant ce nom.

— Il l'a déjà payée aussi, ajouta le livreur.

— Laissez-la dans l'entrée, lui intima Taylor sans ouvrir la porte.

Elle avait appris sa leçon avec l'agent de maintenance. Bien qu'il soit probable qu'Eagle *l'ait* commandée puisque le livreur connaissait son surnom, elle n'allait pas prendre de risques.

— Bien sûr, pas de problème, acquiesça-t-il.

Taylor l'épia par le judas alors qu'il se baissait, posant visiblement la boîte sur le sol, et elle attendit quelques instants après son départ avant d'ouvrir prudemment la porte.

Elle attrapa la pizza qui sentait bon et ferma derrière elle avant de se diriger vers la cuisine. Elle voulait s'y plonger immédiatement, mais ce serait impoli. Puisqu'il avait commandé à manger, cela signifiait qu'Eagle serait bientôt à la maison. Elle alluma donc le four, le régla à basse température et plaça la boîte à l'intérieur, en espérant que cela la garderait au chaud jusqu'à ce qu'Eagle arrive.

Vingt minutes plus tard, le téléphone de Taylor sonna avec un message.

Eagle : Je suis en chemin.

Touchée par sa prévenance, Taylor se leva, languissant de son arrivée. Elle l'avait attendu une fois avec la porte ouverte, mais il l'avait grondée, disant qu'il préférait qu'elle reste enfermée à l'intérieur jusqu'à ce qu'il arrive. Il suffisait de dix secondes pour que quelqu'un prenne le dessus sur elle, et il ne voulait pas que cela survienne.

Taylor avait immédiatement accepté. C'était impoli de le laisser tâtonner avec ses clés pour déverrouiller et ouvrir la porte, mais elle s'était exécutée.

Deux minutes plus tard, elle entendit le son familier des serrures se désengageant alors qu'Eagle rentrait.

— Salut, Fleur.

— Salut ! lui répondit-elle, en s'approchant de lui.

Se mettant sur la pointe des pieds, elle l'embrassa longuement et fort.

Quand ils se séparèrent finalement, Eagle sourit et lança :

— Si un peu de temps seule me permet d'être accueilli comme ça, je vais devoir insister pour que tu en aies tous les jours.

Elle lui adressa un rictus en retour. Étendue dans le lit plus tôt, entourée de son parfum, Taylor était très excitée. Elle ne s'était pas touchée, mais elle avait pensé à toutes les choses incroyables qu'il lui avait faites dans ce même lit. Elle était prête et impatiente de lui montrer plus tard à quel point elle appréciait chaque petite chose qu'il avait entreprise pour elle récemment.

Une odeur merveilleuse frappa ses narines, et elle baissa les yeux. Eagle portait deux sacs en papier avec le logo du restaurant chinois où ils aimaient commander. Ses sourcils se froncèrent en signe de confusion.

— Tu as pris du chinois ?

— Oui, je t'ai dit que j'allais ramener le dîner à la maison.

— Mais tu as fait livrer une pizza.

— Quoi ? s'étonna Eagle.

— Une pizza, répéta Taylor. Je l'ai mise dans le four pour qu'elle reste chaude. Le livreur a indiqué que tu l'avais commandée.

— Moi en particulier ? demanda Eagle, très professionnel maintenant.

Il pénétra dans la cuisine, et Taylor le suivit.

— Oui. Il a donné ton nom. Il a dit – elle ferma les yeux pour se rappeler exactement ses propos – « Eagle l'a commandée ».

— Putain ! jura Eagle. Ce n'est pas moi, Taylor. Je t'aurais avertie sinon. En plus, je l'aurais ramenée moi-même à la maison pour éviter qu'un étranger se présente à la porte et t'effraie.

— Mon Dieu... Je suis une idiote, chuchota Taylor.

Eagle l'attira dans son étreinte, mais elle ne put se détendre et ne plaça pas ses bras autour de lui.

— Tout va bien. Tu vas bien.

Elle secoua la tête.

— Au moins, je n'ai pas ouvert la porte cette fois-ci. Je lui ai demandé de la laisser sur le seuil.

— C'était intelligent, lui confia Eagle.

Taylor leva les yeux vers lui.

— Comment a-t-il su ton surnom ?

— Je l'ignore.

Ça ne la rassura pas le moins du monde. Ils restèrent collés encore une minute ou deux avant qu'Eagle se retire. Il se détourna d'elle et ouvrit la porte du four. La vue de la pizza, qui avait senti si bon plus tôt, lui retourna l'estomac.

Eagle enfila une manique et sortit la boîte. Il la posa sur le comptoir, lut les informations sur le ticket de caisse agrafé dessus... et fronça les sourcils.

— Quoi ? questionna Taylor. Qu'est-ce qui est écrit ?

— C'est adressé à Thanatos, indiqua Eagle d'un ton sinistre.

Les poils des bras de Taylor se hérissèrent.

— Tu es sûr ?

— Oui.

— C'est le nom du type qui m'a emboutie, rebondit Taylor inutilement.

Car il était évident qu'Eagle reconnaissait le nom.

— Il y a aussi ton adresse dessus, pas la mienne, lui avoua-t-il.

Puis il ouvrit la boîte et jura encore.

Taylor s'approcha de lui et examina la pizza. Elle avait l'air moelleuse, couverte de pepperoni, de saucisse et d'olives hachées... mais celles-ci étaient disposées de telle sorte qu'elles épelaient un mot.

Bientôt.

Taylor eut un violent frisson.

— J'appelle les flics, déclara Eagle en prenant son téléphone.

Taylor lui attrapa le bras.

— Pour leur dire quoi ? Que j'ai laissé entrer quelqu'un chez moi, qu'il a changé mon filtre à air et qu'il est parti ? Qu'un homme a embouti ma voiture, a promis de s'occuper des dégâts et ne l'a pas fait ? Qu'on a reçu une pizza qu'on n'avait pas commandée ? Ils ne vont pas prendre ça au sérieux, surtout si je ne peux pas décrire le type. Oui, je peux leur expliquer ce qu'il portait – une combinaison, un uniforme de pizzeria –, mais c'est tout. Nous n'avons aucune preuve de quoi que ce soit !

Au moment où elle finit de parler, elle était presque hystérique.

— Je vais te garder en sécurité, lui annonça-t-il.

Taylor secoua la tête.

— Tu ne peux pas ! Il se moque de moi. Il aurait pu me blesser dans mon appartement l'autre jour, facilement, parce que je lui ai stupidement ouvert la porte ! Maintenant, il me fait savoir qu'il peut m'atteindre à tout moment. Même ici ! Mais pour une raison quelconque, il attend quelque chose. Il joue avec moi !

— Écoute-moi, plaida Eagle, mais elle n'y parvenait pas. Tout semblait s'effondrer sur elle.

— Il connaît ton nom ! Et après ? Il va s'en prendre à *toi* ? On ignore même qui est ce type et pourquoi il en a après moi !

— J'espère qu'il essaiera, cracha Eagle.

— Non ! Je ne veux pas qu'on s'attaque à toi ! Ou à moi ! Ça n'a pas de sens. Qu'ai-je fait pour mériter ça ? Je veux simplement que ça s'arrête !

— Ça s'arrêtera.

— Quand, Eagle ? *Quand* est-ce que ça va cesser ?

— Je n'en ai aucune idée, mais...

— Personne ne le sait ! Ça pourrait ne *jamais* s'arrêter ! Je pourrais avoir 87 ans, et ce type pourrait encore me faire perdre la tête !

— Il n'ira pas jusque-là. Il commettra une erreur et...

Taylor était trop fatiguée pour écouter ses efforts pour l'apaiser.

— J'ai besoin de partir. De bouger. Aller dans un endroit où personne ne sait qui je suis ou d'où je viens, peut-être qu'alors je pourrais...

Ce fut Eagle qui ne la laissa pas finir sa phrase cette fois. Il l'attira contre lui, une main derrière sa tête et l'autre autour de sa taille.

Taylor lutta pour se dégager de sa prise, mais il ne la lâchait pas.

— Je t'aime ! lâcha-t-il, presque en colère.

Elle se figea.

— Je t'*aime*, répéta-t-il un peu plus doucement. Je ne permettrai à quiconque de mettre la main sur toi. Je n'ai jamais ressenti pour quelqu'un ce que j'éprouve pour toi, Taylor, et je ne laisserai *personne* foutre en l'air ce que nous avons.

Taylor releva la tête, la main d'Eagle se déplaça pour que ses doigts se retrouvent dans ses cheveux.

— Tu m'aimes ? marmonna-t-elle docilement.

— Oui, confirma-t-il simplement et sans tergiverser.

Elle était littéralement à court de mots. De toute sa vie, personne ne lui avait jamais dit qu'il l'aimait. Autant qu'elle pouvait s'en souvenir.

— Tay ? Dis quelque chose, supplia Eagle.

Et pour la première fois, elle vit le malaise dans son regard. Il ne voulait peut-être pas laisser échapper ses sentiments, mais elle refusait qu'il les regrette. Pas une seule seconde.

— Je t'aime aussi, lui avoua-t-elle, la voix brisée. Tu as rendu ma vie meilleure de tellement de façons, je ne peux même pas toutes les énumérer.

Puis elle admit sa profonde honte.

— Personne ne m'a jamais aimée auparavant.

— Tant pis pour eux, répliqua immédiatement Eagle. Tu es la personne la plus aimable que j'aie jamais rencontrée.

Ils se regardèrent fixement pendant un moment avant que Taylor demande :

— Qu'est-ce qu'on va faire pour ce type, Eagle ?

— *On* ne va rien faire du tout. Moi si. Silverstone et moi. Nous allons trouver ce connard, et tu vas continuer à vivre du mieux que tu peux en attendant. Cela signifie que tu n'auras probablement pas beaucoup de temps seule dans un avenir proche, jusqu'à ce que nous coincions ce trou du cul.

— Je n'ai aucun problème avec ça, approuva Taylor sans hésiter.

— Tu vas devoir t'habituer à ce que je sois près de toi à chaque seconde de chaque jour, prévint Eagle.

— OK.

Puis elle reprit :

— C'est censé être une épreuve ? Parce que ce n'est vraiment pas le cas.

Elle n'arrivait pas à croire qu'elle le taquinait quelques secondes après une mini-dépression. Dans le passé, quand elle avait été brutalisée, ses familles d'accueil ne s'en étaient pas souciées. Personne n'avait levé le petit doigt. Et maintenant, elle était là, avec un ancien soldat de la Delta Force complètement énervé et déterminé à trouver celui qui la harcelait pour le faire cesser. Honnêtement, elle ne s'était jamais sentie aussi en sécurité dans sa vie.

— Eagle ? l'interpella-t-elle.

— Oui ?

— Tu te souviens quand tu m'as dit hier soir que tu m'apprendrais à tailler une pipe ?

Les yeux d'Eagle s'écarquillèrent, et Taylor put voir ses pupilles se dilater.

— Oui...

— J'ai pensé à ça tout l'après-midi. Je suis prête. Je veux te faire plaisir comme tu me fais plaisir. Aide-moi à oublier tout ça, surtout ce connard... juste pour un moment. S'il te plaît.

Il bougea vite, se retourna et ferma le couvercle de la boîte à pizza. Il attrapa le plat chinois et le mit dans le réfrigérateur. Puis il lui prit la main et la traîna pratiquement dans le couloir vers la chambre.

— On mangera après, et j'appellerai Bull et les autres plus tard pour leur parler de cette putain de pizza.

Taylor ne put s'empêcher de sourire en fixant l'arrière de la tête d'Eagle. Elle devrait probablement être encore en train de perdre son sang-froid à cause de celui qui semblait prendre plaisir à l'effrayer, mais en ce moment, elle ne pensait qu'à mettre ses mains et sa bouche sur le sexe d'Eagle. Il ne l'avait pas beaucoup laissée jouer jusqu'à présent, prétextant qu'il perdrait trop vite la tête si elle le faisait. Mais pour ce soir, tous les paris étaient ouverts. Elle était à lui, et il était à elle.

— Ça m'a l'air bien. Je t'aime, Eagle.

— Je t'aime aussi, Fleur.

* * *

Brett ne pouvait s'empêcher de fantasmer sur la peur que Taylor avait dû ressentir en ouvrant la boîte de pizza pour trouver le message qu'il avait laissé pour elle. Il ignorait totalement si elle avait lu le nom qu'il avait mis sur le ticket de caisse, mais ça n'avait pas d'importance. Il était prêt à réclamer ce qui était à lui.

Prêt à la briser.

Prêt à la torturer.

Prêt à la tuer.

Utiliser le nom de son petit ami avait été génial. Il avait entendu le soulagement dans sa voix quand il l'avait prononcé. Se faufiler et l'espionner lui avait fourni l'information parfaite pour intensifier le tourment. Se montrer chez son petit ami était risqué, mais ça en valait la peine.

Il devait être paré à tout moment maintenant. La suivre partout et attendre le bon moment pour l'attraper. Il ne doutait pas qu'il y parviendrait. Il n'avait pas été pris jusqu'à présent parce qu'il était intelligent et prudent.

Taylor Cardin serait bientôt à sa merci. Tout ce dont il

avait besoin était une petite fenêtre d'opportunité, et elle serait à lui. Personne ne se mettrait en travers de son chemin. Pas même son putain de petit ami au surnom ridicule.

Et s'il devait mourir pour que Brett obtienne ce qu'il avait attendu pendant des mois... qu'il en soit ainsi.

CHAPITRE 15

— Ce type est un fantôme, lâcha Bull avec frustration. Ça me fout en rogne.

— Il a eu de la chance, intervint Gramps.

— De la chance ? cracha Smoke. Il a réussi à esquiver toutes les caméras de surveillance que nous avons trouvées jusqu'à présent. Nous ne savons littéralement rien d'autre que sa taille approximative et qu'il a les cheveux bruns. D'une manière ou d'une autre, il a réussi à éviter d'être filmé chez elle *et* chez Eagle. Il est manifestement très doué pour rester discret, comme s'il avait beaucoup d'expérience.

Eagle était assis à la table de la pièce sécurisée et écoutait ses amis parler du harceleur de Taylor. Ils n'étaient pas plus près de l'attraper maintenant qu'il y a cinq jours, quand l'homme avait déposé cette putain de pizza à son appartement. Il savait où ils vivaient tous les deux. Il y avait fort à parier qu'il était aussi au courant pour Silverstone Towing. Et d'une manière ou d'une autre, il avait découvert le surnom « Eagle »... ce qui s'ajoutait au fait qu'il s'était rapproché de Taylor à plusieurs reprises, trop près pour le confort d'Eagle.

Mais la meilleure protection dont bénéficiait Taylor, c'était que son homme n'allait plus laisser ce connard s'approcher d'elle à partir de maintenant.

Tous les deux avaient pratiquement emménagé à Silverstone Towing. Il n'y avait aucune chance que quelqu'un passe à travers la sécurité du bâtiment. Et même si ça ne mettait pas Taylor à l'aise, elle n'était jamais seule.

Eagle n'avait pas accepté de remorquage depuis l'incident de la pizza, et il passait autant de temps que possible à essayer de retrouver l'homme mystérieux. Sans succès.

Cet homme était vraiment un fantôme, et c'était très frustrant.

Étonnamment, Taylor avait tout pris à bras-le-corps. Elle ne s'était pas lamentée d'être pratiquement enfermée à Silverstone. Bull, Smoke et Gramps étaient également impressionnés par son attitude stoïque. Quand Eagle lui avait demandé hier soir si tout allait bien, elle avait ri. Elle avait vraiment ri. Puis elle avait déclaré :

— Eagle, si je devais être enfermée quelque part, c'est ici que je le voudrais. Il y a une pièce sécurisée, j'ai un chef personnel, un flipper à volonté, et tu n'es jamais très loin. De quoi dois-je me plaindre ?

Quand elle le disait comme ça, Eagle devait être d'accord. Mais quand même. Il était conscient que ce n'était pas facile. Savoir que quelqu'un la traquait et ignorer pourquoi, ça craignait.

Mais dans une heure environ, ils seraient en route pour Bloomington. Eagle en avait parlé avec elle, et ils avaient décidé d'y aller aujourd'hui, d'y passer la nuit, d'y traîner pendant la journée, d'aller à la cérémonie de remise des prix demain soir, de rester une autre nuit, puis de revenir à Indy le dimanche. Cela leur donnerait à tous les deux un week-end pour s'amuser et avoir un peu plus d'intimité qu'ils n'en avaient eu récemment, et cela laisserait à son équipe une chance de trouver qui en avait après elle. C'était une situation gagnant-gagnant.

Mais Eagle ne pouvait pas se débarrasser du sentiment de crainte qui avait pris racine dans son ventre.

— Quand est-ce que vous partez ? demanda Gramps, ramenant Eagle au présent.

— Dans une heure environ. Nous devons nous arrêter à nos appartements pour récupérer quelques affaires. J'ai besoin de mon smoking, et Taylor doit emporter sa robe et d'autres choses.

— Comment tu vas t'y rendre ? interrogea Smoke.

— Je pense qu'on va descendre la 37 jusqu'à Martinsville. J'ai pensé à emprunter la route panoramique à partir de là, mais ce n'est peut-être pas une bonne idée de sortir de l'axe principal, seulement au cas où.

Bull et Smoke hochèrent la tête, mais Gramps ajouta :

— Il sera peut-être plus difficile de vous suivre si vous ne prenez pas la route principale vers Bloomington.

— J'y ai songé, rebondit Eagle. Je vais improviser. Si je me sens mal à l'aise, je prendrai probablement l'axe le plus fréquenté.

— Si tu as besoin de nous, appelle, ordonna Bull.

— Vous savez que je le ferai, les rassura Eagle. J'espère que ce sera un week-end sans stress pour Taylor. Même si elle a bien géré la situation, je suis conscient qu'elle est nerveuse en quittant Silverstone.

— Ça craint, se désola Smoke.

— Comment va ton bras ? s'enquit Gramps. Tu peux à nouveau le bouger complètement ?

— Oui, c'est bon, leur confirma Eagle. Il était raide pendant un moment, mais maintenant, la blessure me démange simplement, et je n'ai même plus mal quand je fais des pompes.

— Bien.

— Hé, Eagle ! lança Bull.

— Oui ?

— Je suis content pour toi, déclara son ami. Il est évident que Taylor et toi avez dépassé le stade de l'amitié. Tu as l'air heureux.

— Je le suis, confirma Eagle, pas du tout gêné de l'admettre. Les choses se sont passées comme ça quand je suis rentré. J'étais blessé et je pensais à ce que j'aurais pu manquer si cette balle avait été quelques centimètres plus à droite. Et quand elle a vu que j'avais été touché, elle a un peu flippé aussi.

— On l'aime tous, ajouta Smoke. Elle nous fait rire, ce qui est génial.

— Le défi sera de trouver à Gramps quelqu'un qui *le* fasse rire, souffla Bull en s'esclaffant.

— Va te faire foutre, lâcha Gramps en secouant un peu la tête. Ça m'arrive aussi.

— Pas vraiment, et en général à nos dépens, ajouta Smoke.

— Toi aussi ? grogna Gramps contre Smoke. Je pensais que tu serais de mon côté, étant célibataire et tout.

— Écoute... Quand Eagle nous a parlé de Taylor, je n'étais pas très enthousiaste à propos de cette relation. Mais je l'apprécie de plus en plus. J'ai eu l'occasion de mieux la connaître, et je l'aime vraiment bien. Comme Skylar. Ces deux femmes ont fait du bien à Bull et à Eagle.

Smoke haussa les épaules.

— Si je pouvais trouver quelqu'un d'aussi génial qu'elles, ça ne me dérangerait peut-être pas de me poser. Tu sais, une nana qui n'en a rien à foutre de combien d'argent il y a sur mon compte en banque et qui m'aime pour *moi*. Mais je ne compte pas là-dessus.

— Il sera difficile de dégoter une personne par ici qui ignore que tu as hérité d'une grosse somme d'argent de ton oncle, avoua Eagle.

— Je sais, soupira Smoke. Mais putain, si Bull et Eagle peuvent rencontrer des femmes, alors il doit y avoir de l'espoir pour un connard comme moi. Il faut seulement que j'effectue plus de remorquages pour trouver une jolie demoiselle en détresse.

Il afficha un rictus.

Bull, Eagle et Gramps roulèrent des yeux en même temps.

— Tu ne veux pas d'une demoiselle en détresse, lui lança Bull. Tu désires une femme qui puisse tenir le coup quand les choses se gâtent. Qui ne s'effondre pas dans une situation stressante. Qui peut se battre à tes côtés aussi facilement qu'elle peut lutter quand tu n'es pas là.

— Est-ce qu'une nana comme ça existe ? demanda Smoke.

— Oui, répondirent Bull et Eagle en même temps, puis ils se sourirent l'un à l'autre.

— Bien sûr que vous le pensez tous les deux, grommela Smoke. Vous l'avez déjà trouvée.

— Gramps ? Tu es bien silencieux là-bas, reprit Bull avec un rictus en coin.

— Je ne vais pas spéculer sur l'amour. Je n'ai aucune idée s'il y a quelqu'un pour moi. Si c'est le cas, je l'accepterai exactement comme elle est. Petite, grande, grosse, mince, sarcastique, douce... timide, ou une femme qui n'a pas peur de dire ce qu'elle pense. Tant qu'elle peut me supporter, tout me va.

— Tu n'es pas *si* difficile à supporter, rebondit Eagle.

— J'ai 45 ans et je n'ai jamais été marié. Qu'est-ce que ça t'apprend ?

— Je pense que tu es sélectif... comme il faut, indiqua Bull. Ne te contente pas de n'importe qui. Crois-moi, quand tu trouveras ton bonheur, il vaudra toutes les années de solitude qui l'ont précédé.

Le silence s'installa sur l'équipe pendant un moment.

— Sur ce, j'ai des nœuds au cerveau à force d'essayer d'identifier ce connard qui harcèle Taylor, avisa Eagle. Je vais vous laisser et partir d'ici. Si vous avez besoin de moi, ou si vous dénichez des informations, dites-le-moi. Je prends peut-être mon week-end, mais... pas vraiment. Au cas où ce type nous suivrait jusqu'à Bloomington, je dois être aux aguets.

— Tu penses qu'il le fera ? demanda Gramps.

— C'est ça le problème. On ignore *ce dont* ce type est capable. Il a dû la suivre chez moi à un moment donné. Il n'a pas agi malicieusement en soi, mais il est toujours menaçant. Tant qu'on n'a pas mis la main dessus et qu'on ne connaît pas ses motivations, on n'a aucune idée de ce qu'il a prévu. Il peut décider de nous filer, ou de ne pas quitter la région d'Indianapolis. Mais je ne prends aucun risque.

— Tu appelles s'il se passe quelque chose ? demanda Smoke.

— Bien sûr, lui confirma Eagle. Si j'ai besoin de vous, les gars, je vous téléphone immédiatement.

— Garde ton portable allumé tout le temps, renchérit inutilement Gramps. Nous pouvons le tracer si ça tourne mal. Si nécessaire, je peux solliciter nos contacts à la police locale et leur donner un aperçu de la situation.

— Si tu fais ça, ils vont vouloir savoir pourquoi nous ne sommes pas venus les voir avant, avertit Eagle.

— J'en suis conscient. Et je leur expliquerai. Mais si tu es vraiment aussi préoccupé par ce connard que tu sembles l'être, il y a des raisons de s'inquiéter, même si Taylor ne peut pas le décrire ou s'il n'a encore rien commis de répréhensible.

— Je n'arrive pas à justifier pourquoi ça me semble foireux, commença Eagle, mais Gramps leva une main, l'arrêtant.

— Et tu n'as pas à le faire. Nous sommes coéquipiers depuis assez longtemps pour savoir que si la situation te semble louche, c'est qu'elle l'est. Je vais m'assurer que les flics comprennent que c'est une affaire sérieuse.

— J'apprécie, remercia Eagle, reconnaissant pour la millionième fois d'avoir un groupe d'amis aussi formidable.

— Essayez de vous amuser, reprit Gramps. Je sais que vous êtes tous les deux sur les nerfs, mais Taylor devrait être fière de ce qu'elle a accompli.

— Je n'y manquerai pas, et elle l'est. Merci, lança Eagle en se levant. Passez un bon week-end.

Ses amis le saluèrent, et Eagle sortit de la chambre forte. Il sourit quand la première personne qu'il vit fut Taylor. Elle était debout près du flipper, essayant de donner des conseils à Christine pendant qu'elle jouait.

— Là, regarde si tu peux atteindre ça, ça double les points.

— Ça ne va pas bloquer ma boule ? questionna Christine.

— Si, mais c'est une bonne chose. Parce que si tu en récupères deux autres, ici et ici, alors il les lâchera toutes en même temps, et tout ce que tu toucheras vaudra double. C'est trépidant, mais les points que tu gagnes sont fous.

— Qu'est-ce que je fais si... oh, merde ! cria Christine alors que la boule passait manifestement entre les leviers mécaniques du flipper.

— Aïe. C'est bon, continue à t'entraîner, la rassura Taylor.

— Ne deviens simplement pas assez forte pour battre ma Taylor, et tout ira bien, surgit Eagle.

La tête de Taylor se retourna, et elle sourit.

— Eagle ! Tu as fini ?

— Oui. Tu es prête à partir ?

— Si tu es sûr que tu peux quitter plus tôt.

— Emmène-le, supplia Christine, les yeux de nouveau rivés sur le flipper. Il va seulement se planter là et m'ennuyer s'il reste.

— Tu aimes quand je t'embête, taquina Eagle.

— Oh ouais ! tu n'arrêtes pas de te dire ça, répliqua-t-elle avec insolence.

Eagle ricana, puis s'enquit sérieusement :

— Tout va bien pour toi, Christine ? Tu es en avance pour ton service.

— Je vais bien, merci, répondit-elle distraitement. Les enfants sont chez leurs grands-parents, et Bob est en voyage pour la nuit. Alors, j'ai décidé qu'au lieu de cuisiner pour moi, je sortirais de la maison vide et viendrais manger la nourriture géniale de Shawn. Et jouer au flipper.

— Super. Eh bien, parfait alors. Tant que tout est OK.

Christine leva alors les yeux, et Eagle entendit la boule tomber entre les leviers une fois de plus, mais elle ne sembla pas s'inquiéter.

— Merci de t'en soucier, lui souffla-t-elle sincèrement.

— De rien, lui gratifia Eagle, puis il tendit la main à Taylor. Viens, ma belle, allons chercher tes affaires, et prenons la route pour le bal.

Taylor s'esclaffa.

— Je ne suis pas sûre d'être un jour une femme glamour, mais merci d'avoir confiance en moi.

Eagle la serra contre lui et caressa la peau de son oreille. Ses boucles semblaient immédiatement vouloir fusionner avec ses doigts lorsqu'il brossa les mèches sur son épaule.

— Tu es *ma* femme glamour, lui chuchota-t-il doucement, touché par ses frissons à la sensation de son souffle chaud dans son oreille. J'ai hâte de te faire l'amour ce soir, où nous pourrons tous les deux être aussi bruyants que nous le voulons.

— Comment peux-tu en être aussi sûr ? Je veux dire, nous serons dans un hôtel, prononça-t-elle timidement alors qu'il les dirigeait vers les escaliers, d'où Christine ne pouvait plus distinguer leurs paroles.

— En effet, et je m'en fous si des étrangers t'entendent gémir. Mais je sais que tu serais gênée si c'étaient les employés de Silverstone.

— C'est vrai, répondit Taylor avec un petit sourire.

— Pas d'objection ? demanda-t-il.

— À ce que tu me fasses follement l'amour et que tu me déclenches un orgasme si bon que je ne pourrai pas me taire ? Hum... non. Pas d'objection. Et... je précise que l'autre jour, quand je t'ai fait l'amour, quand on s'est arrêtés à ton appartement pour que tu prennes des vêtements de rechange dont je *sais* que tu n'avais pas vraiment besoin... tu n'étais pas vraiment tranquille non plus.

Eagle ne put s'empêcher d'éclater de rire. Il avait été démasqué. Même s'il était conscient qu'ils ne devaient pas s'attarder chez lui, il s'était dit que puisque c'était le milieu de la journée et qu'il était avec Taylor, tout irait bien. Il désirait être seul avec elle. Et quand elle s'était mise à genoux dès que la porte avait été fermée et verrouillée derrière eux, il avait compris que c'était réciproque.

Ils avaient couché ensemble à Silverstone, et ça avait été doux et simple. Le sexe dans son appartement avait été frénétique, passionné, et presque hors de contrôle. Eagle aimait les deux types de rapports intimes, mais il aimait surtout voir Taylor perdre toutes ses inhibitions.

— Coupable, lâcha calmement Eagle en tenant la porte à Taylor en haut des escaliers.

Elle lui sourit, et Eagle s'efforça de mémoriser ce moment. Comme souvent ces derniers temps. Stocker des souvenirs de sa Taylor pour les ressortir quand il ne pourrait pas être avec elle.

— Tu crois que ça dérangerait Shawn si on emportait un encas ? demanda Taylor.

Eagle souffla un peu.

— Est-ce que je dois m'inquiéter que tu me largues pour épouser notre chef à ma place ?

Au lieu de s'irriter, elle élargit son rictus et se blottit contre lui, ses bras passant autour de sa taille.

— Jaloux ? questionna-t-elle.

— Je ne serai jamais capable de te préparer un délicieux repas fait maison, admit Eagle.

— Je n'ai pas besoin que tu cuisines pour moi, éluda sérieusement Taylor, mais de toi exactement comme tu es. Tu n'as pas idée de la joie que tu m'as procurée en étant simplement toi-même. Tu es la seule personne qui a regardé au-delà de ma condition pour *me* voir. Ce serait hypocrite de s'énerver parce que tu ne sais pas faire à manger. Je t'aime, Eagle. J'ai adoré apprendre à mieux connaître Shawn, et peut-être la nourriture qu'il cuisine, mais je ne l'aime pas *lui*.

— C'est une bonne chose, lui révéla Eagle avec un petit rictus. Parce que je détesterais avoir à le frapper.

Taylor roula des yeux.

— Peu importe. Tu ne le toucheras pas, parce que tu aimes sa nourriture autant que moi.

— C'est vrai. Je t'aime, Fleur. Tellement.

Elle lui sourit.

— Merci de venir avec moi à Bloomington. J'aurais probablement refusé si tu ne pouvais ou ne voulais pas y aller. Et pas à cause de celui qui semble me suivre. Je ne suis pas fan des fêtes comme celle-ci. Je suis toujours mal à l'aise.

— C'est du passé, balaya Eagle. Je te l'ai déjà dit et je te le répète, je te soutiens. Maintenant et pour toujours. Tu m'as montré la liste des invités que t'a donnée l'agent. Je les ai tous regardés sur internet, donc s'ils t'approchent, je te murmurerai simplement leurs noms.

Ses yeux brillaient d'amour.

— C'est littéralement la plus gentille attention qu'on n'ait jamais eue pour moi.

— Tu es avec un homme qui se souvient de chaque personne qu'il a rencontrée, avoua Eagle facilement. Je pense que nous formons une bonne paire.

Taylor roula des yeux de nouveau.

— J'ai probablement la meilleure part du marché ici.

Eagle regarda autour de lui et, constatant qu'ils étaient seuls, déplaça ses mains jusqu'à ses fesses et les serra. Ses doigts étaient à un centimètre de son entrejambe, et il dut se forcer à ne pas la toucher intimement sur-le-champ.

Elle se mit sur la pointe des pieds.

— Eagle ! s'exclama-t-elle.

— Tu t'es offerte à moi. Je ne prends pas ça à la légère, et tu es à la fois la meilleure amie *et* la meilleure partie de jambes en l'air que j'aie jamais connues. Je t'aime, tellement que ça me fait peur parfois. J'ai vraiment obtenu la meilleure part du marché.

— Nous allons devoir accepter de ne pas être d'accord, alors, renchérit Taylor, qui passa le bout de ses doigts sur sa nuque.

Il n'avait jamais pensé qu'il était sensible à cet endroit avant qu'elle le touche.

— Et je ne peux pas croire que je dise ça, mais je suis un peu excitée par la fête. Personne ne m'a jamais soutenue comme toi. J'ai toujours été la fille maladroite qui se tient sur le côté, consultant sa montre, se demandant si elle est restée assez longtemps pour être polie et si elle peut déjà partir.

— Pas demain, tu ne t'enfuiras pas.

— Non. Et... l'une des invitées est une auteure pour laquelle je meurs d'envie d'effectuer des corrections, admit Taylor. Je pense que si je fais bonne impression, elle pourrait envisager de m'engager.

— J'en suis sûr, répondit Eagle avec confiance. Comment pourrait-il en être autrement ?

— Merci, Eagle. Ton soutien est très important pour moi.

— Idem. Maintenant, même si j'aimerais que tu passes tes jambes autour de ma taille pour que je puisse te porter jusqu'à une pièce et te faire l'amour jusqu'à ce que tu sois molle comme une nouille et moi aussi, nous devons y aller.

Taylor prit une profonde inspiration, puis hocha la tête. Elle fit un pas en arrière, et Eagle lâcha ses mains à contre-cœur. C'était fou comme il avait envie de la toucher tout le temps. Il se demanda si ce sentiment s'estomperait un jour, puis décida qu'il espérait que non. Il voulait avoir 85 ans et être toujours si amoureux de sa femme qu'il avait besoin de lui tenir la main ou de la toucher d'une autre manière, tout le temps.

— À quoi tu penses ? questionna-t-elle, la tête inclinée en signe d'interrogation.

— À combien j'aime être avec toi, lui déclara Eagle.

Puis il lui agrippa la main et la tira vers la cuisine.

— Voyons ce qu'Archer a laissé dans le frigo. Je ne lui dirai pas que tu as chapardé quelque chose si tu te dépêches.

Il sourit lorsqu'elle retira sa main de son emprise et s'empressa d'aller regarder ce qu'il y avait de bon à grignoter.

Ce serait leur premier voyage en voiture, et Eagle était impatient de découvrir quel genre de passagère Taylor était. Est-ce qu'elle dormirait ? Désirerait-elle parler ? Écouter la radio ? Aurait-elle besoin de s'arrêter toutes les trente minutes pour faire pipi ? Il était pressé de le savoir. Chaque petite chose qu'il découvrait sur elle le faisait l'aimer encore plus. Bloomington n'était pas très loin d'Indy, à une heure de route, mais il traverserait le pays avec elle si c'était sa volonté.

Conscient qu'il souriait comme un fou, et sans s'en soucier, Eagle posa sa main sur le bas du dos de Taylor alors qu'ils sortaient de Silverstone Towing quelques minutes plus tard. Il avait hâte d'arriver à l'hôtel et de montrer à sa femme à quel point il l'aimait.

CHAPITRE 16

Taylor ne se souvenait pas d'avoir été aussi heureuse. Jamais.

Ce qui était plutôt étonnant, vu que demain soir, elle se trouverait parmi les personnes qu'elle voulait le plus impressionner dans l'industrie du livre. Agents, auteurs, éditeurs, autres correcteurs. Dans le passé, elle aurait été en pleine panique.

Au lieu de cela, Eagle lui avait donné la confiance nécessaire pour se réjouir de ce qui l'attendait. Elle avait vu de ses propres yeux comment il avait étudié les photos des personnes qui allaient être présentes à la cérémonie. Elle ne doutait pas qu'il serait capable de lui indiquer furtivement qui approchait ou à qui elle parlait sans que cela paraisse bizarre. Elle l'avait constaté maintes et maintes fois au cours des deux derniers mois.

Elle devait encore se pincer pour admettre qu'elle avait réussi à trouver un homme comme Eagle, qui semblait la respecter et la chérir. Au premier regard, elle était consciente qu'ils avaient l'air un peu étranges ensemble. Il était grand, musclé et magnifique... du moins c'était ce que

Skylar lui avait dit. Elle savait reconnaître les regards de désir et d'admiration quand elle les voyait, et c'était ce qu'elle distinguait sur le visage de beaucoup de femmes quand elles observaient son homme. En revanche, Taylor pensait qu'elle répondait à la définition de l'apparence classique. Sa meilleure caractéristique était ses cheveux bouclés, mais elle n'était pas sûre que cela compensait sa taille moyenne, sa couleur de cheveux standard et son poids moyen.

Mais Eagle aimait son corps. Et déclarait que sa taille était parfaite pour lui. Et il *l'*aimait. Quant à Taylor, elle se fichait de savoir si les autres trouvaient Eagle attirant ; il était à elle, et elle ne l'abandonnerait pas.

S'il décidait un jour qu'il n'avait plus de sentiments pour elle, ça pourrait la détruire complètement. Mais pour l'instant, il *l'*aimait, elle l'aimait, et la vie était belle.

Elle regarda Eagle tandis qu'il conduisait comme il exécutait tout le reste – avec confiance. Il avait une main sur le volant, et l'autre tenait la sienne sur la console centrale. De temps en temps, son pouce effleurait le dos de sa main, lui donnant la chair de poule. Elle ne pouvait s'empêcher d'avoir hâte d'arriver à l'hôtel et de découvrir quelles choses coquines Eagle avait prévues pour eux deux.

Le trafic avait été faible sur la 37, et, alors qu'ils approchaient de l'autoroute qui les mènerait à Bloomington, Eagle demanda :

— Tu veux prendre la route panoramique ?

Taylor se mordit la lèvre.

— C'est dangereux ?

— Je ne pense pas. J'ai surveillé les véhicules derrière nous et je n'ai rien vu de suspect.

— Dans ce cas, j'aimerais bien, avoua Taylor avec enthousiasme. Cette partie de l'Indiana est si belle. Chaque fois que je peux emprunter un axe secondaire au lieu de l'autoroute, je suis partante.

— Super. On descendra à Martinsville. Il y a une route appelée Low Gap que j'ai déjà parcourue. Elle traverse la forêt d'État Morgan-Monroe. C'est magnifique. On arrivera un peu plus tard à l'hôtel, mais je pense que ça vaut le détour.

Taylor soupira de contentement.

— Si j'oublie de te le dire plus tard, j'ai passé un bon moment ce week-end.

Il sourit.

— Idem.

Ils roulèrent un peu, puis Taylor questionna :

— Je peux te demander des trucs sur Silverstone ?

Eagle hocha immédiatement la tête.

— Oui, mais il se pourrait qu'il y ait certains détails que je ne peux pas dévoiler.

— Je sais, je suis simplement curieuse de savoir comment tu décides où aller et quelles missions entreprendre.

— Parfois, nous nous contentons d'écouter les nouvelles. D'autres fois, nous consultons notre collègue au FBI. Nous étudions les listes des personnes les plus recherchées, tant au niveau national qu'international. Nous avons également des contacts dans tout le pays qui peuvent nous appeler et nous demander d'envisager de prendre un dossier en charge.

— Comme une recommandation ? rebondit Taylor.

— En quelque sorte. Grâce à notre passage dans l'armée, nous avons des alliés dans les forces spéciales. Par exemple, il y a un type qui vit en Pennsylvanie, c'est un expert en recherche numérique, lui confia Eagle.

— Qu'est-ce que ça signifie ?

— Son ordinateur est son arme. Il n'y a littéralement rien qu'il ne puisse accomplir avec son clavier. Il peut trouver des gens où qu'ils soient et traquer les plus petites informations. C'est un faiseur de miracles, et mon équipe et moi étions reconnaissants de son aide lorsque nous étions en service actif. Il nous a demandé quelques faveurs depuis que nous avons formé Silverstone, et nous n'avons pas hésité à les lui accorder.

— Il a l'air impressionnant, répondit Taylor.

— Il l'est. Il nous a aidés à rassembler des renseignements une ou deux fois avant des missions, et ils ont toujours été très précis. Il y a un autre gars dans le Colorado qui est spécialisé dans la recherche de femmes et d'enfants disparus. Sa propre conjointe a été kidnappée alors qu'ils étaient en vacances à Las Vegas il y a plus de dix ans. Il était frustré par le manque de données générées par les autorités, alors il a monté sa propre équipe pour secourir les personnes qui avaient été enlevées pour être livrées au commerce du sexe.

— Waouh.

— Oui, la meilleure partie est qu'il a fini par retrouver sa femme – *vivante*. Ça a pris dix ans, mais ils vivent maintenant heureux dans le Colorado.

Les yeux de Taylor se remplirent de larmes. Elle ignorait pourquoi elle était si émue pour un couple qu'elle n'avait jamais rencontré.

— C'est... Je ne sais pas quoi dire.

Ils avaient emprunté la route panoramique, et c'était aussi joli que l'avait promis Eagle. Les arbres denses de chaque côté conféraient une aura d'intimité supplémentaire à leur conversation, tout comme les fréquentes courbes de la chaussée.

Eagle lui serra la main.

— Silverstone n'avait jamais accepté aussi vite quand il a appelé pour nous demander de descendre au Pérou afin de nous occuper du chef du réseau de trafic sexuel qui avait kidnappé sa femme.

— Vraiment ? chuchota Taylor. Vous l'avez tué ?

Eagle hocha la tête une fois.

À ce moment-là, elle se mit à pleurer plus fort.

— Tay ? interpella Eagle avec inquiétude. Je suis désolé ! Je n'aurais jamais rien dit si j'avais su que tu serais si émotive.

— Je suis seulement tellement fière de toi, s'étrangla-t-elle. Tu as probablement sauvé énormément de gens.

Eagle haussa les épaules.

— Malheureusement, quelqu'un va le remplacer. C'est habituel.

— Je me doute, mais ce couple doit être vraiment soulagé de savoir que son ravisseur ne s'en prendra plus jamais à elle.

— En effet, lâcha Eagle avec confiance.

— Je t'aime, lui déclara Taylor. Je suis consciente de devoir probablement être consternée et penser que ce que tu accomplis est moralement inacceptable... mais je ne peux pas. Je n'ai jamais été abusée sexuellement quand j'étais petite – ce qui est un miracle, vu le nombre de foyers d'accueil dans lesquels j'ai vécu –, mais j'ai connu d'autres enfants à qui c'est arrivé. Je ne comprendrai *jamais* comment les adultes peuvent imaginer que c'est bien. Jamais. Mais savoir qu'il y a des gens comme toi et ton équipe, et comme cet homme qui vit dans le Colorado, qui se battent pour les moins fortunés... ça me soulage.

— Je suis content.

— J'ai discuté avec Skylar de Silverstone lors de votre

dernière mission, et elle a abordé son enlèvement. Mais ce qui m'a le plus intriguée, c'est l'échelle d'évaluation.

— Le truc d'un à dix ? devina Eagle.

— Oui.

— Bull nous en a parlé.

— Ça prend tout son sens maintenant que tu as parlé du trafiquant d'êtres humains. Quelqu'un qui garde une femme en otage pendant une décennie est certainement un dix, affirma Taylor avec émotion, en essuyant les dernières larmes de son visage.

— Nous avons tous une définition différente de cette échelle, répondit Eagle.

— Tu en as une ?

— Oui. Bien sûr, des terroristes comme Khatun et Mullah sont des dix. Leur but était de tuer autant d'Occidentaux que possible. Et cette saloperie de trafiquant de sexe en était un aussi. Mais si Bull considère Ricketts, le pédophile qui a kidnappé Skylar, comme un trois... Moi, je ne le juge pas comme tel.

— Comment le classerais-tu ?

Eagle soupira.

— Tu es sûre que tu veux en parler ?

Taylor acquiesça.

— OK. Je l'aurais rangé dans la catégorie huit et demi – et je n'aurais eu aucun problème à l'éliminer. Il n'était pas un tueur en série, mais un pédophile en série. Et dans presque tous les cas, les hommes comme lui ne s'en sortent pas en grandissant. Plus ils le font, plus ils aiment ça. S'il avait pu s'en tirer avec Sandra, il ne l'aurait pas laissée partir. Il aurait abusé d'elle jusqu'à ce qu'elle soit trop vieille pour lui, puis il aurait trouvé une autre fillette. Et le cycle aurait continué. Je radote un peu, mais en gros, enlever l'avenir à un enfant pourrait avoir un effet domino sur tous ceux qu'il aurait pu toucher ensuite. C'est pourquoi je n'aurais pas hésité à lui mettre une balle dans la tête.

Taylor écouta avec fascination. Elle n'y avait pas vraiment songé de cette façon auparavant.

— Je t'ai fait peur ? s'inquiéta Eagle. Tu es bien silencieuse.

— Non. Je ne l'avais simplement pas vu sous cet angle.

— Et je vais te dire autre chose, ajouta-t-il.

Comme il ne poursuivait pas immédiatement, Taylor lui serra la main.

— Oui ?

— Quiconque *ose* se frotter à toi est automatiquement un dix pour moi.

Les yeux de Taylor s'écarquillèrent, et elle le fixa. L'attention d'Eagle était sur la route devant lui, mais elle aperçut un muscle de sa mâchoire se contracter. Elle n'était pas sûre de savoir quoi répondre, mais elle n'eut rien à dire, car il continua.

— Je ne parle pas de quelqu'un qui te balancerait simplement des conneries, parce que je n'irais pas tuer quelqu'un pour ça. Mais je te défendrais, et je *ferais en sorte* qu'ils sachent que s'ils te manquaient encore de respect, ils le regretteraient. J'évoque la violence physique contre toi. Si quelqu'un imaginait qu'il pourrait te voler, ou s'introduire dans notre maison, ou de quelque manière que ce soit te faire du mal physiquement... je le buterais.

Taylor frissonna.

— Eagle ?

Il la regarda.

— Oui ?

— J'aurais vraiment aimé qu'on prenne l'autoroute.

— Merde. Pourquoi ? Tu es malade en voiture ? Est-ce que je dois me garer ?

Elle secoua la tête.

— Non. Je vais bien.

— Alors, pourquoi ?

— Parce que je veux te faire l'amour très fort et te montrer exactement à quel point tout ce que tu viens de déclarer compte pour moi. Personne n'a jamais pris ma défense avant. J'ai toujours été la gamine bizarre dont tout le monde se moquait. J'ai reçu des coups de pied, des crachats, des coups de poing, et personne n'en a jamais rien eu à foutre. Je n'ai jamais aimé la violence, mais savoir que tu y aurais recours pour moi ne m'effraie pas et ne me dégoûte pas... ça me valorise. D'accord, je ne souhaite pas que tu te promènes en tirant sur les gens ou en les tabassant s'ils me rentrent dedans par accident, mais je ne peux m'empêcher de me sentir plus en sécurité rien en sachant que tu en aurais *envie*.

— Je ne suis pas vraiment fier d'être ce genre d'hommes, admit Eagle. Mais l'idée que tu puisses être blessée me rend fou. Je suis désolé d'avoir été si protecteur cette semaine. Mais plus je pense à ce type qui est entré dans ton appartement, et à ce qu'il aurait pu t'infliger, plus je suis nerveux.

— Je ne comprends pas qui il est, confia doucement Taylor.

— J'en ai rien *à foutre* de qui il est, répliqua Eagle. Il n'a pas le droit de t'effrayer. S'il s'imagine poser ses mains sur toi, il n'en aura pas l'occasion. Nous allons découvrir son identité, et j'aurai une petite discussion avec lui.

— Je ne veux pas que tu aies des problèmes, contesta Taylor avec inquiétude.

— Ce ne sera pas le cas. Je suis bon dans ce que j'accomplis, Fleur, ajouta-t-il doucement.

Cela permit à Taylor de se sentir un peu mieux. Elle devait seulement croire qu'Eagle savait ce qu'il faisait. Il avait été un soldat de la Delta Force ; ce n'était pas comme s'il était une tête brûlée qui s'emportait à la moindre provocation.

Elle ouvrit la bouche pour lui signifier qu'elle avait confiance en lui, mais n'en eut jamais l'occasion.

Une voiture les percuta par-derrière. *De plein fouet.* Les virages qu'ils avaient pris les avaient empêchés de voir le véhicule avant qu'il les heurte.

Le Wrangler d'Eagle se retourna immédiatement. La ceinture de sécurité de Taylor se verrouilla, mais sa tête bascula sur le côté et manqua de peu de heurter la vitre à côté d'elle.

Elle cria quand la voiture les tamponna de nouveau. Cette fois, c'était le côté conducteur qui avait été embouti, et la Jeep avait quitté la route dans un fossé peu profond, avançant encore avant d'atterrir sur son toit.

Suspendue la tête en bas, Taylor était étourdie. Elle regarda Eagle et remarqua qu'il était mou, du sang s'écoulant de sa tête. Elle ne pouvait pas apercevoir la blessure, mais à en juger par la masse de sang qui s'accumulait sous son corps, elle savait que c'était grave.

— Eagle ? cria-t-elle frénétiquement.

— Mademoiselle ? appela une voix à côté d'elle, et Taylor hurla de peur.

Elle tourna la tête et vit un homme agenouillé à l'extérieur de sa glace brisée.

— Désolé de vous avoir fait peur, mais nous devons vous sortir de là. Le moteur est en train de prendre feu.

Taylor pouvait sentir la fumée, mais avait encore le tournis.

L'homme sortit un couteau, et elle recula d'un bond.

— Doucement. Maintenant, je vais couper votre ceinture de sécurité. Tenez-vous bien pour ne pas tomber sur la tête.

Sa voix était basse et apaisante, mais elle ne se sentait pas mieux pour autant. Avant qu'elle ait pu l'exhorter de la laisser où elle était et d'aider Eagle, il l'avait déjà libérée.

Elle tomba avec un grognement sur le plafond du Wrangler. Ses mains atterrirent sur les morceaux de verre des fenêtres latérales, et elle cria.

Avant qu'elle puisse s'orienter, l'homme saisit son bras supérieur.

— Venez par ici. Je vous tiens. Bien, rampez par là.

Accablée, Taylor laissa l'inconnu l'aider à sortir de la Jeep renversée.

— Je suis un secouriste en congé, précisa-t-il. Je roulais derrière l'autre véhicule quand j'ai vu ce type vous rentrer dedans. Quel trou du cul ! Je vais vous emmener dans ma voiture, où vous pourrez vous asseoir. J'ai déjà appelé la police.

Taylor trébucha en marchant vers l'auto du gars. Elle regarda le Wrangler d'Eagle et fut surprise. Le côté conducteur était complètement défoncé.

— Eagle ! s'exclama-t-elle.

— Je vais aller le voir dans une seconde, affirma son sauveteur. Je veux d'abord vous installer. Venez.

Taylor tituba de nouveau et se rendit compte que l'homme avait une prise très ferme sur son biceps. Il la poussait pratiquement vers son véhicule.

À la seconde où elle le remarqua, ses entrailles se figèrent instantanément. Elle essaya d'arrêter de marcher, mais il continua à la diriger.

— Non, je vais bien. Laissez-moi partir, intima-t-elle.

Sa voix tremblait, elle n'était pas aussi forte qu'elle l'aurait voulu.

— Je ne pense pas, Taylor, réagit le type en renforçant sa prise.

L'adrénaline coulait déjà dans ses veines, mais son cœur se mit à battre encore plus vite en l'entendant prononcer son prénom.

Elle reconnut la voiture vers laquelle il la tirait. Une Cadillac marron foncé.

La même que celle qui avait heurté son pare-chocs il y a quelque temps ; elle aurait misé tout ce qu'elle possédait sur cette certitude.

Elle observa l'homme et se creusa la tête, essayant de trouver *quelque chose* de familier chez lui. Était-ce le même qui s'était excusé après l'avoir heurtée ? Qui lui avait demandé des informations sur son assurance ?

Inspirant profondément pour essayer de ralentir son cœur qui s'emballait, Taylor ne réussit qu'à augmenter sa panique. Elle reconnut son odeur.

Désinfectant, urine et eau de Javel.

C'était le type qui lui avait fait peur au centre de démence. *C'était* l'agent de maintenance qui avait changé son filtre à air. Et elle aurait parié n'importe quoi que c'*était* le livreur de la pizza avec le mot « bientôt » écrit avec les olives.

Scrutant autour d'elle frénétiquement, Taylor se rendit compte qu'ils étaient au milieu de nulle part. Il n'y avait aucune voiture dans les deux directions, et elle ne distinguait pas une seule maison. Elle avait de gros problèmes.

Elle commença à se débattre dans l'emprise de l'homme, mais il la tenait sans effort.

— Oh, tu ne vas pas t'enfuir si facilement ! J'ai attendu et planifié ça depuis bien trop longtemps pour que tu t'échappes maintenant.

Taylor devait agir. Sinon, elle savait que personne ne la reverrait jamais.

En regardant l'épave dans l'espoir de voir Eagle sortir et

venir à son secours, Taylor avait envie de pleurer quand tout ce qu'elle remarqua était un peu de fumée s'élevant paresseusement du moteur.

— Eagle ! cria-t-elle en continuant à lutter.

Mais l'homme qui la tenait se mit à rire.

— Il est mort, lâcha-t-il sans ambages. Il ne peut plus t'aider maintenant. Personne ne le peut. Maintenant, *viens*, grogna-t-il en lui tirant vicieusement sur le bras.

Ça faisait mal, mais Taylor ignora la douleur. L'idée qu'Eagle soit mort lui donnait envie de s'effondrer sur le sol et de sangloter.

Elle se rendit soudainement compte que l'avant de la Cadillac était défoncé. Pas au point de ne plus pouvoir rouler, mais ses phares étaient cassés, et la grille était complètement abîmée.

C'était lui qui les avait percutés.

S'il partait avec elle, il y avait une chance qu'un policier les arrête à cause de l'état de sa voiture... mais elle ne pouvait pas risquer sa vie. Si elle le laissait la mettre dans son véhicule, elle était presque morte.

Au lieu d'ouvrir la portière passager, l'homme fit le tour par l'arrière et ouvrit le coffre.

L'idée d'être fourrée là-dedans doubla la détermination de Taylor. Il avait ses clés à la main, le bras tendu, et Taylor agit sans réfléchir, abattant le bord de sa main sur son avant-bras.

Il cria, probablement plus par surprise que par douleur réelle, et fit tomber le trousseau de clés.

Le type s'exclama « Salope ! » et donna un coup de poing à Taylor si fort qu'elle vola en arrière et atterrit sur le sol.

Ignorant la douleur de son visage et de l'accident, elle se leva d'un bond et courut vers les arbres qui bordaient la route. Il avait commis une erreur en la laissant partir, et elle allait en profiter.

Courant aussi vite qu'elle le pouvait, Taylor fonça dans les arbres denses.

— Reviens ici ! hurla l'homme, mais elle ne ralentit même pas.

Esquivant les troncs d'arbres et sautant par-dessus les buissons, Taylor résista à l'envie de regarder derrière elle. Elle pouvait entendre son ravisseur qui la poursuivait. Il jurait et criait qu'elle regretterait d'avoir fui.

Jetant frénétiquement des coups d'œil autour d'elle alors qu'elle courait à travers les bois, elle essaya de déterminer où elle devait aller. Où elle pourrait se cacher. Il était peu probable qu'elle parvienne à le distancer, mais peut-être qu'elle pourrait être plus maligne que lui. Il se fatiguerait sans doute de la poursuivre, retournerait à sa voiture et partirait, et elle pourrait revenir voir Eagle.

Il ne pouvait pas être mort. C'était *impossible* !

L'idée de perdre l'homme qu'elle aimait était inconcevable.

Les douleurs de l'accident se faisaient lentement sentir. Ses côtes palpitaient, et son pied droit était douloureux. En baissant le regard, Taylor remarqua pour la première fois qu'elle ne portait qu'une seule chaussure. Elle ignorait totalement quand elle avait perdu l'autre, mais au moins elle avait sa chaussette.

Étonnamment, elle n'avait pas envie de pleurer. Pas le moins du monde. Elle était terrifiée pour Eagle, mais pas hystérique. Son corps était en pilote automatique, comme si elle savait inconsciemment qu'elle devait se ressaisir si elle voulait survivre. En aucun cas elle ne pouvait laisser cet homme la mettre dans son coffre.

Taylor n'avait aucune idée du temps qu'elle avait passé à

courir quand elle se rendit soudain compte qu'elle n'entendait plus son poursuivant, et qu'il ne criait plus.

S'arrêtant dans sa course et essayant de contrôler sa respiration difficile, elle essaya d'écouter. Était-il toujours en train de la suivre ? Avait-il abandonné et était-il retourné à sa voiture ? Quelqu'un finirait bien par croiser l'épave, non ?

Elle était sur le point de faire demi-tour pour revenir sur ses pas lorsqu'elle entendit un bâton claquer sur sa droite.

Elle tourna la tête et vit l'homme qui se tenait juste à dix mètres d'elle. Ils se regardèrent et elle put discerner la folie dans ses yeux.

Il se précipita vers elle sans un mot, et Taylor fila en courant.

La poursuite reprit. Il était évident maintenant qu'il n'allait pas s'arrêter avant de l'avoir attrapée. Mais elle ne comptait pas se laisser faire.

Elle devait trouver un endroit où se cacher. C'était sa seule chance.

Elle fonça, se faufilant entre les arbres, zigzagant et tournant, plongeant dans des fourrés de buissons qui ratissaient impitoyablement sa peau exposée. Plus le chemin qu'elle empruntait était difficile, plus il serait compliqué pour l'homme de la suivre. Elle était plus petite que lui – elle pouvait entrer dans des espaces qu'il ne pouvait pas atteindre.

Petit à petit, la distance entre eux s'allongea, jusqu'à ce que les bruits de la traque s'estompent de nouveau.

Elle ignorait encore totalement combien de temps elle avait couru cette fois, mais quand elle aperçut un rondin creux au loin, un plan lui vint à l'esprit.

Jetant un coup d'œil derrière elle, Taylor ne vit aucun signe de son poursuivant. Elle ne savait pas quand il la rattraperait. Mais il était là, quelque part. Elle n'en doutait pas. Quand elle atteignit le tronc, qu'elle pensait être la meilleure cachette possible, elle tomba à quatre pattes et inspira avant de s'y enfoncer.

Taylor s'efforça de brouiller les pistes, en essayant de rendre sa cachette aussi naturelle que possible et en dissimulant tout ce qui pourrait la trahir. Puis, malgré ses côtes palpitantes et son cœur battant la chamade, elle se concentra pour inspirer et expirer tranquillement par la bouche.

Le temps lui était compté. Le type allait sûrement arriver d'une seconde à l'autre.

En priant pour qu'il n'y ait pas de serpents ou animaux venimeux dans sa cachette, Taylor s'allongea sur le ventre et se trémoussa jusqu'à optimiser son camouflage. Espérant que c'était suffisant, qu'elle s'était suffisamment couverte, Taylor fit encore une fois de son mieux pour ralentir sa respiration. Quelque chose lui chatouillait la jambe, mais elle l'ignora. Flipper pour une fourmi ou une araignée en ce moment pouvait littéralement la condamner.

Moins de trente secondes après s'être planquée, elle entendit l'homme tout près. Des bâtons se brisaient sous ses pieds, et les feuilles bruissaient pendant qu'il la traquait.

Fermant les yeux pour qu'il ne sente pas son regard sur lui, Taylor pria.

CHAPITRE 17

Eagle ne savait pas pourquoi sa tête lui faisait si mal. Gémissant, il ouvrit les yeux et mit une seconde à comprendre ce qu'il voyait. Il était suspendu à l'envers dans son Wrangler, et il avait l'impression que son crâne allait se diviser en deux.

Il ne se souvenait pas de ce qui s'était passé ni de l'endroit où il se trouvait, mais il ne pouvait pas rester dans cette position pour recouvrer la mémoire.

Cherchant à tâtons le bouton pour libérer la ceinture de sécurité, il grogna lorsqu'il l'enfonça et s'effondra sur le plafond de sa Jeep bien-aimée. En poussant sur la portière, il découvrit qu'elle était trop abîmée pour être ouverte. Il aurait probablement pu sortir par la vitre brisée, mais il décida de ne pas risquer de se couper le torse en lambeaux. Il commença à ramper jusqu'à la portière passager, quand un objet attira son attention.

Un sac à main.

Pas n'importe lequel, celui de Taylor.

Il se figea, et tout lui revint en un éclair.

Taylor et lui se rendaient à Bloomington pour assister à la cérémonie de remise des prix d'une de ses auteures.

Taylor.

Putain !

Où était-elle ? Était-elle blessée ? Était-elle sortie de la voiture ?

Eagle remarqua que le côté passager était ouvert. Il baissa les yeux et vit que la ceinture de sécurité qu'elle portait avait été coupée en deux. Pendant une seconde, il fut soulagé qu'elle s'en soit sortie. Quelqu'un avait dû s'arrêter pour l'aider.

Mais dès qu'il sortit de son Wrangler accidenté et regarda autour de lui, il sut qu'elle avait des problèmes.

La Cadillac marron sur le bas-côté était manifestement celle qui les avait percutés, d'après les dégâts qu'il pouvait constater sur l'avant. Mais plus que cela, il se souvint claire- ment que Taylor avait mentionné qu'un véhicule similaire avait heurté sa Rio.

Elle avait précisé que cette auto semblait plus vieille qu'elle.

Ce n'était pas une coïncidence. Et la Cadillac derrière lui était définitivement un modèle ancien. Les voitures étaient plus solides à l'époque, ce qui expliquait comment le conducteur avait pu le faire sortir de la route. Il avait réalisé une manœuvre TIP. Une technique d'intervention en cas de poursuite.

Eagle s'était entraîné avec des officiers de police lorsqu'il avait rejoint la Delta Force pour apprendre comment obtenir le plus efficacement possible l'arrêt d'un autre véhi- cule lors d'une traque. Celui qui conduisait la Cadillac connaissait manifestement lui aussi la méthode, ou avait eu de la chance quand il l'avait percuté. Puis ce bâtard l'avait heurté de nouveau et plus fort, envoyant sa Jeep dans le fossé, sur le toit.

Mais Taylor et ce conducteur étaient introuvables.

Est-ce que son harceleur travaillait avec quelqu'un d'autre ? Avaient-ils abandonné la Cadillac pour monter dans une autre voiture et emmener Taylor ?

Eagle cligna des paupières, sa vision étant brouillée par le sang qui coulait dans son œil à cause d'une coupure sur son front. Ces satanées plaies à la tête saignaient toujours abondamment. Il utilisa son bras pour s'essuyer le visage, sans se soucier de ses blessures pour le moment. Tout ce qui l'intéressait, c'était Taylor.

Capable de voir à nouveau, mais sachant que l'entaille continuait à saigner, il courut jusqu'à la Cadillac et en fit le tour, à la recherche d'indices. Quand il arriva à l'arrière, il repéra un porte-clés sur le sol.

Après une inspection plus poussée, Eagle remarqua des empreintes de pas dans la terre sur l'accotement, qui menaient dans la forêt dense. La même que Taylor et lui avaient admirée en roulant vers le sud.

Il avait été tellement *idiot* de prendre la route panoramique ! Il le savait, mais il avait été négligent. Il avait pensé que puisqu'il n'avait vu personne les suivre, ils étaient en sécurité.

Il se botterait le cul plus tard. Pour l'instant, il n'avait pas le temps de songer à autre chose qu'à retrouver Taylor.

Sortant son téléphone, Eagle composa le numéro de Smoke.

— Hé, tu es déjà à Bloomington ? demanda Smoke en répondant.

— J'ai besoin que tu traces une plaque d'immatriculation, lança Eagle.

— Merde, qu'est-ce qu'il y a ?

— Je ne sais pas si elle est active – elle a l'air vieille, et la vignette d'immatriculation a expiré il y a six ans.

À la décharge de Smoke, il ne posa pas d'autres questions.

— Donne-la-moi.

— LLC 432.

— C'est noté. Il te faut quoi d'autre ?

— Un hélicoptère. On nous a fait une TIP et on nous a heurtés sur la route de Bloomington. Je suis entre Martinsville et Bloomington, quelque part dans la forêt d'État Morgan-Monroe. On dirait que Taylor s'est enfuie et que quelqu'un l'a suivie. Je vais la chercher, mais l'hélico peut utiliser la caméra thermique pour la trouver. Trace mon téléphone pour donner au pilote les coordonnées, informa Eagle.

— Je le ferai. On est en route, conclut Smoke.

Eagle coupa la connexion, sachant que son ami tiendrait sa parole. S'ils pouvaient faire décoller l'hélico avec la caméra infrarouge, il y avait une chance de repérer Taylor dans l'heure.

Mais les tripes d'Eagle se retournèrent. Elle pourrait ne pas disposer d'autant de temps. Si l'homme qui la poursuivait était le harceleur – et il était prêt à tout parier en ce sens –, elle était en grand danger.

Glissant son portable dans sa poche, conscient que son équipe le rejoindrait dès qu'elle le pourrait, Eagle s'enfonça dans la forêt.

Il devait s'arrêter et essuyer le sang de ses yeux toutes les minutes, mais rien ne l'empêcherait de mettre la main sur sa femme. Pas sa tête qui tournait. Ni le sang qui suintait de la coupure sur son front.

Eagle avait été entraîné à suivre des cibles, et il était plus que reconnaissant en ce moment de tout ce qu'il avait appris. Il pouvait dire quand Taylor avait couru et quand elle s'était arrêtée pour un moment. L'homme qui la traquait n'avait pas perdu sa trace non plus. Eagle avait espéré qu'il aurait pu s'égarer dans la forêt.

Même si le type *était* perdu, Eagle n'irait pas le chercher. Non, sa mission était Taylor. Il devait s'assurer qu'elle était saine et sauve. Elle se trouvait dans la Jeep avec lui. Elle aurait pu avoir des os cassés, ou l'inconnu aurait pu la blesser avant qu'elle s'enfuie.

La forêt était anormalement calme. Même les oiseaux ne gazouillaient pas, et il ne pouvait entendre aucun signe de poursuite. Ses propres pas étaient presque silencieux, car il évitait de marcher sur quelque chose qui aurait pu annoncer sa présence au harceleur de Taylor.

Il suivit régulièrement la piste de sa femme plus profondément dans la forêt. Il fut impressionné par ses tentatives claires de semer l'homme. Elle évitait les sentiers faciles et évidents, choisissant plutôt de couper à travers les ronces et les bosquets d'arbres. Et Eagle faisait un bon travail pour rester calme et concentré, jusqu'à ce qu'il aperçoive du sang étalé sur le tronc d'un arbre.

Il avait le sentiment que c'était celui de Taylor. L'arbre était juste derrière un groupe de buissons de mûres particulièrement moches. Il se souvenait du tee-shirt à manches courtes qu'elle portait pour se rendre à Bloomington et pouvait imaginer à quel point ses bras avaient dû être éraflés en coupant à travers les broussailles épineuses.

Serrant les dents, Eagle s'essuya le visage une fois de plus, agacé par le sang qui ne cessait de couler de sa plaie. Il s'arrêta une seconde, fermant les yeux et s'efforçant d'entendre quelque chose. N'importe quoi.

Étonnamment, il crut entendre un cri pas très loin devant lui.

Il n'avait aucune idée de l'avance que Taylor et son harceleur avaient sur lui, et il était ravi d'obtenir la moindre preuve qu'il se rapprochait.

Il ouvrit les yeux et commença à courir dans la direction du bruit, ne prenant plus la peine de faire attention aux traces à ses pieds. Le hurlement n'avait pu être émis que par une ou deux personnes, et l'instinct lui disait que Taylor et son harceleur seraient ensemble.

Plus il trottinait, plus il était facile de distinguer la voix quelque part devant lui. Si les bois avaient été silencieux avant, ils ne l'étaient plus maintenant.

C'était clairement le timbre d'un homme qu'Eagle entendait, et les mots lui glacèrent le sang.

— Tu ne peux pas te cacher de moi, Taylor ! criait-il. Je te retrouverai où que tu essaies de te planquer. Et tu sais pourquoi ? Parce que tu es parfaite ! Tu ne seras jamais capable de me reconnaître. Quand je t'aurai enchaînée dans la cave, je te montrerai ce que c'est *vraiment* d'être impuissante !

Eagle courait plus vite, restant léger sur ses pieds. Il devait être proche, mais il n'arrivait pas à déterminer où se trouvait le type, sa voix semblant résonner autour de lui. Le fait qu'il soit encore étourdi après s'être cogné la tête ne l'aidait pas.

— J'ai hâte d'enrouler mes mains autour de ton cou et de te regarder arrêter de respirer. Mais ne t'inquiète pas. Je vais te réanimer pour qu'on puisse recommencer. Et le meilleur, c'est que tu ignoreras totalement si c'est le même homme qui t'étrangle ou un autre chaque fois ! C'est pour ça que tu es si parfaite !

Eagle regretta de ne pas avoir pris son pistolet avant de quitter sa voiture. Il l'avait toujours avec lui, mais il avait été désorienté et n'avait pas l'esprit clair lorsqu'il était sorti de l'épave.

Il n'avait toutefois pas besoin d'une arme à feu pour tuer ce connard.

Il pouvait le faire tout aussi facilement à mains nues.

Il n'avait aucune idée du temps qui s'était écoulé depuis qu'il était parti à la recherche de Taylor, mais ce n'était manifestement pas suffisant pour qu'un hélicoptère puisse les rejoindre. Il était seul, et c'était très bien ainsi.

Ralentissant et étouffant ses pas lorsque la voix de l'homme se fit plus forte, Eagle jeta un coup d'œil à travers un mur d'arbres dense lorsqu'il fut à quelques mètres du harceleur, pour avoir une vision du terrain et établir un plan.

Un type qui semblait avoir une quarantaine d'années se trouvait dans une petite clairière. Il était un peu plus petit qu'Eagle. Ses cheveux étaient bruns, et il était un peu gros. De son point de vue actuel, il paraissait tout à fait ordinaire. Rien en lui ne sortait du lot. Même si Taylor n'avait pas été atteinte de prosopagnosie, elle n'aurait pas été capable de le décrire aux policiers suffisamment précisément pour établir un portrait-robot.

Il y avait un grand tronc d'arbre couché sur le côté à proximité, avec des vignes et de mauvaises herbes qui poussaient tout autour. L'homme avait un couteau dans une main et fouillait à une extrémité du tronc avec l'autre, parlant à Taylor, comme s'il savait qu'elle se cachait dans l'arbre creux.

— Tu pourrais aussi bien te montrer, Taylor. Il n'y aura qu'une seule issue à tout ça. Tu vas rentrer avec moi à la maison... et on va jouer.

Sans un mot, et en restant complètement silencieux, Eagle se glissa derrière lui.

À quelques mètres de là, il marcha sur une petite branche, qui cassa.

Maudissant son erreur et souhaitant que Smoke soit là – il aurait pu s'approcher du harceleur sans faire de bruit –, Eagle se mit en garde alors que le type tournait sur lui-même.

Le sourire en coin s'effaça, remplacé par l'incrédulité et la rage, et Eagle reconnut le mal quand il le vit. Il avait assisté plus souvent qu'à son tour à la malveillance pure, et cette ordure se trouvait en haut de la liste avec le pire de l'humanité.

Eagle n'avait aucune idée de son nom, ou de ce qu'il avait commis dans le passé, mais il n'y avait aucun doute dans son esprit que Taylor n'était pas sa première victime. Il avait déjà fait ça avant. Traquer et kidnapper des femmes pour les torturer.

Se déplaçant plus vite que sa cible ne pouvait réagir, Eagle le frappa au visage aussi fort qu'il le put.

L'homme tituba, mais ne tomba pas. Il grogna et se jeta sur Eagle, couteau à la main.

Eagle esquiva alors que le type s'approchait et le frappa de nouveau. Cette fois, il tomba à genoux, lâcha le couteau et chercha instinctivement son nez cassé.

Avant qu'il ne puisse se relever, Eagle était sur lui. Il se plaça derrière l'homme et lui fit une clé de bras à la tête, enroulant son membre autour de son cou. Ils étaient tous les deux à genoux, et l'homme se débattit frénétiquement dans sa prise, lançant des coups de poing sauvages derrière lui, essayant de déloger Eagle, sans succès.

Aucun d'eux ne pipa mot, chacun se concentrant trop sur la victoire dans cette lutte. C'était un combat à mort, et ils le savaient tous les deux.

Eagle resserra son étreinte, ne ressentant pas une once

de remords lorsque l'homme passa de l'envie de le blesser à celle de s'agripper au bras autour de sa gorge pour le forcer à le lâcher. Eagle se rappela ce que le type avait dit lorsqu'il essayait de trouver Taylor, qu'il voulait l'étouffer encore et encore. Comment il s'était réjoui du fait qu'elle ne saurait même pas si c'était le même gars qui l'étranglait ou si elle était torturée par plusieurs ravisseurs différents.

La pensée de sa Taylor dans cette situation, dans *n'importe quelle* situation où quelqu'un la blesserait psychologiquement et physiquement pour satisfaire ses propres désirs malsains, poussa Eagle à serrer son bras encore plus fort.

Mais cela prendrait trop de temps de le tuer de cette façon. Autant il voulait qu'il subisse la même souffrance que celle qu'il avait manifestement prévue pour Taylor, autant il avait besoin d'en finir. Il devait trouver sa femme et s'assurer qu'elle allait bien.

L'homme émettait des gargouillis au fond de sa gorge alors qu'il essayait de faire entrer de l'air dans ses poumons. Rapidement, Eagle le relâcha. Comme il l'avait espéré, le harceleur était trop soulagé d'être enfin capable de respirer pour se battre contre lui. Son bruit haletant résonnait, mais Eagle le remarqua à peine. Il était trop concentré sur ce qu'il avait à faire.

Sans hésitation, sans même dire un seul mot, Eagle saisit la tête du type et l'envoya sur le côté aussi puissamment qu'il le put.

Le craquement était fort dans la forêt tranquille, mais Eagle ne ressentait aucun remords. Il avait menacé Taylor. Il s'était vanté des choses horribles qu'il avait planifiées pour elle. Le monde était meilleur sans lui – et plus encore, Taylor était plus en sécurité sans lui.

Le laissant tomber face contre terre, Eagle se leva. Maintenant qu'il avait éliminé la menace, il se concentrait entièrement sur la recherche de sa femme. Essuyant ses yeux une fois de plus, il héla son prénom.

— Taylor ?

Il n'y eut pas de réponse.

Agenouillé sur le sol à côté du corps, Eagle écarta les lianes et regarda dans le tronc creux.

Il était vide. Elle n'était pas là.

Confus, Eagle resta debout. Pourquoi l'homme avait-il examiné ce rondin si Taylor ne s'y cachait pas ?

L'effroi augmenta dans sa poitrine, et il observa autour de lui frénétiquement. Désespérant de déceler un signe de Taylor, ses yeux scrutaient chaque centimètre de la petite clairière.

Le bruit d'un hélicoptère au-dessus de lui résonna soudain dans toute la forêt, mais Eagle n'était pas soulagé que la cavalerie soit arrivée. Taylor était-elle allongée quelque part, blessée, incapable de bouger ou de réagir ?

Pour la première fois de sa vie, il paniqua. Était-il arrivé trop tard ?

Non, il ne l'accepterait pas.

— Taylor ! cria-t-il aussi fort qu'il le pouvait. Où es-tu ?

Il n'obtint aucune réponse à son appel éperdu, seulement le bruit des pales de l'hélicoptère tournant au-dessus de lui.

* * *

Taylor osait à peine respirer. Son cœur battait si fort qu'il était difficile d'entendre quoi que ce soit par-dessus le bruit qu'il émettait dans sa tête. À tel point qu'elle avait entendu son harceleur parler, mais n'avait pas été capable de distinguer la plupart de ses mots.

Elle avait choisi sa cachette avec soin, priant pour que le

tronc d'arbre et les vignes proches fassent croire à son kidnappeur que c'était là qu'elle se terrait.

C'était seulement un leurre.

S'il ne la trouvait pas là, Taylor espérait qu'il l'imaginerait toujours en train de courir et qu'il partirait dans la direction qu'elle avait supposément prise. La laissant ainsi libre de retourner à la voiture d'Eagle, où elle pourrait escompter trouver son téléphone, ou celui d'Eagle, et appeler à l'aide.

Elle refusait de considérer que l'homme qu'elle aimait était mort. Son harceleur avait dû mentir pour la faire paniquer. Du moins, c'était ce qu'elle souhaitait.

Sur le côté de la petite clairière, il y avait une autre énorme parcelle de buissons de mûres. Sans hésiter, Taylor s'était mise à quatre pattes et avait reculé dans les broussailles, utilisant la terre, les bâtons et les feuilles pour se camoufler davantage. Elle ignorait totalement si elle avait complètement recouvert ses vêtements et ses cheveux, mais elle essayait de contrôler sa respiration et de ne pas bouger d'un pouce.

Elle sursauta lorsqu'elle entendit son prénom crié dans la forêt, mais elle s'efforça de ne pas gémir de peur. Si le ravisseur la trouvait, il la tuerait.

Le bruit qu'elle distingua ensuite était la sonnerie d'un téléphone.

C'était une chose si étrange à percevoir au milieu de la forêt. Taylor n'avait aucune idée de la personne à qui son harceleur parlait – le battement de son cœur l'empêchait de comprendre la douce conversation.

Alors qu'elle pensait avoir eu de la chance, que le type avait quitté la clairière pour la chercher ailleurs, les feuilles au-dessus d'elle bruissèrent.

C'était le moment. Il l'avait trouvée, et elle allait mourir.

— Fleur ? cria un homme.

Mais ça ne ressemblait pas à Eagle. Cette voix semblait incertaine, effrayée.

Déchirée entre l'envie de se révéler à celui qui avait utilisé le mot de passe et celle de s'enfoncer dans le sol, Taylor resta figée.

Son harceleur aurait pu découvrir le nom de code. Il connaissait le surnom d'Eagle, et il les avait trouvés sur la route aujourd'hui. Il pourrait essayer de la piéger, pour qu'elle abandonne sa position.

— Oh, mon Dieu, Fleur ! hurla l'individu de nouveau.

Cette fois, Taylor pouvait sentir que les buissons étaient fouillés.

Sachant que si elle devait entreprendre un mouvement pour s'enfuir, elle devait le faire maintenant, elle leva la tête.

À la seconde où elle agit, elle rencontra une paire d'yeux bleus qui la dévisageaient, choqués.

Il n'y avait rien de reconnaissable chez l'homme agenouillé dans la terre à côté d'elle. Du sang s'écoulait d'une méchante entaille sur son front, qu'il avait en quelque sorte étalé sur son visage et ses cheveux. Mais un détail dans son regard fit bégayer son cœur frénétique...

— Fleur, es-tu blessée ?

Sans que les feuilles et le reste du camouflage lui couvrent les oreilles, ou que le bruit sourd dans sa poitrine l'étouffe, elle pouvait enfin entendre clairement sa voix.

À la seconde où il prononça de nouveau son surnom, Taylor sut que c'était Eagle.

Sortant des broussailles et projetant de la terre et des branches partout, elle se jeta sur lui. Il l'attrapa, retombant sur ses fesses, mais réussit à s'accrocher. Les épines des ronces s'étaient agrippées à ses cheveux et avaient éraflé ses bras qui saignaient déjà lorsqu'elle s'était élancée hors de sa cachette, mais Taylor s'en fichait.

Eagle était vivant et il l'avait trouvée.

Elle savait sans aucun doute que c'était l'homme qu'elle aimait. Son poursuivant aurait pu apprendre le code d'Eagle, mais l'instinct de Taylor lui indiquait qu'il n'en était rien.

Et elle reconnut Eagle à son odeur. À la façon dont ils allaient ensemble. À la sensation de ses bras autour d'elle.

— Eagle ! s'exclama-t-elle.

— *Putain* ! jura-t-il d'un ton angoissé.

Ils se serrèrent l'un contre l'autre un long moment avant que Taylor tente de se retirer, paniquée.

— Il faut qu'on sorte d'ici. Il va nous trouver !

— Il est mort, avoua Eagle, sans se laisser aller.

— Quoi ?

— Mort. Je l'ai tué, râla-t-il, utilisant sa tête pour faire un mouvement derrière lui.

En regardant par-dessus son épaule, Taylor put voir le corps d'un homme étendu dans la terre, près du tronc d'arbre où elle avait d'abord pensé à se cacher.

On entendait le son d'un hélicoptère, et elle leva les yeux, sans pouvoir le distinguer à travers les feuilles épaisses des arbres. Pourtant, elle paniqua une fois de plus, essayant de se dégager des bras d'Eagle.

— On doit filer ! On va leur raconter que le gars s'est enfui et qu'on ne sait pas ce qui lui est arrivé. Alors, peut-être qu'on pourra revenir plus tard pour l'enterrer ou autre !

— Taylor, c'est bon.

— Non, ça ne l'est *pas* ! Tu ne peux pas aller en prison. Je ne survivrai jamais à ça !

Elle était hystérique, mais elle ne pouvait pas s'en empêcher.

— Je ne vais pas aller en prison, rétorqua-t-il calmement.

— Si ! Tu l'as *tué*, et je ne peux pas l'identifier comme

l'homme qui m'a harcelée. Je veux dire, je savais que c'était lui à cause de son odeur, mais personne ne me croira. Les avocats mettront en pièces n'importe quel argument d'auto-défense !

— Il sentait toujours aussi fort ? demanda Eagle.

— Comment peux-tu être si calme ?! cria pratiquement Taylor. Oui ! Il a prétendu qu'il était secouriste et qu'il voulait que je m'asseye dans sa voiture pendant qu'il allait voir comment tu allais, mais j'ai reconnu sa bagnole de merde de la fois où il m'a percutée. Ça, et la puanteur qu'il dégageait. Il essayait de me mettre dans son coffre, mais j'ai frappé son bras et lui ai fait lâcher ses clés. Ensuite, il m'a cognée, et j'ai couru.

— Il t'a cognée ? grogna-t-il, approchant une main pour repousser doucement les cheveux de son visage afin de pouvoir l'examiner.

— Eagle, s'il te plaît ! supplia-t-elle, se débattant dans ses bras.

— Bien que j'apprécie que tu veuilles me protéger, ce n'est pas nécessaire, lui confia Eagle, sa voix redevenue calme, même s'il resserra son emprise sur la pommette enflée. Mon équipe sera là dans quelques minutes, et tout ira bien.

— Ton équipe ? répéta Taylor avec confusion. On est à presque une heure de Silverstone Towing.

— Ils étaient dans l'hélicoptère. Après que la caméra thermique a trouvé nos sources de chaleur, ils sont descendus en rappel et se dirigent vers notre position.

La tête de Taylor tourna.

— *Quoi ?*

— Personne n'ira en prison, la rassura-t-il.

Taylor secoua la tête, encore étourdie. Elle avait envie de le croire.

— Tu saignes.

— Je sais, acquiesça-t-il. J'ai aussi une commotion céré-brale. Et toi, qu'en est-il ? Est-ce qu'il t'a fait mal autrement qu'en te frappant ?

— Non. Mais mes côtes sont douloureuses, j'ai perdu une chaussure, mon pied me lance, et j'ai été bien éraflée par toutes les épines de cette forêt.

Eagle ferma simplement les yeux et la tira encore plus près.

Taylor comprit. Elle ne voulait pas non plus le laisser partir. Tout s'était passé si vite, et ils avaient tous les deux failli mourir.

Deux minutes plus tard, c'était ainsi que Bull, Smoke et Gramps les trouvèrent. Assis par terre, Taylor sur les genoux d'Eagle, ils s'accrochaient l'un à l'autre comme s'ils n'al-laient jamais se lâcher.

CHAPITRE 18

Taylor était assise dans une salle d'interrogatoire au poste de police près de Silverstone Towing. C'était deux jours après que son harceleur avait délibérément foncé sur le Wrangler d'Eagle et essayé de la kidnapper. Ils avaient manqué la cérémonie de remise des prix à Bloomington, mais compte tenu de tout ce qui s'était passé, cela ne semblait plus si important. Eagle et elle se sentaient encore un peu mal, mais elle n'allait pas repousser cette entrevue d'un jour de plus. Elle avait besoin de réponses, et elle savait qu'Eagle pensait la même chose.

Bull, Smoke et Gramps avaient également demandé à assister à la réunion. Connaissant bien ces hommes, les officiers les y avaient autorisés, et Taylor n'y voyait aucun inconvénient. Elle leur devait tout. Ils étaient arrivés jusqu'à Eagle et elle plus vite qu'elle ne l'aurait imaginé. Ils avaient été comme les frères qu'elle n'avait jamais eus. Elle ne voulait pas les empêcher d'obtenir des informations sur ce qu'elle avait subi.

Taylor regarda Eagle. Il avait refusé de porter un bandage sur la large coupure sur son front aujourd'hui, prétextant que ça le démangeait et qu'il préférait laisser la blessure respirer. Elle ne pouvait pas décider s'il était mieux avec ou sans le pansement. Pour l'instant, la plaie était rouge et légèrement infectée, et les points de suture noirs ressemblaient à des antennes d'insectes essayant de sortir de sa peau, donc elle penchait pour qu'il soit plus beau avec le bandage.

Eagle la surprit en train de l'observer, et il lui tendit la main. Il rapprocha sa chaise, puis posa leurs mains jointes sur sa cuisse.

— Qu'est-ce que vous avez découvert ? demanda-t-il aux policiers.

Au lieu de répondre à Eagle, l'homme et la femme qui avaient été chargés de les informer sur l'enquête considérèrent Taylor. Ils affichaient des regards similaires de sympathie sur leurs visages.

Taylor se crispa.

— Tout d'abord, au cas où cela vous inquiéterait, il n'y aura aucune charge contre M. Trowbridge, déclara l'inspectrice Allen.

Elle était vêtue d'un jean et d'un polo noir portant le logo du département de la police.

Il fallut une seconde à Taylor pour se rappeler que M. Trowbridge était Eagle. Elle hocha la tête.

— L'homme qui a causé votre accident de voiture était Brett Williams. Il avait 43 ans, et nous avons des preuves qui suggèrent qu'il était un tueur en série prolifique.

Taylor fixa l'inspecteur en état de choc.

— Quoi ?

— Nous sommes certains qu'il est responsable de près d'une douzaine de décès de jeunes femmes au cours des trois dernières années, déclara l'autre inspecteur.

Il s'était déjà présenté comme James Wolfe.

— Comment le savez-vous ? interrogea Eagle.

C'était aussi bien, parce que Taylor était littéralement sans voix. Elle ne pouvait pas penser à une seule question, elle était trop horrifiée.

— Il avait des photos de ses victimes, répondit l'inspecteur Wolfe. Des polaroïds. On dirait qu'elles ont été prises après qu'il les a tuées. Toutes ces femmes avaient été portées disparues, mais il n'y a jamais eu d'indices sur l'endroit où elles auraient pu être.

— Il vivait avec sa mère, qui souffre d'Alzheimer. Quand nous sommes arrivés chez elle, elle était enfermée dans une chambre. Elle s'était salie et souffrait de déshydratation. Elle était complètement désorientée et ne cessait de demander où était son mari, Donald, ainsi que son petit garçon, Brett, expliqua l'inspectrice Allen.

Taylor se sentait mal pour cette dame. L'odeur de Brett prenait tout son sens maintenant.

— Comment Brett a-t-il fait une fixation sur Taylor ? s'enquit Eagle. Où se sont-ils rencontrés ?

L'inspecteur Wolfe ouvrit un dossier devant lui, étudiant un rapport.

— En fouillant le sous-sol, où il semble avoir passé le plus clair de son temps, on a trouvé une sorte de journal intime. Il l'implique clairement dans la mort des femmes que nous avons vues sur les photos. Il a beaucoup écrit sur ce qu'il ressentait quand il les torturait. Il a aussi expliqué en détail comment il les étranglait jusqu'à ce qu'elles soient inconscientes ou mortes. Puis il pratiquait un massage cardiaque, si nécessaire, pour les ramener à la vie. Apparemment, c'est ce qui le faisait vibrer. D'après son carnet, il a gardé chacune d'elles entre quelques jours et deux semaines.

Taylor avala de travers, et elle sursauta lorsqu'elle sentit les doigts d'Eagle sur sa joue. Elle avait pleuré et ne s'en était pas rendu compte.

— Je sais que vous faites ça tout le temps, dit Eagle aux inspecteurs d'un ton dur, mais pouvez-vous s'il vous plaît vous détendre sur les détails ? Ma petite amie n'est pas passée loin d'être l'une de ses victimes.

Les deux détectives eurent l'air contrits.

— Désolé, s'excusa l'inspecteur Wolfe.

— Pour répondre à votre question, poursuivit l'inspectrice Allen, d'après le journal, il semble qu'il ait rencontré Mlle Cardin pour la première fois après un incident dans une épicerie. Il était témoin et a été interrogé par les policiers présents sur les lieux. Bien sûr, rien de ce qu'il a déclaré n'a été jugé anormal, donc il n'a pas été détenu ou même suspecté.

Taylor se pencha en avant sur son siège.

— C'est le jour où les deux gars se sont battus pour une place de parking ? demanda-t-elle.

L'inspecteur baissa les yeux sur les notes en face d'elle et hocha la tête.

— Oui.

— Je me souviens qu'un tas de gens ont été questionnés, se remémora Taylor. Je ne me rappelle pas que quelqu'un était effrayant ou quoi que ce soit, cependant.

— Eh bien, M. Williams a écrit dans son journal qu'il avait trouvé son prochain « jouet » ce jour-là. Il n'arrêtait pas d'indiquer que vous étiez parfaite, que comme vous ne pourriez pas le reconnaître, il pourrait s'amuser avec votre esprit. Il avait l'intention de prétendre être plusieurs personnes différentes une fois qu'il vous aurait attachée dans son sous-sol.

Taylor se sentait mal. Elle voulait affirmer que le plan de Brett n'aurait pas fonctionné, qu'elle aurait su qu'elle était torturée par le même homme. Mais honnêtement, elle ignorait *comment* elle aurait réagi ou *ce qu'elle* aurait pensé. S'il avait changé de vêtements, peut-être porté un chapeau, elle n'aurait pas compris qu'elle était violentée par un seul type, encore et encore.

Elle ferma les yeux d'humiliation.

Comme si Eagle savait à quoi elle songeait, il lui serra la main et dit aux inspecteurs :

— Taylor savait qu'il était son harceleur. C'est pour ça qu'elle a refusé de monter dans sa voiture.

— Comment ? questionna l'inspecteur Wolfe.

Taylor ouvrit les paupières et observa l'homme en face de la table. Elle ne vit que de la curiosité dans son regard.

— Son odeur, admit-elle. Je l'ai remarquée après qu'il s'est assis à côté de moi au centre de soins pour personnes atteintes de démence. Et c'est logique maintenant, parce qu'il s'occupait de sa mère à la maison. Javel, désinfectant et urine, précisa-t-elle. Ça, et j'ai aussi reconnu sa voiture de la fois où il m'a emboutie. Je suppose qu'il s'est dit que puisque je ne me souvenais pas des visages, ce serait aussi le cas pour son auto, mais cette vieille Cadillac ne se fondait pas exactement dans le décor.

— Je suis impressionné, renchérit l'inspecteur.

Il jeta un bref coup d'œil à sa partenaire, puis revint vers Taylor.

— Et vous avez expliqué que vous croyez qu'il s'est fait passer pour un agent d'entretien pour entrer dans votre appartement, et qu'il a aussi livré une pizza, n'est-ce pas ?

Taylor hocha la tête.

— Vous avez eu beaucoup de chance, avoua l'inspectrice Allen. Il a noté ces deux incidents dans son journal. Il avait prévu de vous attraper quand vous l'avez laissé entrer dans votre appartement, mais votre petit ami était en route.

— Qu'a-t-il fait d'autre ? interrogea Taylor, un peu à contrecœur, mais incapable de *ne pas* savoir.

L'inspectrice Allen baissa les yeux sur ses notes.

— On dirait qu'il vous a surtout suivie pendant quelques mois après vous avoir rencontrée. Il a beaucoup fantasmé sur ce qu'il allait vous infliger quand il vous aurait finalement ramenée chez lui. Voyons voir... Il vous a parlé à la poste, à la bibliothèque... Vous êtes au courant pour l'accrochage. Il a payé votre repas quand vous êtes passée au drive un jour. Il était à l'intérieur, et il a déclaré au caissier qu'il voulait régler votre note, mais en prétendant qu'il était dans la voiture devant vous. Il semble qu'il vous ait également vue déjeuner avec une amie dans un restaurant, et qu'il se soit acquitté de ce repas aussi. Il y a plusieurs références à votre petit ami, à son irritation parce que vous avez commencé à le fréquenter davantage et à passer des nuits hors de votre appartement. Il s'est plaint qu'il lui ait fallu si longtemps pour découvrir qui il était. Il semble clair que sortir avec M. Trowbridge a rendu les choses plus difficiles pour lui. Il ne voulait pas qu'on le voie interagir avec vous et qu'on se souvienne de lui.

Taylor n'arrivait pas à croire que *toutes* les fois où elle avait pensé que des inconnus étaient simplement gentils, c'était Brett. Qu'il avait été... qu'est-ce qu'il *avait fait* ? Il ne s'était pas vraiment amusé, puisqu'elle ignorait que c'était lui derrière ces gestes. Elle avait supposé qu'il avait simplement apprécié le frisson de la chasse et s'était délecté à savoir qu'elle n'avait aucune idée qu'il l'observait.

— Comme je l'ai dit, poursuivit l'inspectrice, vous avez eu beaucoup de chance. Mais vous avez fait tout ce qu'il fallait quand il a finalement décidé de passer à l'action. Vous ne lui avez pas permis de vous embarquer dans sa voiture. Parfois, il est préférable d'être docile et de laisser un kidnappeur sentir qu'il a le contrôle, d'attendre le moment idéal pour s'enfuir, mais dans ce cas, se défendre était absolument la meilleure solution. Vous avez donné à votre petit ami le temps de se remettre de l'accident et de venir vous chercher.

— Je n'ai même pas remarqué qu'il nous suivait, déplora Eagle. Une seconde, nous étions les seuls sur la route, et la suivante, il nous rentrait dedans. Je ne l'ai pas vu arriver sur nous à cause des virages.

Taylor savait qu'il se sentait toujours mal à ce sujet. C'était lui qui avait suggéré de prendre la route panoramique, ce qui avait rendu les choses tellement plus faciles pour Brett. Il serait passé à l'acte à un moment ou à un autre du week-end de toute façon – elle n'avait aucun doute là-dessus –, mais emprunter l'itinéraire à travers la forêt, un axe peu fréquenté, lui avait offert la possibilité de détruire leur voiture et d'essayer de l'enlever.

— Nous soupçonnons qu'il a suffisamment perfectionné ses compétences en matière de surveillance pour être très doué pour la traque, déclara l'inspecteur Wolfe sans ambages.

Ce fut au tour de Taylor de serrer la main d'Eagle. Il s'en voulait d'avoir été assommé et de ne pas avoir pu empêcher Brett de l'extraire de la voiture. Mais les officiers présents sur les lieux avaient affirmé que, sans les compétences de conduite d'Eagle, ils auraient pu tous les deux être tués dans l'accident.

— Quoi qu'il en soit, je sais que vous êtes déjà au courant, informa l'inspectrice Allen, mais il n'y aura aucune charge pour la mort de Williams. C'était manifestement de la légitime défense, et – sa voix se baissa – vous avez épargné à la ville et à l'État beaucoup de dépenses, parce que maintenant nous n'avons pas à lui faire un procès. Les familles de ses autres victimes vont enfin pouvoir tourner la page. Williams a pris des notes détaillées dans son journal pour indiquer où il a enterré chaque corps – nous pensons qu'il pouvait y retourner et revivre tout ce qu'il leur avait infligé. Il faudra beaucoup de temps avant que les proches puissent admettre ce qui s'est passé, mais grâce à vous deux, elles peuvent enfin laisser leurs défuntes reposer en paix.

Taylor n'était pas sûre qu'apprendre que sa femme, sa sœur ou sa fille avait été tuée par un tueur en série soulageait qui que ce soit, mais elle supposait que c'était préférable à l'ignorance la plus complète.

L'inspecteur Wolfe poursuivit :

— Williams sortait apparemment au milieu de la nuit et inhumait ses victimes dans diverses zones boisées de la ville. Et il les a enfouies profondément ; il aurait fallu des années avant qu'elles soient retrouvées, *si* elles l'avaient été.

— Que va-t-il arriver à sa mère ? s'enquit Gramps depuis sa position contre le mur.

Taylor sursauta. Elle avait complètement oublié que les trois autres hommes se tenaient derrière elle.

— Nous n'avons pas été en mesure de trouver un parent, déclara l'inspecteur Wolfe. Pour l'instant, elle est à l'hôpital, mais il va falloir la déplacer rapidement. Il y a un endroit dans le quartier ouest qui accueille les personnes indigentes dont aucun proche ne peut s'occuper.

Taylor pouvait affirmer rien qu'au ton de sa voix que ce lieu n'était probablement pas très fréquentable. Même si elle détestait Brett Williams de tout son être, sa mère n'était pas au courant de ses agissements, et elle était finalement une de ses victimes aussi.

— Je vais payer pour qu'elle soit accueillie dans un centre de soins spécialisés, lança Smoke.

Taylor se retourna pour le dévisager.

Il ne quitta pas les inspecteurs des yeux.

— J'ai l'argent. Je vais appeler pour avoir les détails sur l'endroit où elle se trouve et m'en occuper. Cette femme ne méritait pas ce qui lui est arrivé.

Taylor pleurait de nouveau, mais elle ne pouvait pas s'en empêcher. Comment avait-elle pu rencontrer les amis les plus généreux et les plus compatissants, elle n'en avait aucune idée, mais elle se jura de ne jamais les tenir pour acquis.

— Généreux de votre part, confia l'inspecteur. Je vous mettrai en contact avec son médecin.

Smoke hocha la tête.

— J'apprécie.

— Avez-vous d'autres questions ? demanda l'inspectrice Allen.

L'esprit de Taylor tourbillonna tandis que les hommes de Silverstone exprimaient plusieurs autres interrogations. Tout ce à quoi elle songeait, c'était qu'elle avait failli disparaître exactement comme les onze femmes qui l'avaient précédée. Elle avait été extrêmement veinarde. Un tueur en série l'avait emmerdée pendant des *mois*, et elle n'en avait décelé aucun indice.

Non seulement ça, mais elle avait mis Eagle en danger. Et Skylar. Et tout le monde à Silverstone Towing. Et si Brett avait vu Skylar et décidé qu'il la voulait aussi ? Ou la petite Sandra ? Ou Christine, ou Leigh ? Il aurait pu saboter sa propre voiture et demander un remorquage. Les autres auraient-elles été aussi chanceuses ?

Le crâne de Taylor palpitait, et plus elle restait assise dans la petite pièce, plus elle se sentait claustrophobe.

Mais comme d'habitude, Eagle était en phase avec elle et le remarqua.

— Je pense que c'est suffisant pour aujourd'hui,

annonça-t-il, et Taylor leva la tête pour le regarder. Si nous avons d'autres questions, nous vous contacterons, poursuivit-il en reculant sa chaise et en se levant.

Comme il n'avait pas libéré sa main, Taylor n'avait pas d'autre choix que de se mettre également debout. Dès qu'elle fut sur ses pieds, Eagle la lâcha et passa un bras autour de sa taille, l'attirant à ses côtés. Elle aurait pu protester contre sa brutalité, mais elle était plus qu'heureuse de quitter le commissariat de police.

Eagle serra la main des deux inspecteurs, puis Taylor l'imita avant qu'il la conduise hors de la pièce et dans le hall. Se sentant comme étourdie, elle se laissa emmener à l'extérieur, prenant une grande bouffée d'air frais dès qu'ils furent sur le parking.

Eagle la tourna alors vers lui, gardant un bras autour de sa taille et utilisant son autre main pour soulever son menton afin qu'elle soit obligée de le regarder.

— Tu vas bien ?

Taylor hocha la tête, mais souffla :

— Pas vraiment.

Elle détestait l'expression d'inquiétude sur son visage.

— Tu as encore mal aux côtes ?

— Presque plus.

— Et ton pied ?

Pendant sa course pour échapper à Williams, elle avait marché sur un morceau de verre qui s'était logé dans la voûte plantaire. C'était infecté, mais le médecin avait dit que comme elle était en bonne santé et prenait des antibiotiques, ça devrait disparaître rapidement.

— C'est douloureux, mais supportable.

Ses bras la démangeaient à cause des épines de la forêt, mais elle n'avait pas l'intention de se plaindre. Elle avait eu beaucoup de chance ; avoir quelques égratignures n'était rien de plus qu'un inconvénient pour le moment.

— Viens là, intima Eagle, puis il l'entoura de ses deux bras.

Taylor se blottit immédiatement contre lui, l'attrapant comme si elle ne le lâcherait jamais. Elle posa sa tête sur son épaule et respira son parfum pur.

— Mon Dieu, marmonna-t-il. Je n'arrive pas à croire que j'ai été à deux doigts de te perdre. Pour info, poursuivit-il sans desserrer son étreinte, je n'aurais jamais cessé de te chercher. Je t'aurais trouvée, et je t'aurais sauvée aussi.

Elle n'était pas sûre de le croire, mais elle aimait l'idée qu'il n'aurait pas renoncé à essayer.

Elle ignorait combien de temps ils étaient restés collés l'un à l'autre sur le parking, mais Bull finit par s'approcher d'eux et leur demanda s'ils étaient prêts à partir. Eagle opina du chef et ouvrit la portière arrière de l'Altima de Bull. Il les avait conduits au poste de police, car Eagle n'avait pas encore fait remplacer sa Jeep.

Personne ne prononça grand-chose sur le chemin du retour à Silverstone Towing jusqu'à ce que Bull se gare. Il pivota pour les observer, Eagle et elle, sur la banquette arrière.

— Bon, vous savez, ce n'était pas mon idée. En réalité, j'ai essayé d'en dissuader Skylar, mais elle a insisté.

— De quoi ? s'enquit Eagle d'un air las.

Taylor n'était pas d'humeur à faire autre chose que de s'allonger, mais elle devait admettre qu'elle était curieuse de découvrir ce que Skylar avait préparé.

— Tout le monde est à l'intérieur, avoua Bull.

— Tout le monde ? répéta Eagle.

— Oui, tous les employés. Archer a préparé une tonne de nourriture, et il y a une énorme fête en cours.

— Emmène-nous à mon appartement, ordonna Eagle.

Taylor posa sa main sur son bras.

— C'est bon.

— Non, ce *n'est pas* bon. Tu es stressée à mort, et moi aussi. Aucun de nous n'est d'humeur à feindre d'être heureux. Je ne veux blesser aucun d'entre eux en étant sec et grincheux, et je sais que toi non plus.

C'était aussi son cas. Et ça faisait du bien d'avoir Eagle si fermement de son côté. Elle n'avait jamais eu de champion, et ça ne serait jamais moins que génial.

— Je pense que ça nous sera bénéfique, prononça-t-elle doucement. Je ne veux pas m'attarder sur ce que nous avons appris aujourd'hui. Je refuse de songer à la façon dont j'ai failli mourir des mains de ce bâtard fou. On ne m'a jamais réservé de fête surprise avant, je n'ai jamais eu d'amis qui se souciaient assez de moi pour prévoir quelque chose comme ça. Et... Shawn a préparé à manger... Je ne suis pas sûre que tu aies quelque chose de comestible dans ton appartement, et je n'ai pas envie de cuisiner. En plus, je suis affamée.

Eagle l'étudia.

— Tu ne dis pas ça comme ça, hein ?

— Non.

— D'accord. Mais à la seconde où tu auras atteint ta limite, fais-le-moi savoir, et je te sortirai de là.

Taylor hocha la tête.

— Promis.

— Skylar ne pensait pas à mal après tout ça, expliqua Bull. Elle sait très bien ce que ça fait d'échapper à la mort. Elle voulait simplement aider.

— J'en suis consciente, le rassura Taylor. J'ai de la chance d'avoir une amie comme elle.

— Allez, sortons tout le monde de la misère. Je suis certain qu'ils ont visionné la caméra de sécurité et se demandent de quoi on parle ici, lança Eagle, en tendant la main vers la poignée de la portière.

Taylor se glissa derrière Eagle et le suivit hors de la voiture. Elle aurait pu sortir de son côté, mais elle n'était pas encore prête à lâcher sa main. Elle se sentait un peu bizarre d'avoir besoin de garder un contact physique avec lui, mais ça ne semblait pas le déranger.

Ils entrèrent tous les trois dans Silverstone Towing, mirent leurs badges – qui étaient les trois derniers aimantés au tableau métallique à côté de la porte – et se dirigèrent vers la grande salle.

Bull n'avait pas menti ; tous les employés de Silverstone Towing étaient présents, ceux qui n'étaient pas en train de travailler, bien sûr. Tout le monde cria un « Salut ! » en entrant, et Taylor ne put s'empêcher de pleurer. Comment elle avait pu passer d'une existence solitaire à cette situation, elle l'ignorait... mais elle savait qu'elle *ferait tout* ce qu'il fallait pour la conserver.

Skylar se précipita vers eux et donna à Taylor un long câlin sincère. Quand elle se retira, elle s'enquit :

— Tu vas bien ?

— Maintenant, oui, répondit Taylor avec un sourire, et c'était sincère.

Il y avait une minute, peu importe ce qu'elle avait déclaré à Eagle et Bull dans la voiture, elle n'était pas vraiment sûre de vouloir être avec quelqu'un d'autre qu'Eagle. Mais maintenant qu'elle était ici, et après avoir vu à quel point tout le monde était soulagé et heureux qu'elle aille bien, Taylor ne souhaitait se trouver nulle part ailleurs.

Alors qu'Eagle et elle se promenaient dans la pièce en disant bonjour à chaque invité, Taylor se rappela encore une fois à quel point il était bon d'être en vie. Tout le monde portait un badge, donc elle n'eut pas à demander leurs noms. Elle n'avait peut-être pas reconnu leurs visages, mais elle savait beaucoup de choses sur chacun d'eux. Robert détestait le flipper, mais était un maître du baby-foot. José était une vraie mauviette. Christine râlait sur le fait que tout le monde soit désordonné, alors qu'elle-même était, en réalité, une flemmarde invétérée. Elle avait appris à connaître les enfants de chacun, et l'équipe favorite de chaque personne à Silverstone.

Taylor n'était peut-être pas une employée, mais elle avait passé assez de temps là-bas pour bien connaître chaque membre de l'équipe… et ils avaient appris à la découvrir en retour.

C'était simplement ce dont elle avait besoin. Être entourée d'amis.

Shawn s'approcha alors d'elle, et Taylor faillit pleurer de nouveau, se sentant trop émotive à propos de tout en ce moment. Il ne dit rien, il enroula simplement ses énormes bras autour d'elle. Ils s'enlacèrent pendant un long moment avant qu'il se retire et la regarde profondément dans les yeux. Puis il hocha la tête.

— Tu vas bien ? s'enquit-il.

— Je vais bien, acquiesça Taylor.

Il se pencha et lui chuchota à l'oreille :

— Quand tu auras faim, j'ai préparé une tarte au caramel et au beurre de cacahuètes rien que pour toi. Je l'ai cachée dans le tiroir à légumes du deuxième réfrigérateur. Elle est recouverte de papier d'aluminium, sur lequel j'ai écrit « Touche ça, et je ne ferai plus jamais de dessert ». Personne n'a osé jeter un coup d'œil pour voir ce que c'était. Elle est tout à toi.

Taylor sourit, s'étira sur la pointe des pieds et embrassa sa joue.

— Merci.

— De rien.

Puis il pivota et retourna dans la cuisine, chassant Robert et Shane de son domaine.

— C'était quoi, ça ? demanda Eagle.

Il ne s'était pas éloigné d'elle de plus d'une longueur de bras pendant qu'elle faisait le tour de la fête.

Taylor mit son bras autour de sa taille.

— Rien. Tu as des amis assez incroyables.

— *Nous* avons des amis incroyables, corrigea-t-il.

Taylor rayonna.

— Oui.

* * *

Il était 1 heure du matin lorsque la dernière personne quitta Silverstone et qu'Eagle put avoir Taylor pour lui tout seul. Il aimait comme elle s'entendait bien avec tout le monde, mais il avait vraiment besoin d'elle pour lui. Après avoir appris ce que ce bâtard de Williams avait fait au cours des deux derniers mois, il ne pouvait penser à rien d'autre qu'à la tenir dans ses bras.

Ils avaient réquisitionné une chambre vide à Silverstone pour que personne n'ait à se déplacer pour les ramener à son appartement. Il aurait demandé à quelqu'un de les raccompagner s'il avait eu le moindre indice que Taylor désirait s'en aller, mais elle avait semblé satisfaite de grimper dans l'un des grands lits du garage.

Dès qu'il se glissa sous les couvertures, elle se blottit contre lui, s'y agrippant comme si elle ne voulait jamais le laisser partir. Ils étaient peau contre peau, rien entre eux, et sa chaleur s'infiltrant dans son flanc l'aida beaucoup à se sentir mieux.

Il était également soulagé de ne pas être accusé d'avoir

tué Williams, mais même s'il avait été assis dans une cellule de prison en ce moment, il n'aurait pas agi différemment. Il avait dit à Taylor qu'il tuerait quiconque lui ferait du mal, et il n'avait pas menti. L'idée qu'elle soit dans les griffes de ce fou suffisait à le rendre paranoïaque et à le dissuader de la laisser hors de sa vue.

— Je vais bien, annonça doucement Taylor, qui avait manifestement perçu son malaise.

Eagle s'efforça de détendre ses muscles. Elle allait bien. Elle était en sécurité dans ses bras.

— Je t'aime, souffla-t-il.

— Je t'aime aussi.

Elle leva les yeux vers lui, et il aperçut son regard qui se dirigeait vers l'entaille sur son front.

— Ça va guérir, répliqua-t-il rapidement. En comparaison avec toutes les blessures que j'ai reçues au fil des ans, celle-ci n'est rien.

— Quand je t'ai vu la première fois après l'accident, tu étais littéralement couvert de sang, rappela doucement Taylor.

— Les plaies à la tête saignent beaucoup. Je devais constamment essuyer le sang de mes yeux pour pouvoir distinguer quelque chose.

Taylor opina du chef. Puis elle approcha une main de son visage et toucha ses points de suture avec une caresse à peine perceptible.

— Ça va laisser des cicatrices.

— Probablement, confirma Eagle en haussant les épaules. Ça te dérange ?

Taylor lui lança un regard bizarre qu'il ne sut comment interpréter. Puis elle se dressa sur un coude et plana au-dessus de lui.

— Je déteste que tu aies été blessé à cause de moi, mais...

— Ce n'était pas ta faute, l'interrompit Eagle, n'appréciant pas qu'elle envisage une telle ineptie ne serait-ce qu'une seconde. Mais parce que Brett Williams était un putain de malade qui a décidé de prendre ce qui ne lui appartenait pas.

Taylor lui adressa un petit rictus.

— Tu ne m'as pas laissée finir, gronda-t-elle.

— C'est parce que tu racontais n'importe quoi, rétorqua-t-il.

— Tu es autoritaire, l'informa-t-elle.

— Oui, convint Eagle.

Elle sourit, et il aima la façon dont elle était détendue en sa présence.

— Quoi qu'il en soit, ce que je disais, c'est que même si je déteste que tu sois blessé de prime abord, je suis aussi un peu contente.

Eagle ignorait où elle voulait en venir, mais il ne s'en offusqua pas. Il savait qu'elle avait raison, il fallait simplement attendre qu'elle s'explique.

Sa main libre se leva et traça une fois de plus la blessure sur son front.

— Tu vas avoir une cicatrice. Sur ton visage... là où tu ne pourras pas la cacher.

Son regard se posa sur le sien et il put voir des larmes se former dans ses yeux. Il ouvrit la bouche pour la réconforter, pour lui assurer une fois de plus qu'il se fichait de son apparence, tant qu'elle l'aimait. Mais elle parla la première.

— Je serai capable de te reconnaître.

Ces six mots firent que la gorge d'Eagle se serra d'émotion.

— Je serai capable d'affirmer au premier coup d'œil qui

tu es. Que tu es *mon* homme. Je n'aurai pas à attendre que tu m'appelles Fleur, ou que tu me donnes un autre indice. Je pourrai être comme n'importe quelle autre femme normale et savoir immédiatement que tu es à moi.

— Putain, chuchota Eagle, à court de mots.

— Je sais que c'est bizarre, et si tu veux voir un chirurgien plastique pour arranger ça, ça me convient.

— Pas question, lui répondit Eagle. Je vais porter cette cicatrice avec fierté.

Taylor sourit de nouveau et reposa sa tête sur son épaule.

— Tu te souviens quand on a parlé d'enfants et que j'ai déclaré que je n'en voulais pas ?

— Ce n'est pas ce que tu as dit, la reprit Eagle. Tu as prétendu que tu ne pensais pas que tu serais une bonne mère.

— Je n'arrive pas à croire que tu te rappelles précisément mes propos, souffla-t-elle.

Eagle afficha un rictus.

— Je me remémore toutes les personnes que j'ai rencontrées ou que j'ai vues en photo. Pourquoi pas ce que tu racontes ?

— C'est vrai. Tu marques un point. Mais c'est ennuyeux. Si tu dois toujours me rappeler mes mots exacts, ça ne présage rien de bon pour notre relation dans le futur.

— Compris, lâcha Eagle en souriant.

Il pouvait deviner qu'elle n'était pas vraiment en colère contre lui. Elle était plutôt mignonne quand elle était énervée.

— Continue.

— Bon... J'y ai beaucoup réfléchi, avoua Taylor.

— Et qu'as-tu décidé ?

Le cœur d'Eagle battait plus vite, et il ne savait pas trop

pourquoi. Encore une fois, il ignorait où Taylor voulait en venir avec cette conversation, mais il avait le sentiment que la suite allait changer sa vie.

Elle releva la tête de nouveau.

— J'en veux. Avec toi, du moins. Tu m'as aidée à comprendre qu'une partie de mon problème était *moi-même*. J'aurais dû être plus ouverte et honnête avec mes amis et mes familles d'accueil. J'aurais dû communiquer davantage. J'ai pris leur confusion à propos de ma condition comme un signe qu'ils ne m'aimaient pas. Je suppose que, peut-être, si je leur avais parlé, si j'avais essayé de leur expliquer plus clairement comment mon cerveau fonctionnait, les choses auraient été différentes.

Eagle roula, emprisonnant Taylor.

— Redis-le, ordonna-t-il, l'émotion étant facile à entendre dans sa voix.

Elle rougit, mais haussa les épaules.

— Je me verrais bien avoir des enfants... à condition que tu sois le père.

— Oui ! s'extasia-t-il, un peu plus fort qu'il ne l'aurait souhaité.

Elle sourit.

— Veux-tu m'épouser ? s'exclama-t-il.

Taylor cligna des paupières de surprise.

— Je ne t'ai pas annoncé ça pour que tu me demandes en mariage, protesta-t-elle. J'avais simplement envie que tu saches que j'y avais réfléchi et que tu avais raison. Même si mes enfants ont la prosopagnosie, je ne les abandonnerai jamais. Je leur apprendrai ce que cela signifie et leur donnerai des astuces pour traverser la vie.

— *Nos* enfants, corrigea Eagle. Même si *nos* enfants ont la prosopagnosie.

Taylor se lécha les lèvres et leva les yeux vers lui.

— Je ne peux pas imaginer ma vie sans toi, et entendre ces inspecteurs détailler ce que Williams t'avait réservé a été comme une révélation. Je veux passer chaque jour du reste de mon existence avec toi. Taylor Cardin, veux-tu m'épouser ? Avoir des bébés avec moi ? Me battre au flipper et me tenir en haleine pour le reste de nos vies ?

— Oui.

Taylor opina du chef.

— Oui ! Bien sûr que oui !

Eagle baissa la tête et l'embrassa aussi fougueusement que la première fois. Il n'en avait jamais assez d'elle. Il voulait lui montrer à quel point il l'aimait.

— Je n'ai pas de préservatif, murmura-t-il avec l'envie éperdue de plonger en elle et de planter son sperme dans son utérus.

Mais elle n'avait pas dit qu'elle était prête à avoir des enfants à la seconde même, seulement qu'elle en voulait à un moment donné.

— Je m'en fiche, haleta-t-elle, déplaçant ses jambes, s'ouvrant à lui.

— Tu n'es pas sous contraception, lui rappela Eagle.

— Je sais.

Pour être clair, Eagle se pencha et l'embrassa, puis haussa la tête de quelques centimètres. Ses lèvres touchaient presque les siennes quand il parla.

— J'ignore où tu en es dans ton cycle, mais si je te faisais l'amour maintenant, je pourrais te mettre enceinte.

Taylor leva la main et toucha le côté de son visage.

— *Je sais*, répéta-t-elle.

— Putain, grogna Eagle, son excitation étant multipliée par mille.

Il se dressa sur une main et regarda entre eux. Ses jambes étaient écartées autour de ses hanches, et son membre était aussi dur qu'il pouvait se souvenir de l'avoir été.

Il s'en saisit et effleura le bout de son sexe en sueur autour de son ouverture.

Taylor gémit.

— S'il te plaît, j'ai besoin de toi.

Il ne pouvait rien refuser à sa Fleur. Lentement, s'assurant qu'elle était vraiment prête pour lui, Eagle poussa dans son corps accueillant.

Quand il fut au fond, elle accrocha ses chevilles autour de ses fesses et souleva ses hanches.

— Tiens bon, croassa-t-il.

Il attendit que Taylor acquiesce, puis il commença à lui montrer dans quelle mesure elle comptait pour lui. À quel point il l'aimait. Combien il était reconnaissant qu'elle soit dans sa vie.

Et chaque fois qu'il touchait le fond de son intimité, Eagle songea qu'il pourrait la mettre enceinte. Ici et maintenant.

Il n'avait pas beaucoup pensé aux enfants, mais soudainement il ne pouvait réfléchir à rien d'autre. Il voulait une petite fille avec les mêmes boucles incontrôlables que celles de sa mère. Un petit garçon avec ses beaux yeux bruns.

L'excitation le submergea presque, et Eagle savait qu'il allait jouir plus vite qu'il ne le souhaitait. L'idée que son sperme la remplisse le rendait encore plus dur. La sensation de ses parois chaudes et humides se resserrant autour de son membre nu était quelque chose qu'il n'avait jamais connu auparavant, et c'était le paradis.

— Je vais venir, avertit-il, détestant ne pas avoir fait en sorte d'être en phase avec elle.

— Vas-y, l'encouragea-t-elle, puis elle serra ses muscles internes autour de lui, fort.

Ce fut tout ce qu'il fallut. Eagle poussa un cri qu'il était sûr que tout le monde dans le garage pouvait entendre, et il jouit. Vidant ce qui semblait être des litres dans sa femme.

Dès qu'il se remit, Eagle s'assit sur ses talons, ne rompant pas leur connexion, et tira les hanches de Taylor vers le haut, sur ses cuisses.

— Eagle ! s'exclama-t-elle, surprise.

— Tu n'es pas venue, l'informa-t-il, bien qu'il soit certain qu'elle était parfaitement au courant.

— C'est bon, l'apaisa-t-elle

— Non. Pas d'accord, lui rétorqua-t-il. Allonge-toi et détends-toi.

Son sexe était toujours en elle, même s'il était à moitié dur. Elle était encore plus chaude et humide qu'avant, et il savait que c'était parce qu'elle était pleine de son sperme. Il pria pour qu'un de ses spermatozoïdes parvienne à faire le voyage jusqu'à son utérus, car il avait hâte de la voir ronde avec son enfant.

Tenant sa hanche d'une main, il pressa son pouce contre son clitoris. Elle gémit quand il commença à jouer avec elle.

— C'est ça, l'encouragea-t-il. Laisse-toi aller, laisse-moi te faire sentir bien.

Les yeux de Taylor étaient clos, et sa bouche était ouverte alors qu'elle haletait. Elle était si belle, Eagle ignorait comment il avait eu autant de chance.

Il ne lui fallut pas longtemps pour la pousser à bout. À l'approche de l'orgasme, elle essaya de fermer ses jambes, mais n'y parvint pas. Eagle n'allégea pas son toucher non plus.

— Viens pour moi, Fleur, insista-t-il.

En quelques secondes, elle tendit tous ses muscles et fut projetée au bord du précipice. Eagle sentit une partie de leur jus combiné s'échapper d'elle et s'étaler sur ses cuisses. Cela ne contribua qu'à augmenter son plaisir du moment.

La sueur perlait sur ses tempes tandis qu'elle se débattait sous son emprise, et Eagle finit par céder, retirant son pouce de son clitoris et maintenant son bassin contre lui, s'assurant de ne pas laisser son sexe glisser hors de son corps.

— Putain de merde, marmonna-t-elle, alors qu'Eagle souriait.

Prêtant attention à ne pas la perdre, il les manœuvra pour qu'ils soient de nouveau allongés à plat sur le lit.

— Tu es toujours en moi, chuchota-t-elle.

— Oui. Je n'ai jamais été en mesure de faire ça avant. J'ai toujours dû me retirer et m'occuper du préservatif. J'aime être en toi.

— J'aime que tu sois en moi, admit-elle.

— Tu vas m'épouser bientôt, hein ? questionna Eagle.

— Et tes parents, et ton frère ? s'inquiéta Taylor, en ouvrant les yeux et en le regardant.

— Ils seront heureux pour moi, mais honnêtement, ils ne font pas vraiment partie de ma vie. Ma famille est ici.

— Alors, peut-être qu'on peut se marier ici, à Silverstone Towing ? suggéra Taylor, incertaine.

— Oui, acquiesça Eagle immédiatement. Je ne vois pas de meilleur endroit pour te faire officiellement mienne.

— Personne ne m'a jamais désirée avant, confia doucement Taylor.

— Non seulement je te veux, mais j'*ai besoin* de toi, répondit Eagle. Et je suis conscient que je n'ai pas demandé correctement, avec une bague et tout ça, mais je vais t'en trouver une bientôt.

— C'est bon. Mais n'en fais pas trop.

Eagle sourit.

— Sérieusement. Je ne peux pas saisir avec une grosse bague à mon doigt. En plus, quelque chose d'imposant attirerait l'attention, et tu ne voudrais pas que je me fasse voler, n'est-ce pas ?

— Merde ! jura Eagle, je n'avais pas pensé à ça.

Taylor gloussa, et il sentit son membre glisser hors de son corps.

Ils soupirèrent tous les deux à cause de cette perte.

Eagle les plaça dans une position plus confortable, Taylor sur le côté, devant lui. Il enroula son bras autour d'elle, l'attirant contre lui. Son sexe se blottissait contre le bas de son dos, et il ne se souvenait pas de s'être jamais senti aussi heureux.

— Je te promets, Fleur, que je vous aimerai tellement, toi et nos enfants, que tu t'ennuieras de ma surveillance et de ma surprotection.

— Je ne m'en lasserai jamais, surtout que je n'en ai jamais eu.

— Merci d'être forte. De ne pas avoir laissé ce connard te faire monter dans sa voiture.

— Merci d'être venu me chercher.

— Toujours. Je viendrai toujours te chercher, promit Eagle.

Alors qu'il tenait sa fiancée dans ses bras et écoutait ses respirations s'harmoniser et devenir plus lourdes, son corps complètement détendu alors qu'elle s'endormait, Eagle laissa échapper un souffle long et lent. C'était presque effrayant de constater à quel point il aimait la femme dans ses bras. Personne ne pourrait jamais la lui prendre. Elle était à lui, tout comme il était à elle.

Il comprenait enfin comment Bull pouvait tout risquer pour Skylar. Il ferait *n'importe quoi* pour Taylor. Absolument tout.

Son esprit se tourna vers Smoke et Gramps. Il voulait qu'ils rencontrent leur propre femme à aimer. Il était reconnaissant qu'ils adorent Taylor et qu'ils la protègent au péril de leur vie, mais il souhaitait qu'ils soient aussi heureux que lui en ce moment. Quelque part, il y avait des demoiselles qui pouvaient rendre leur vie aussi merveilleuse que la sienne... il fallait simplement qu'ils les trouvent.

ÉPILOGUE

Un mois plus tard, après qu'Eagle et Taylor se furent mariés et qu'ils eurent annoncé que Taylor attendait un enfant, l'équipe prit la décision de partir à l'étranger afin de s'occuper d'une situation qu'elle suivait avec anxiété depuis un certain temps déjà. Tout le monde savait qu'il était difficile pour Eagle de quitter sa femme récemment enceinte, mais cette mission était importante et ils avaient besoin de toute la main-d'œuvre possible.

Même si Smoke était heureux pour Eagle et Taylor, il avait hâte d'aller en Afrique. Il avait suivi de près la situation avec le groupe extrémiste Boko Haram.

En 2014, ils avaient kidnappé deux cent soixante-seize filles dans une école, les emmenant dans la région de Konduga dans la forêt de Sambisa. Ils avaient forcé les non-musulmanes à se convertir à l'islam. De nombreuses captives avaient été mariées de force à des membres de Boko Haram. D'autres avaient été emmenées au Tchad et au Cameroun. Certaines, qui avaient brièvement réussi à s'échapper, avaient été rendues à leurs ravisseurs et fouettées.

La situation entière retournait l'estomac de Smoke. Il détestait tout ce qui concernait la répression de ces jeunes filles. Elles avaient toute leur vie devant elles, et alors qu'elles essayaient de grandir, d'apprendre tout ce qu'elles pouvaient, elles étaient volées et contraintes par des adultes qui auraient dû célébrer leurs succès.

À ce jour, plus d'une centaine des gamines du rapt initial étaient toujours portées disparues, ce qui hantait Smoke. Il détestait penser à ces jeunes femmes qui vivaient des existences imposées. Ils ne pouvaient peut-être pas les sauver... mais il y avait encore une chance qu'ils puissent empêcher que la même chose arrive à d'autres innocentes.

Il y a quelques semaines, ils avaient appris que Boko Haram avait attaqué une autre école. Cette fois à Askira, une ville située au sud de Chibok, où le premier groupe avait été kidnappé. Soixante-douze filles avaient été enlevées cette fois-ci, dans la forêt nigériane. Beaucoup moins que lors de l'assaut précédent, mais pour Smoke, c'était soixante-douze de trop.

Boko Haram n'était pas aussi fort qu'à l'époque de l'enlèvement des filles de Chibok, mais ils avaient manifestement assez d'adeptes pour ravir une fois de plus des enfants innocents à leurs parents, dans leurs maisons.

Et cette fois, il y avait aussi une femme américaine parmi les disparues. Personne n'avait eu de nouvelles d'elle ou des élèves qui avaient été kidnappées. Au début, on avait espéré qu'elle s'était enfuie dans la forêt pour se cacher lorsque l'école qu'elle visitait avait été attaquée. Mais après un jour ou deux, il était devenu évident qu'elle avait disparu avec les filles.

Smoke était prêt à partir. Pour trouver Abubakar Shekau, le leader de Boko Haram, et se débarrasser de lui une fois pour toutes. Pas seulement parce qu'il était allé trop loin en enlevant une Américaine, mais aussi parce qu'il avait osé enlever des écolières innocentes pour la deuxième fois. C'était odieux, et tout le monde à Silverstone était d'accord pour dire qu'il devait être arrêté. L'homme avait été déclaré mort à plusieurs reprises, mais il semblait toujours réapparaître dans des vidéos de propagande, s'efforçant de rallier ses partisans. On supposait qu'il utilisait des sosies pour se protéger, mais Smoke et ses coéquipiers de Silverstone savaient qu'ils pouvaient le dégoter et le tuer.

Et avec un peu de chance, ils retrouveraient aussi les fillettes disparues. Et Molly Smith, si elle était encore en vie.

Cette mission ne serait pas aussi rapide que la plupart de leurs actions récentes. Ils pourraient être partis pendant des mois ; essayer de trouver un homme seul dans la jungle africaine n'était pas vraiment facile, même s'ils avaient des informations sur la localisation de Boko Haram. Smoke comprenait donc pourquoi Bull et Eagle avaient repoussé le départ. Ils n'avaient pas envie de laisser leurs femmes, et Smoke ne pouvait pas leur en vouloir.

Mais il ne pouvait s'empêcher d'imaginer le visage de Molly Smith. Elle était petite, environ un mètre cinquante-huit et, si elle pesait plus de cinquante kilos, il en serait surpris. Elle avait obtenu son diplôme de premier cycle et sa maîtrise à Northwestern. Elle était intelligente et, espérons-le, pleine de ressources. Ses grands-parents l'avaient élevée après que ses parents avaient été tués dans un accident de train en rentrant de leur travail en ville.

Sur une photo récente, Molly avait des cheveux noirs aux épaules, et des yeux bruns qui semblaient contenir beaucoup plus de douleur que ceux d'une personne moyenne. Smoke ne pouvait pas supporter l'idée qu'elle soit retenue contre sa volonté.

La femme l'avait atteint. Il ne comprenait pas pourquoi,

mais il ne pouvait pas s'y résoudre. Il avait même fait un cauchemar à son sujet la nuit dernière.

Elle était dans une cage magiquement suspendue dans les airs, quelque part dans la jungle africaine, et, chaque fois qu'elle essayait de sauter, des lions et des tigres apparaissaient en dessous, l'empêchant de s'échapper. Puis quelqu'un s'était matérialisé derrière Molly et l'avait poussée vers l'ouverture des barreaux.

Le cri qui s'était échappé de sa bouche alors qu'elle tombait vers les animaux affamés l'avait réveillé en sursaut, et il n'avait pas pu se rendormir.

Ce matin, il avait attendu dans la salle sécurisée en sous-sol de Silverstone Towing que ses coéquipiers arrivent et qu'ils commencent à régler les détails de leur voyage. Il s'était levé tôt, car il ne pouvait pas trouver le sommeil.

Bull, Eagle et Gramps étaient finalement arrivés les uns après les autres, et c'était tout ce que Smoke pouvait espérer pour ne pas s'intéresser directement à la situation de Boko Haram. Après quelques bavardages, ils passèrent finalement aux choses sérieuses.

— Que pense-t-on du Nigeria ? demanda Gramps. Ce sera une mission longue et difficile, sans garantie de trouver Shekau.

— Des nouvelles des filles ? s'enquit Eagle.

— Rien de concret, répondit Gramps.

— Et Molly Smith ? questionna Smoke.

Gramps secoua la tête.

— J'en suis, affirma Smoke avec enthousiasme.

— Moi aussi, renchérit Gramps.

Ils regardèrent Bull et Eagle.

— Je ne suis pas emballé par la durée indéfinie, admit Bull.

— Moi non plus. Et si nous spécifions une limite de temps ? proposa Eagle.

Smoke détestait être d'accord avec ça. Son pire cauchemar serait d'en rester là et de découvrir plus tard qu'ils n'étaient qu'à une journée de retrouver les filles kidnappées ou Shekau.

— À quoi pensais-tu ? demanda Gramps.

— Deux mois ? suggéra Bull.

Smoke poussa un soupir de soulagement. C'était plus qu'équitable.

— D'accord, accepta-t-il rapidement.

— Même chose, lança Gramps.

Eagle prit une profonde inspiration, mais hocha finalement la tête.

— Je déteste laisser Taylor si longtemps, mais elle est entre de bonnes mains ici.

Silverstone avait un peu changé depuis que Bull et Eagle avaient rencontré des femmes. Et maintenant qu'Eagle était marié et allait devenir papa, tout le monde savait que les choses allaient évoluer encore plus. Non pas qu'ils voulaient arrêter de traquer le pire de l'humanité, mais il y avait davantage en jeu s'ils échouaient. Smoke l'avait compris, tout comme Gramps. Ils n'en voulaient pas à leurs amis et les protégeraient encore plus farouchement maintenant.

— Je vais contacter Willis au FBI pour voir quelles informations il peut nous donner et quels contacts il peut nous obtenir au Nigeria. Je pense que nous nous rendrons sur place dans une semaine. C'est acceptable pour tout le monde ?

Les hommes autour de la table hochèrent tous la tête. Smoke aurait préféré partir immédiatement, mais il se sentait mieux en sachant qu'ils seraient bientôt en route.

Une semaine était une éternité quand on était victime

d'un enlèvement, mais quand on devait dire au revoir à la femme qu'on aimait, c'était loin d'être suffisant. Il pouvait être patient. Il espérait simplement que les fillettes disparues et Molly Smith tiendraient le coup assez longtemps pour être retrouvées.

* * *

Molly était terrifiée. Elle n'avait aucune idée de l'endroit où elle se trouvait, si ce n'était au fond d'un trou quelque part dans le désert africain. Elle était au mauvais endroit au mauvais moment. C'était l'histoire de sa vie.

Quand elle était petite, on la surnommait Folly Molly, car la malchance semblait la suivre partout.

Quelqu'un laissait tomber un plateau-repas juste après qu'elle était passée.

Le bus qu'elle prenait avait un pneu crevé.

Une fois, elle avait déclaré à un garçon qu'elle l'aimait bien, et le lendemain, il avait eu la varicelle.

La liste des événements qui étaient survenus quand elle était enfant était longue. Mais ce n'était pas la fin de sa guigne. En vieillissant, ça n'avait fait qu'empirer.

Des tests surprises, le vol de son vélo, puis, au collège, la perte de ses parents. Ils étaient restés tard au travail dans le centre de Chicago, car ils avaient pris congé le lendemain pour emmener Molly assister à une comédie musicale qu'elle mourait d'envie de voir. Ils étaient montés dans le dernier train pour se rendre chez eux, en banlieue, et il avait déraillé.

Les deux seuls qui avaient succombé avaient été ses parents.

Molly avait emménagé chez ses grands-parents paternels, et elle était chaque jour reconnaissante qu'ils l'aient accueillie.

Les parents de sa mère ne voulaient rien savoir d'elle, lui balançant en face qu'elle n'avait que de la poisse.

Molly était consciente qu'elle n'aurait jamais survécu au lycée, ou obtenu ses diplômes universitaires, si ce n'était pour son papa et sa maman. Elle était récemment retournée vivre avec ses grands-parents après qu'un homme avec qui elle était sortie pendant un certain temps était devenu violent lorsqu'elle avait essayé de rompre. Il avait continué à la harceler et à la traquer, alors elle avait accepté un travail avec un groupe de scientifiques en déplacement en Afrique.

Nana avait essayé de l'en dissuader, mais Molly s'était dit que si elle quittait le pays et se mettait hors de portée de Preston, il passerait peut-être à autre chose.

Tout s'était bien déroulé en Afrique. Molly pensait que peut-être, seulement peut-être, la malédiction de sa malchance était enfin terminée.

Jusqu'au jour où elle s'était rendue à l'école d'Askira pour faire un discours. Pour parler de l'importance de la science et des recherches qu'elle menait sur leur continent. Elle avait été soulagée que l'anglais soit la langue officielle du Nigeria, même si beaucoup de gens parlaient le haoussa, une langue tchadienne, car elle allait être en mesure de partager ses travaux sans avoir besoin d'un traducteur.

Elle était assise au fond d'une classe, attendant son tour de parole, lorsque des hommes avaient fait irruption avec des fusils et des machettes, séparant les occupants par sexe. Ils avaient forcé toutes les filles à marcher jusqu'à des camions garés à quelques kilomètres de la petite ville.

Tout le monde pleurait et était hystérique. Molly avait essayé de convaincre ses ravisseurs de la laisser partir, en leur expliquant qu'elle était une scientifique américaine, mais ils l'avaient poussée avec les autres otages féminines. Elles avaient roulé pendant des heures avant d'être obligées de progresser à pied dans la jungle.

Une fois qu'elles avaient atteint le camp que les types avaient installé, elles avaient été entassées dans de petites huttes, dormant pratiquement les unes sur les autres. Les jeunes filles n'avaient pas apprécié Molly. Elles l'avaient évitée, parlant dans leur langue maternelle pour qu'elle ne puisse pas les comprendre. À ce stade, elle n'avait aucune idée de ce qui leur arrivait.

Elle ne savait pas non plus combien de temps s'était écoulé, mais elle pensait que ça faisait au moins quelques semaines. Elle avait essayé de s'échapper deux fois et, après la seconde tentative, elle avait été forcée de descendre une échelle branlante dans une excavation dans le sol. Du haut de son mètre soixante, elle ne pouvait pas atteindre le haut du trou sans aide. Il ne mesurait que deux mètres de profondeur, mais cela aurait pu être un kilomètre. Il n'y avait aucun moyen de grimper et d'en sortir sans l'échelle, et la plupart du temps, elle était ignorée par ses ravisseurs.

Tous les deux jours environ, quelqu'un lui jetait un morceau de pain rassis, mais c'était la limite de leur intérêt pour elle. Heureusement, elle avait pu creuser un peu plus loin dans sa prison et trouver de l'eau. Cela ne représentait pas beaucoup, juste assez pour la maintenir en vie. Elle supposait que ses kidnappeurs se demandaient sans doute pourquoi elle n'était pas encore morte.

Molly s'interrogeait aussi. Le monde se porterait peut-être mieux sans elle. Elle avait entendu plus d'une fois que si elle n'avait pas de malchance, elle n'aurait pas de chance non plus.

Folly Molly.

C'était un nom enfantin, mais alors qu'elle se morfondait dans un trou au milieu de la jungle africaine, elle ne pouvait s'empêcher de penser qu'il lui allait bien.

Assise sur ses fesses dans la saleté, en veillant à ne pas déranger son précieux point d'eau, Molly posa sa tête sur ses genoux. Elle était plus que sale et affamée, et n'avait aucune idée de ce qui l'attendait.

Elle supposait que ses ravisseurs finiraient par la faire sortir du trou, et qu'ils tenteraient d'obtenir une rançon pour elle ou de la vendre à quelqu'un. D'après ce qu'elle savait, le groupe avait désespérément besoin d'argent. Il s'agissait d'une bande d'hommes hétéroclites qui ne semblaient pas avoir de véritable plan en tête pour les filles qu'ils avaient kidnappées. Quelqu'un devait mener la barque, mais elle ignorait qui.

À la seconde où elle en aurait l'occasion, Molly s'efforcerait de s'échapper à nouveau. Elle pourrait se perdre dans la jungle, mais c'était mieux que d'être à la merci des terroristes. Ou coincée dans un trou, mourant de faim et de soif.

En levant les yeux, elle pouvait seulement voir quelques étoiles dans le ciel nocturne. Elle se demandait s'il y avait quelqu'un d'autre, quelque part dans le monde, qui regardait les mêmes astres. Cela lui donnait l'impression de ne pas être si seule.

Elle ne voulait pas mourir. Ses grands-parents se demanderaient toujours ce qui lui était arrivé. Preston aurait probablement ri et affirmé qu'elle l'avait mérité. Qu'il aille se faire voir. Elle allait sortir d'ici, quoi qu'il arrive. Mais elle ne pouvait pas nier qu'elle aurait besoin d'aide.

Une étoile filante scintilla soudainement dans le ciel, Molly ferma les yeux et fit un vœu. Sa grand-mère lui avait toujours dit que cela portait chance.

— Je souhaite que quelqu'un, *n'importe qui*, me trouve et me sorte d'ici, chuchota-t-elle.

Une partie d'elle savait qu'elle était ridicule. Elle n'était personne. Une scientifique avec une famille qui ne pouvait pas se permettre d'engager un détective privé de renom. Elle ne pouvait compter que sur elle-même. Une fois sortie de ce trou, elle irait se cacher dans la jungle. Puis elle marcherait pendant des semaines si c'était nécessaire.

Mais une autre partie d'elle priait pour un miracle.

Elle reposa sa tête sur ses genoux et pleura. Elle était trop déshydratée pour que son corps puisse produire des larmes. Molly était consciente que son temps était compté, mais elle refusait d'abandonner.

Elle avait lancé son vœu dans le monde, et maintenant elle devait attendre qu'il atteigne la bonne personne.

Procurez-vous le prochain livre de la Silverstone série, *Pour la confiance de Molly,* disponible dès maintenant!

DU MÊME AUTEUR

<u>Autres livres de Susan Stoker</u>

<u>Silverstone</u>

Pour la confiance de Skylar

Pour la confiance de Taylor

Pour la confiance de Molly (1 Décembre)

Pour la confiance de Cassidy (1 Mars 2024)

<u>Sauvetage à Eagle Point</u>

Un sauveteur pour Lilly

Un sauveteur pour Elsie

Un sauveteur pour Bristol

Un sauveteur pour Caryn

Un sauveteur pour Finley

Un sauveteur pour Heather

Un sauveteur pour Khloe

<u>*Le Refuge*</u>

Un soutien pour Alaska

Un soutien pour Henley

Un soutien pour Reese

Un soutien pour Cora

Un soutien pour Lara

Un soutien pour Maisy

Un soutien pour Ryleigh

<u>Delta Force Deux</u>

Un refuge pour Gillian

Un refuge pour Kinley

Un refuge pour Aspen

Un refuge pour Jayme

Un refuge pour Riley

Un refuge pour Devyn

Un refuge pour Ember

Un refuge pour Sierra

<u>Forces Très Spéciales : L'Héritage</u>

Un Sanctuaire pour Caite

Un Sanctuaire pour Brenae

Un Sanctuaire pour Sidney

Un Sanctuaire pour Piper

Un Sanctuaire pour Zoey

Un Sanctuaire pour Avery

Un Sanctuaire pour Kalee

Un Sanctuaire pour Jane

<u>*Hawaï : Soldats d'élite*</u>

Un paradis pour Élodie

Un paradis pour Lexie

Un paradis pour Kenna

Un paradis pour Monica

Un paradis pour Carly

Un paradis pour Ashlyn

Un paradis pour Jodelle

Mercenaires Rebelles

Un Défenseur pour Allye

Un Défenseur pour Chloé

Un Défenseur pour Morgan

Un Défenseur pour Harlow

Un Défenseur pour Everly

Un Défenseur pour Zara

Un Défenseur pour Raven

Ace Sécurité

Au Secours de Grace

Au Secours d'Alexis

Au Secours de Bailey

Au Secours de Felicity

Au Secours de Sarah

Forces Très Spéciales Series

Un Protecteur Pour Caroline

Un Protecteur Pour Alabama

Un Protecteur Pour Fiona

Un Mari Pour Caroline

Un Protecteur Pour Summer

Un Protecteur Pour Cheyenne

Un Protecteur Pour Jessyka

Un Protecteur Pour Julie

Un Protecteur Pour Melody

Un Protecteur pour l'avenir

Un Protecteur Pour Les Enfants de Alabama

Un Protecteur Pour Kiera

Un Protecteur Pour Dakota

Delta Force Heroes Series

Un héros pour Rayne

Un héros pour Emily

Un héros pour Harley

Un mari pour Emily

Un héros pour Kassie

Un héros pour Bryn

Un héros pour Casey

Un héros pour Wendy

Un héros pour Mary

Un héros pour Macie

Un héros pour Sadie

Un héros pour Annie

Autre

Un moment suspendu : Recueil de nouvelles

AUDIO

Un paradis pour Élodie